KB196263

일곱 성현이 알려주는

행동하는 지혜

LINN
인문고전
클래식
14

일곱 성현이
알려주는

행동하는 지혜

荀子

墨子

老子

鬼谷子

韓非子

莊子

管仲

귀곡자 **외** 지음 | **장석만** 편역

LiNN
도 서 출 판 린

제자백가 가운데 시대의 기인이며 모략의 비조인 귀곡자(鬼谷子), 도가 학파의 창시자인 노자(老子), 노자의 철학사상을 계승한 도가 학파의 대표 인물인 장자(莊子), 묵자 학파의 창시자인 묵자(墨子), 성악론을 제창한 순자(荀子), 법가 사상을 집대성한 한비자(韓非子), 명재상 관중(管仲) 등의 탁월한 철학사상을 소개한다.

귀곡자는 신비에 싸인 인물이다. 인의예지를 강조한 맹자가 특이한 인물로 간주될 정도로 전국시대는 이익이 모든 것에 앞서던 시기였다.

귀곡자는 인의예지를 앞세우기보다 이익을 획득하는 고도의 전략을 가르쳤다. 귀곡자의 전략은 상대방의 성향을 파악하고 그 흐름에서 이득을 취해내는 방법이다. 귀곡자의 전략은 도덕주의자인 맹자와 일맥상통한다. 맹자는 도덕이야말로 상대방으로부터 저항을 불러일으키지 않으므로 가장 자연스럽고 가장 효율적이라고 보았기 때문이다.

노자는 『도덕경』의 저자로 알려졌다. 오늘날은 『도덕경』이 한 사람의 손에 의해 저술되었을 가능성은 받아들이지 않으나, 도교가 불교의 발전에 큰 영향을 미쳤다는 사실은 받아들인다. 노자는 유가에서는 철학자로, 일부 평민들 사이에서는 성인 또는 신으로, 당(唐)에서는 황실의 조상으로 숭배되었다.

노자는 주가 쇠망해가는 것을 보고는 주를 떠나 진(秦)으로 들어가는 길목인 함곡관에 이르렀다. 관문지기 윤희가 노자에게 책을 하나 써달라고 간청했다. 이에 노자는 5,000언으로 이루어진 상·하편의 저서를 남겼는데 그것이 도와 덕의 뜻을 말한 『도덕경』이다. 그리고 나서 노자는 그곳을 훌쩍 떠났고, "아무도 그뒤 그가 어떻게 되었는지 알지 못한다."라고 사마천은 기술하고 있다.

장자는 도가 사상의 중심인물로 자연으로 돌아갈 것을 주장했다. 천지만물의 근원을 도라고 보았고, 평생 벼슬길에 나아가지 않았다. 양혜왕의 재상을 지낸 혜시와 우정이 두터웠고, 그와 변론을 즐겼다. 혜시가 죽은 후에는 변론의 상대를 잃었다며 한탄했다. 『장자』는 우화 중심으로 쉽게 쓰였고, 도가의 경전이 되었다. 그중 장자가 스스로 나비가 되어 노닐다가 자신이 장자라는 사실도 잊고 말았다는, 자신이 나비인지 나비가 자신인지 구별할 수 없다는 '나비와 장주'의 예화가 유명하다.

장자의 아내는 결혼한 지 얼마 안 되어 죽고 말았다. 이때 친구 혜시가 조문을 왔는데, 장자는 두 다리를 뻗고 앉아 물동이를 두드리며 노래를 부르고 있었다. 이를 보고 혜시가 말했다. "그대는 지금까지 아내와 잘 살아왔고 그래서 애정도 두터울 터인데 노래를 부르고 있다니, 이것은 너무하지 않은가?" 장자는 이렇게 답했다. "그것이 아닐세. 나도 처음에는 놀라고 슬퍼서 소리내어 울었다네. 그런데 가만히 생각해보니, 가소롭기 짝이 없지 않은가? 왜냐하면 그녀는 본래 삶도 없고, 형체도 없고, 그림자조차 없었지 않은가? 그러다가 어느 날 큰 혼돈 속에서 음양의 두 기(氣)가 일어나 형체를 이룸으로써 그녀에게 비로소 삶이 주어졌네. 이제 삶에서 다시 죽음으로 돌아갔거늘, 이것은 춘하추동의 변화와 똑같은 것이 아니겠는가? 아마 내 아내는 지금쯤 천지라고 하는 한 칸의 큰 거실 안에서 단잠을 자고 있을 걸세. 그런데도 내가 소리를 치고 통곡을 하며 운다면, 천지간에 얼마나 불행한 사람이 되겠는가?"

묵자는 비공(非攻)과 겸애(兼愛)를 주장하였다. 그의 정치적 사상은 현명한 군주가 나타나 사회를 다스리는 것이었다. 현명한 군주란 우임금처럼 백성들과 함께 부지런히 일하고 검소한 생활을 해야 한다고 하였다. 또 인류는 서로 협조하고 사랑하여 힘있는 자들은 앞을 다투어 힘없는 사람을 돕고 재력이 있는 사람은 될 수 있는 대로 재산을 사람들에게 나누어주고, 학덕이 있는 사람은 사람들을 교화시켜야 한다고 하였다.

묵자는 저명한 사상가였을 뿐만 아니라 박식한 학자였으며 기술자이기도 했다. 전설에 따르면 묵자가 나무로 만든 새는 날 수 있었다고도 한다. 『묵자』를 보아도 그가 물리학·기하학 등에 탁월한 지식이 있었음을 알 수 있다. 지구는 둥글고 움직인다는 가설까지 내세우고 있어 그의 과학에 대한 탁월한 식견을 엿볼 수 있다.

유학사상이 2,000년 이상 전통으로 남아 있을 수 있었던 것은 유교철학을 위해 공헌한 순자 덕분이다. 후대의 유학자들이 인간의 본성을 근본적으로 악하다고 보는 그의 염세주의적 관점만을 부각시킴으로써, 그가 이룩한 많은 지적인 업적이 흐려졌다. 12세기 초 성리학의 출현과 함께 그의 사상은 냉대받는데, 최근에 다시 주목받게 되었다.

순자의 가장 유명한 말은 "인간의 본성은 악하다. 선한 것은 수양에 의한 것일 뿐이다."이다. 그의 사상은 수양철학이다. 인간의 본성을 그대로 둔다면 이기적이고 무질서하며, 반사회적·본능적 충동으로 가득 찰 것이라고 한다. 사회는 개인이 도덕의식을 가진 인간이 될 때까지 점차적으로 이끌고 도야시켜 사회에 교화시키려고 노력한다. 이러한 과정에서 가장 중요한 것은 예(禮)와 악(樂)이다.

한비자는 전국시대 말기의 법치주의자이다. 귀족으로 태어났으나 말더듬이인 탓에 등용되지 못했다. 한나라가 위태로워지자 임금에게 충언하지만 받아들여지지 않았다. 그 답답함을 책으로 쓰는데 바로 그것이

『한비자』이다. 진나라 황제는 이 책을 읽고 한비자를 데려오기 위해 전쟁도 불사했다.

한비자에 대한 진시황제의 총애가 나날이 깊어졌으나 순자 밑에서 함께 공부했던 이사의 모함으로 목숨을 잃었다. 한비자는 순자의 제자로 본성이 악한 인간을 법으로 다스려야 한다고 했다. 또 법치와 유가의 덕치를 대립시키면서 사람에게는 '은혜와 사랑'의 마음이 전혀 존재하지 않는다고 역설했으며, 인의도덕은 현실 상황과 맞지 않다고 비웃었다.

관중은 제나라 환공을 도와 그를 춘추 5패 최초의 패자(覇者)로 만든 정치가로, 제갈량과 함께 중국의 2대 재상으로 불린다. 재상이 된 관중은 제나라의 모든 정사를 관장하며 개혁을 단행했다. 관중은 사회 제도와 군사 제도를 결합해 군민전투 체제를 시행하여 군사력을 길렀고, 소금과 철, 금 등의 생산을 정부가 직접 관리했으며, 바다에 인접한 지리적 이점을 살려 상공업을 발전시키고 교역을 장려해 국가 재정을 늘렸다.

관중은 죽마고우 포숙아와의 우정에 관한 '관포지교(管鮑之交)'라는 고사성어로 친숙한 인물이다. 청년 시절 관중은 가난하여 포숙아와 장사를 했다. 이익을 나눌 때 항상 관중이 더 많은 이익을 가져갔지만 포숙아는 그의 집안 사정을 생각하여 이해해 주었고, 관중의 주도로 했던 사업이 실패해도 그를 원망하지 않고 운이 따르지 않았을 뿐이라고 위로했다. 관중이 사관 벼슬을 지내다가 세 번이나 파직되었을 때도 그의 무능을 이유로 들지 않았고, 전쟁터에서 도망쳤을 때도 늙은 부모를 봉양하기 위해 그런 것이라면서 그를 감쌌다.

살아가면서 문제와 어려움에 부딪혔을 때 그 일의 경중과 완급을 정확히 구분하고 계획적·효율적으로 처리해 나아갈 지혜가 우리에게 필요하다. 옛말에 "일의 경중과 완급을 구분하고 중요한 것부터 우선적으로 처리해야 한다."라고 했다.

길이 가깝더라고 가지 않으면 이를 수 없고, 일이 작더라도 하지 않으면 성취할 수 없다. 마음먹기만 하면 자신의 이상을 실현할 수 있고 자신이 원하면 이상적인 삶을 살 수 있으며 주변 사람들의 부러움을 한몸에 받을 수 있다고 생각한다. 그러나 이들이 실패자가 되는 것은 뛰어난 사유 능력을 지녔기 때문이 아니라 실천하는 행동가가 되지 못했기 때문이다.

이들의 철학사상은 현대 사회에서 광범위하게 응용되고 있다. 일곱 성현의 탁월한 철학사상을 현대적 관점에 맞게 해석하면서 동시에 역사적인 경전 이야기를 들어서 그들의 지략을 쉽게 이해하도록 하였다.

독자 여러분이 제자백가의 경전을 더욱 쉽고 재미있게 습득하고 그들의 사상을 실행하는 데에 도움이 되길 바란다. 독자 여러분께서 현실을 바로 보고 세상에 우뚝 나서기를 바란다.

차례

莊子

제3편 장자 _노자 철학사상의 계승자

韓非子

제6편 한비자 _법가학파의 창시자

管仲

제7편 관중 _중국 최초의 명재상

모략의 비조

鬼谷子

제1편 귀곡자

귀곡자

성은 왕(王). 이름은 후(詡). 초나라 출신으로 청계의 귀곡에
은거했기에 스스로 "귀곡 선생"이라 불렸다. 시대의 기인으로
선진(先秦)의 제자백가 중에서도 가장 걸출한 사상가이자
지략가이다. 모략의 비조이고, 외교가의 종횡술(縱橫術)에
정통한 사람이다. 제자로는 소진(蘇秦)과 장의(張儀)가 있다.
저서로 『귀곡자』가 있다.

귀곡자의 일언폐지(一言蔽之)

○ 비천함으로는 작은 것을 얻고 숭고함으로는 큰 것을 얻는다.

　以下求小, 以高求大.(이하구소 이고구대)

　_권상(卷上) 「패합(捭闔, 열고 닫음)」

○ 계책은 일의 성패를 가르는 관건이다.

　計謀者, 存亡樞機.(계모자 존망추기)

　_권하(卷下) 『본경음부(本經陰符, 근본적인 다스림 은밀하게 들어맞음) 실의(實意, 생

　　각을 충실하게 함)』

○ 틈새를 막을 수 없을 때는 그것을 깊이 숨기고 때를 기다려야 한다.

　世無可抵, 則深陰而待時.(세무가저 즉심음이대시)

　_권상(卷上) 『저희(抵巇, 틈새를 막음)』

○ 큰 도리를 깨우친 사람, 고난으로 내면을 닦은 사람을 성인이라 부른다.

　而知之者, 內修煉而知之, 謂之聖人.(이지지자 내수련이지지 위지성인)

　_권하(卷下) 『본경음부(本經陰符) 성신(盛神, 정신을 왕성하게 함)』

○ 거절하려면 상대방에게 착각을 심어주라.

　若欲去之, 因危與之.(약욕거지 인위여지)

　_권상(卷上) 『내건(內揵, 내면적인 상호 결합)』

◦강함은 약한 것이 쌓여 만들어진 것이다.

爲强者, 積於弱也.(위강자 적어약야)

_권중(卷中) 『모(謀, 모략을 세움)』

◦의지를 지키는 법을 아는 사람은 자아 수양을 갖춘 사람이다.

知其固實者, 自養也.(지기고실자 자양야)

_권하(卷下) 『본경음부(本經陰符)』

◦우둔한 사람은 쉽게 속일 수 있고 탐욕스러운 사람은 쉽게 유혹할 수 있다.

故愚者而易蔽也; 貪者易誘也.(고우자이역폐야 빈자역유야)

_권중(卷中) 『모(謀)』

◦자기가 물러나 남에게 겸양하는 것이 다른 사람을 굴복시키는 방법이다.

讓己者, 養人也.(양기자 양인야)

_권하(卷下) 『본경음부(本經陰符)』

◦귀와 눈은 마음의 보좌 기관으로서 간사한 것을 엿보고 살핀다.

耳目者, 心之佐助也, 所以窺間見姦邪.(이목자 심지좌조야 소이규간견간사)

_권중(卷中) 『권(權, 자세)』

1. 실생활의 법칙

연다는 것은 또는 열어 상대방에게 나아가거나 그를 받아들이는 것이고 닫는 것은 또는 닫아 아예 그것을 취하거나 아예 닫아걸고 그에게서 떠나는 것이다.

故捭者, 或捭而出之, 或捭而納之.
고패자 혹패이출지 혹패이납지
闔者, 或闔而取之, 或闔而去之.
합자 혹합이취지 혹합이거지
_ 패합(捭闔)

● **도리**

"패(捭)"는 연다는 것이고, "합(闔)"은 닫는 것이다. 열어 "드러내고", 닫아 "감추는" 실생활의 법칙을 융통성 있게 이용하면 세상에서 이루지 못할 것이 없다고 귀곡자는 주장했다.

황제를 끼고 제후를 호령했던 조조는 그 위세가 하늘을 찌를 듯했다. 그러나 뒤늦게 거병하여 제대로 세력을 갖추지 못한 유비는 조조의 경계를 피하고자 자신을 숨기고 채마밭을 가꾸며 기회를 엿보았다.

하루는 조조가 술이나 한잔하자며 유비를 찾아 왔다. 조조는 술자리에서 유비의 속내를 알아내려고 계속 유비를 떠보았다. 하지만 신중한 유비는 좀처럼 조조의 꾀에 걸려들지 않았다. 그러나 만만치 않은 상대인 조조도 끈질기게 천하의 영웅이 누구냐고 물었다. 한껏 난처해진 유비는 아무것도 모른다는 표정으로 원술과 원소 유표의 이름을 댔다. 하지만 고개를 젓던 조조는 손가락으로 유비와 자신을 가리키며 말했다.

"천하의 영웅은 그대와 나 둘뿐이오!"

깜짝 놀란 유비는 당황한 나머지 그만 쥐고 있던 젓가락을 떨어뜨리고 말았다. 그런데 공교롭게도 때마침 천둥 벼락이 쳤다. 유비는 태연하게 젓가락을 주으며 말했다.

"천둥소리에 놀란 나머지 젓가락을 다 떨어뜨렸지 뭡니까. 하하!"

유비는 이렇게 해 자신이 놀랐던 진짜 이유를 속일 수 있었다. 훗날 유비는 조조, 손권과 함께 천하삼분(天下三分)의 주인공이 되었다.

◆ **생각**

　패합(捭闔)은 중국의 전통적인 지략 가운데 하나이다. 드러냄과 감춤은 인생에서 선택과 같다. 아주 작은 선택일지라도 인생에 서로 다른 영향을 미치게 된다. 특히 중대한 순간, 드러냄과 감춤을 선택할 때는 더 신중하게 행동해야 한다. 사회 발전의 흐름과 세상 변화를 정확하게 파악하고 드러냄과 감춤을 적절히 선택해야 한다. 그렇지 않으면 제아무리 대책이 많아도 성공하기 힘들다.

．．．

2. 역경을 이기는 전환의 법칙

　일할 때 반드시 계략에 맞게 하는 것을 위주로 한다. 남과 합치고 떠났다가도 계략에 맞지 않으면 반드시 다시 뒤집어 이쪽 편을 따른다.

計謀不兩忠, 必有反忤.

계모불량충, 필유반오.

反於是, 忤於彼.

반어시, 오어피.

_『도덕경 4장』

● 도리

"오(忤)"는 외면하고 배신한다는 뜻이고, "합(合)"은 영합하고 마주본다는 뜻이다. 오합은 오와 합을 바탕으로 서로 전환되는 면이 있다. 현명한 사람은 자신이 처한 환경에서 상대방의 계략에 맞서 자신이 원하는 바를 적절하게 조화시켜 불리한 것을 유리하게 바꾸고, 피동적인 상황을 주도적으로 이끌어 위기를 기회로, 위험을 안정으로 바꾼다.

성공하려면 변화와 발전을 이용할 수 있어야 하고, 만물의 독립성을 관찰하여 이를 명확하게 파악해야 한다.

❖ 경전 이야기 ❖

춘추시대 초 장왕이 즉위한 지 3년이 지나도록 정령 하나 공표하지 않은 채 술과 여색에만 빠져 지내자 신하들의 걱정이 이만저만이 아니었다.

어느 날 신무외라는 신하가 장왕을 알현하고자 아뢰었다. 왕은 태연한 표정으로 신무외에게 물었다.

"그대는 무슨 일로 나를 찾아오셨소? 과인과 함께 음악을 들으며 술이라도 한잔하러 온 것이오? 아니면 긴히 할 말이 있는 것이오?"

그러자 신무외는 빙 둘러서 이야기했다.

"신은 술을 마시러 온 것도, 음악을 들으러 온 것도 아닙니다. 다만, 대왕께 여쭙고 싶은 일이 있어서 긴히 찾아 왔습니다."

그러자 장왕은 자못 궁금하다는 듯 되물었다.

"도대체 무슨 일이오? 어서 말해 보시오."

"초나라 어느 곳의 절벽에는 온몸이 털로 뒤덮인 커다란 새가 있다고 합니다. 그런데 그 새는 3년이 지나도록 날지도 울지도 않으니 도대체 그 이유를 알 수가 없습니다."

신무외의 이야기를 들은 장왕은 크게 웃으며 말했다.

"그 새는 분명히 평범한 새가 아니오. 3년 동안 움직이지 않은 것은 날개의 힘을 비축하려는 것이었고, 날지 않고 울지 않은 것은 민정(民情)을 관찰하려는 것이었소. 그 새는 3년이나 날지 않았지만, 일단 기지개를 펴면 날개의 끝이 하늘에 닿고, 3년이나 울지 않았지만 한번 울면 세상을 놀라게 할 것이오. 그러니 조금만 기다려 보시오!"

그때부터 다시 3년이 지났을 때 장왕은 춘추오패(春秋五覇)의 하나가 되어 천하에 그 위용을 떨쳤다.

장왕의 사고방식과 행동은 이렇듯 일반인의 상식과는 달랐지만 그만의 특징이 있었다. 바로 객관적인 현실을 거스르지 않고 힘을 비축하고 민정을 정확하게 파악한 뒤에야 행동을 시작했던 것이다.

◆ 생각

모든 사물의 발전 과정은 처음부터 끝까지 갈등의 보편성과 갈등의 특수성을 지니게 되는데 갈등을 일으키는 양측은 일정한 조건 아래 서로 전환될 수 있다. "배신"이 "영합"으로 바뀔 수 있고, "영합"이 "배신"으로 바뀔 수 있다. 이러한 사실은 불리한 환경에 처하더라도 자신을 믿고 능동성과 창의력을 발휘하여 끈질기게 노력한다면 얼마든지 나쁜 상황을 좋은 기회로 만들 수 있다는 것을 보여준다.

3. 상대방을 유도하고 견제하는 기교

유도하고 견제하는 말로써 제어가 잘 안 되는 자는 먼저 정벌하고, 후에 계속 피곤하게 만든다.

> 鉤箝之語, 其說辭也, 乍同乍異.
> 구겸지어 기설사야 사동사이
> 其不可善者, 或先征之而後重累.
> 기불가선자 혹선정지이후중루
> _『비겸(飛鉗, 칭찬하여 옭아맴)』

● 도리

귀곡자는 "이가구진(以假求眞)"이 필요한 때를 설명하고, 이를 빌려 기교를 활용해야 함을 강조했다. 상대방의 비위를 맞추고 독려하는 방법으로 설득할 것이냐, 아니면 일부러 힘들게 하거나 비방하고 거짓을 이용해 자신이 쳐둔 함정에 걸려들게 할 것이냐를 결정하는 것이다.

즉, "거짓으로 진실을 추구한다"라는 기교이다.

❖ 경전 이야기 ❖

전국시대 진나라는 막 위나라를 손에 넣고 이어서 조나라를 공격하려고 준비하고 있었다.

소진은 종횡을 성공적으로 완성하고자 자신의 동문 형제인 장의를 진나라로 보내 진왕이 조나라 공격을 포기하도록 설득하게 하려고 했다. 그래서 소진은 먼저 장의에게 친필 서신을 보냈다. 장의가 조나라에 오면 반드시 중용되도록 해주겠다는 미끼를 던진 것이다.

얼마 후 조나라에 도착한 장의는 기쁜 마음으로 한달음에 부귀와 명예를 모두 거머쥔 소진을 찾아갔다. 하지만 어찌 된 일인지 그는 계속 문전박대를 당해야 했다. 소진은 자신이 먼저 장의를 불러들이고도 오만하고 무정하게 그를 모른 척한 것이다. 심한 모욕감을 느낀 장의가 참지 못하고 소진에게 욕을 퍼붓자 소진은 오히려 태연한 표정으로 장의의 화를 더 돋우었다.

"자네의 재능은 나보다 뛰어나니 나는 당연히 자네가 나보다 먼저 뜻을 이루었으리라 생각했지. 자네가 오늘날처럼 곤궁해졌을 줄은 정말 몰랐네. 내 본래는 조나라 왕에게 자네를 추천해 부귀영화를 누리게 하려고 했네만 누가 아는가! 혹시 그동안 자네의 재능이 다해 쓸모가 없어졌다면 나에게까지 화가 미칠지도 모르지 않겠는가!"

장의도 여기에 지지 않고 맞섰다.

"대장부라면 자신의 힘으로 스스로 부귀를 얻어야지 꼭 누구의 천거를 받아야 하는가!"

장의의 말에 소진은 냉소로 대응했다.

"그렇다면 알아서 살길을 찾아보게나."

소진은 말을 마치고는 금 열 냥을 내주었다. 하지만 장의는 그것을 바닥에 집어던지고 자리를 박차며 일어나 떠나버렸다. 소진 역시 그를 붙잡지 않았다. 이제 갈 곳이 없어진 장의는 소진의 바람대로 진나라로 떠났다.

◈ 생각

이 이야기에서 장의가 보고 들은 것과 소진이 행한 것은 모두 거짓이다. 배후에 보이지 않는 손이 장의를 진나라로 이끌었던 것이다. 이것이 바로 격려하거나 칭찬하기보다는 오히려 상대방을 공격하고 핍박해 자신의 목적을 이루는 방법이다. 즉, 간곡히 부탁하기보다 차라리 도발하는 것이 낫다는 말이다. 소진처럼 이런 기교를 쓸 수만 있다면 자신의 목적을 쉽게 달성할 수 있다.

* * *

4. 상대방을 알아내 책략을 세운다

상대방 세력의 경중을 알아내 책략을 세우기 때문에 성인은 그 힘의 경중을 잘 판단하기 위하여 걱정하고, 그 힘의 경중을 잘못 판단하여 벌어질 일을 걱정하는 것이다.

皆見其權衡輕重, 乃爲之度數, 聖人因而爲之慮,

개견기권형경중 내위지도수 성인인이위지려

其不中權衡度數, 聖人因而自爲之慮.

기부중권형도수 성인인이자위지려

_『패합』

● 도리

　상대방에 따라 다른 적절한 책략을 구사할 줄 알아야 한다. 상대방을 먼저 파악하고, 그에 맞는 책략으로 접근한다면 일은 언제나 생각보다 쉽게 해낼 수 있다. 상대방의 의지와 계획을 알고 난 다음에 그것이 나에게 유리한지, 나의 이익에 반하는지 판단해야 한다. 즉, 상대방을 파악하고 나를 아는 것이다.

❖ 경전 이야기 ❖

　무측천을 황후로 책봉하려던 당 고종 이치는 장손무기와 저수량 등 원로대신들의 반대에 부딪히게 된다. 그래서 이치는 대신들을 모아놓고 이 일을 의논했다. 그러자 저수량이 말했다.

　"오늘 황상께서 우리를 부르신 까닭은 분명히 황후 책봉 문제를 의논하고자 함일 것입니다. 황상께서는 이미 마음을 정하신 것 같으니 만약 반대를 고집한다면 죽음을 면하기 어려울 테지요. 하지만 선황께서 우리에게 폐하를 잘 보살피라고 당부하지 않으셨습니까? 그런데 죽음이 두려워 옳은 말을 하지 않는다면 장차 무슨 낯으로 선황을 뵙겠습니까?"

고명대신 이세는 황제의 입궁 명령에 심상치 않은 기운을 감지하고 병을 핑계로 입궁을 미루고 화를 피하고자 했다. 그러나 공개적으로 황후의 책봉을 반대한 저수량은 그 자리에서 무측천의 호된 질책을 받아야 했다. 이틀 후, 이세가 혼자 황제 이치를 찾아갔다. 그러자 이치가 말했다.

"나는 무측천을 황후로 책봉하려고 하오. 하지만 저수량이 극구 반대를 하고 나서니 고명대신인 그대도 극구 반대한다면 이 일은 없던 일로 할 수밖에 없소."

고명대신 이세는 황제의 뜻을 거스를 수 없다는 사실을 잘 알고 있었지만 그렇다고 공개적으로 황제의 뜻을 따르자니 다른 대신들의 질책이 겁나는 것도 사실이었다. 이때 이세는 순간적으로 기지를 발휘하였다.

"폐하의 집안일이온데 어찌 다른 사람에게 물으려고 하십니까?"

이런 이세의 대답은 황제의 뜻을 따르면서도 한편으로 다른 대신들의 질책을 피해갈 수도 있는 것이었다. 그의 말에 용기를 얻은 황제는 결국 무측천을 황후로 책봉했다.

훗날 장손무기 등 무측천의 황후 책봉을 반대했던 대신들은 황후에게 박해를 받았지만 이세만은 승승장구했다.

◆ **생각**

살아가면서 항상 객관적으로 자신을 살피고 반성하며 더 완벽해지고자

노력해야 한다. 아울러 예민한 안목으로 주변 사람과 사물을 관찰해야
한다. 그렇게만 할 수 있다면 사회생활이 안정되고 평화로울 수 있다.

...

5. 해결의 핵심은 결단

지나간 일을 헤아려보고 미래의 일을 시험하며 평소 일을 참조하여 그
것이 가능하면 결단해야 한다.

於是度以往事, 驗之來事, 參之平素, 可則決之.
어시도이왕사 험지래사 참지평소 가즉결지

_『결(決, 결단)』

◉ 도리

귀곡자는 "결단을 내리고 만사를 해결하는 것이 만사의 핵심이다"라고
말했다. 기회가 오면 과감하게 결정하여 때를 놓치지 말아야 한다.

우유부단하거나 쓸데없이 자기 고집만 내세우면 일을 그르치기 십상이
다. 우리는 살아가면서 수많은 기회와 마주치게 되는데 그때마다 그 기회
를 용감하고 과감하게 움켜쥐어야 한다.

❖ **경전 이야기** ❖

전국시대 진나라는 크나큰 고민이 있었다. 다른 여섯 나라가 맹약을 맺고 백성과 재물, 병력을 모두 합하면 진나라의 몇 배였기 때문이었다. 이 나라들이 손잡고 진을 공격하면 꼼짝없이 당할 수밖에 없었다.

이에 당황한 진왕은 서둘러 재상 공손연과 객경 장의를 불러 의논했다. 공손연이 진왕에게 아뢰었다.

"가장 먼저 합종을 주장한 것은 조나라입니다. 적을 물리치려면 먼저 우두머리를 잡으라는 말이 있지요. 그러니 대왕께서는 먼저 조나라를 공격하시고 그들을 도우러 오는 나라가 있으면 바로바로 그들을 치십시오. 그렇게 하면 주변국들은 겁을 먹어 섣불리 우리에게 맞서 조나라를 도우려고 들지 않을 겁니다. 그러면 합종의 맹약도 저절로 깨지지요."

장의가 이를 반박하고 나섰다.

"그 여섯 나라는 바로 얼마 전 맹약을 맺었기에 그리 쉽게 와해되지는 않을 겁니다. 우리가 병사를 일으켜 조나라를 공격하면 한나라, 위나라, 제나라, 연나라가 손을 잡고 조나라를 구하러 들 것입니다. 그러면 우리로서도 당해낼 방법이 없게 되지요. 신이 보기에는 조나라를 먼저 공격하는 것보다 차라리 몇몇 나라를 끌어들여 서로 의심하게 만들고 그들끼리 서서히 맹약을 깨도록 하는 것이 나을 듯합니다."

두 사람의 의견을 주의깊게 들은 진왕은 장의의 말을 따르기로 했다. 그래서 그는 서둘러 사신을 뽑고 위나라와 연나라에 보내 장의의 계획을 실행하게 했다. 그렇게 해 여섯 나라의 맹약을 깨고 성공적으로 고립 상태를 벗어난 진나라는 천하 통일의 열쇠를 손에 넣게 된다.

◆ **생각**

　『사기』에 "끊어야 할 때 끊지 않으면 오히려 어지러워진다"라는 말이 있다. 인간의 본성이란 이로움을 좇고 해로움을 피한다. 귀곡자는 "해로움을 없앨 수 있다면 과감하게 결정하고 복을 가져올 수 있다면 또 과감하게 결정하라"라고 말했다. 과감한 결정에 능한 사람은 일반적인 법칙과 도리에 순응할 줄 안다. 어떠한 결정이든 장단점이 있을 수 있다. 다만, 어떤 결정은 단점보다 장점이 많고 단점은 장점보다 적을 뿐이다.

6. 자신을 알아야 남을 알 수 있어

남을 아는 것은 자신을 아는 것으로부터 시작해야 하고 자신을 알아야 비로소 남을 알 수 있다.

故知之始己, 自知而後知人也.

고지지시기 자지이후지인야

_『반응(反應, 반대로 대응)』

● 도리

귀곡자는 다른 사람을 알고자 하면 먼저 자신을 이해해야 한다고 말하였다. 다시 말해 자신을 충분히 아는 사람이어야 비로소 그 기준으로써 다른 사람을 이해할 수 있다는 뜻이다.

언제나 무슨 일이든 다른 사람의 입장에서 먼저 생각해 믿는 것은 처세의 가장 근본이다. 어떠한 일이든 그것에 대한 자신의 생각과 느낌을 바탕으로 상대방의 감정을 헤아려야 하며 자신이 처할 수도 있는 상황을 떠올리며 상대방의 입장을 이해해야 한다.

❖ **경전 이야기** ❖

청나라의 유명한 화가 정판교는 52세에 겨우 아들을 얻어 그 자식 사랑이 말로 표현할 수 없을 정도였다. 하지만 그는 아들을 맹목적으로 사랑하지 않았다.

산동성에서 관직 생활을 하던 그는 아들을 돌봐주던 동생 정묵에게 편지를 썼다.

"노비의 아들딸도 우리와 같은 사람이니 마땅히 아끼고 보살펴주어야 하며, 내 아들이 그들을 학대하도록 내버려 두어서는 절대로 안 될 것이네. 먹을 것이 있을 때 함께 나누면 아이들은 기뻐서 깡충깡충 뛴다네."

상대방을 먼저 배려하는 정판교의 마음은 선의로 남을 돕고자 하는 그의 도덕심을 잘 보여준다.

◆ **생각**

상대방을 먼저 배려하는 사람은 자신뿐만 아니라 상대방도 바로 세워줄 수 있으며, 주위의 모든 이들을 이치에 밝은 사람으로 변화시킬 수 있다. 군자란 남을 도와 그의 훌륭한 점을 더 완전하게 만든다고 했다. 선현들은 세상에 온전히 서려면 언제나 남을 먼저 배려하라고 강조했다.

7. 기회를 창조해 성공을 거둔다

가을철의 털처럼 미세한 것들을 통하여 태산의 밑뿌리까지 흔들리는 것이다. 바깥에서 배풀어진 재앙의 싹을 잘라버리는 계책은 모두 틈새를 막는 방법에 말미암은 것이다.

經起秋毫之末, 揮之於太山之本.
경기추호지말 휘지어태산지본
其施外, 兆萌牙蘗之謀, 皆由抵巇.
기시외 조맹아얼지모 개유저희

_『저희(抵巇, 틈새를 막음)』

◉ 도리

사물에는 자연이 있고 일에는 맺고 푸는 이합이 있다. 세계의 본질은 복잡다단한 수많은 운동과 변화하고 발전하는 과정에서 필연적으로 틈이 생기고 금이 가기 마련이다. 그러므로 이러한 부동한 상황에 따라 부동한 기회를 창조하여 틈새와 금을 미연에 방지함으로써 새로운 변화와 발전을 가져올 수 있다.

❖ 경전 이야기 ❖

당나라 '안사의 난' 때 수많은 지방 관리들이 안록산과 사사명의 편에 섰는데 충성스러운 장수 장순만은 끝내 투항을 거부했다. 또한, 그는 군사 3천을 이끌고 홀로 옹구성을 지켰다. 그러자 안록산은 투항한 장수 영호조에게 병력 4만을 주어 옹구성을 포위 공격하게 했다. 이 싸움에서 장순은 기습 공격을 몇 번 성공하기는 했지만 병력에서 워낙 큰 차이가 나는 터라 성을 지키기 힘들어졌다.

그때 장순은 삼국시대 제갈량이 짚더미가 실린 배를 이용하여 화살을 엄청나게 얻었다는 이야기가 떠올랐다. 장순은 즉시 병사들에게 짚더미를 모아 사람 모양으로 만들고 검은 옷을 입힌 다음 한밤중에 그것들을 성 밖으로 떨어뜨리게 했다. 이를 본 영호조는 장순의 병사들이 또 기습을 감행하는 것이라고 판단하여 서둘러 병사들에게 활을 쏘라고 명령했다. 곧 장순의 지푸라기 병사들에게 화살이 빗발치듯 쏟아졌고, 그 덕분에 장순은 화살 10만 개를 손쉽게 얻었다. 날이 밝은 후에야 영호조는 장순의 속임수에 넘어갔다는 사실을 알게 되었다.

다음 날 밤 장순은 또다시 병사의 옷을 입힌 허수아비들을 성 밖으로 떨어뜨렸다. 이에 영호조의 병사들은 "우리가 똑같은 수법에 또 당하겠나!"며 활을 쏘는 대신 장순을 비웃었다. 그러자 장순은 정예병 5백을 성 밖으로 내보냈는데 영호조의 진영에서는 아무도 그 사실을 알아채지 못했다. 장순의 병사 5백은 어둠을 틈타 신속하게 적의 진영에 잠입해 공격을 시작했고 영호조의 진영은 순식간에 혼란에 빠졌다. 이를 지켜본 장순은 남은 병력을 이끌고 성을 나와 목숨을 걸고 싸웠다. 결국 영호조는 크게 패하여 도망쳤고 장순은 이런 전략을 이용해 옹구성을 지킨 것이다.

◆ 생각

세상의 모든 사건과 사물은 갈등 속에서 부단히 운동하고 변화, 발전하는 과정에서 항상 문제점을 안고 있다. 그러므로 이를 잘 관찰하고 연구하고 문제점을 발견하며 설령 문제가 없는 상황에서도 일부러 갈등을 만들고, 능동적으로 기회를 창조하여 그것을 이용하여 발생할 수 있는 문제점을 사전에 막아야 한다.

• • •

8. 굴러가는 원처럼 행동

굴러가는 원처럼 운용한다는 것은 바로 계략이 무궁한 것을 말한다.

轉圓者, 無窮之計.

전원자 무궁지계

_『본경음부칠술(本經陰符七術)』

◉ 도리

사람의 무궁한 지략을 거침없이 굴러가는 둥근 원에 비유하여 말한다.

귀곡자는 무슨 일이든 문제에 부딪히면 지나치게 틀에 얽매여서는 안 되고 원칙을 견지하면서도 상황에 따라 임시변통할 수 있어야 한다고 주장하였다. 흔히 사람들은 어떤 문제를 해결할 때 항용 일정한 규칙으로 정해진 틀에서 벗어나지 못한다. 그러므로 우리는 의식적으로 발상을 전환해야 하며 창의적인 사고를 키워야 한다.

❖ 경전 이야기 ❖

손빈이 처음 위나라에 도착했을 때 위왕은 그가 정말 쓸모 있는 사람인지 시험해 보았다. 위왕이 손빈을 궁전으로 불러들여 이렇게 말했다.

"그대는 나를 이 옥좌에서 내려오게 할 수 있는가?"

손빈이 난처한 듯 대답했다.

"그 자리에 불을 내면 어떻겠습니까?"

"그건 안 될 소리지."

잠시 생각에 잠겼던 손빈이 다시 입을 열었다.

"왕께서 자리에서 내려오시게 할 수는 없지만 다시 그 자리에 앉으시도록 할 수는 있습니다."

그의 말을 들은 위왕은 의기양양해져 말했다.

"좋다. 그대가 나를 어떻게 저 자리에 다시 앉힐 것인지 한번 지켜보도록 하지."

　말을 마친 왕은 옥좌에서 일어나 아래로 내려왔다. 신하들은 속으로 손빈을 비웃으며 그의 다음 행동을 주시했다.

　손빈이 크게 웃으며 말했다.

　"사실 신은 왕께서 다시 옥좌에 앉으시도록 할 수는 없습니다. 하지만 왕께서는 이미 옥좌에서 내려오셨군요."

　그제야 손빈의 뜻을 알아차린 신하들은 침이 마르도록 손빈의 지혜를 칭찬했다. 이 일로 손빈을 다시 보게 된 위왕은 그를 중용했다.

　손빈의 이 이야기를 들은 사람들은 손빈의 지혜에 감탄을 멈추지 않았다. 위왕을 자리에서 내려오게 할 만한 그의 총명한 방법은 융통성과 깊은 관계가 있다.

◆ 생각

　심리학자들은 발상의 전환과 창의력은 직접적으로 관련된다고 주장한다. 그러므로 우리는 창의적이고 융통성 있는 사고를 하며 다양한 각도에서 인식하고 문제를 해결하는 습관을 키워야 한다.

　세상을 살아가면서 여러 가지 문제점을 해결할 때 융통성이 있다면 막다른 골목에서도 길은 열려 굴러가는 원처럼 행동이 순조로울 것이다.

9. 객관적인 규율을 준수해야

변화는 무궁하지만 각자 모두 돌아가는 곳이 있다.

變化無窮, 各有所歸.

변화무궁 각유소귀

_『패합』

◉ 도리

세상만사와 만물은 무궁무진하게 변화하지만 모두 자신만의 본질적인 규칙에 따라 돌아갈 곳이 있다. 음에 속한 것이 있으면 양에 속한 것이 있고 부드러운 것이 있으면 강한 것이 있고 개방이 있으면 폐쇄가 있고 느슨함이 있으면 긴장도 있는 법이다.

세상 만물은 저마다 규칙이 있고 그 규칙에 따라 순환하는 것이 발전의 보편적인 규율이다. 규율은 객관적이기에 그 존재와 발생 과정에 인위적인 힘을 가해 마음대로 변화시킬 수 없다. 순자가 말했다. "하늘은 사람들이 추위를 싫어한다고 겨울을 없애지 않는다."

❖ 경전 이야기 ❖

주나라 무왕은 상나라 주왕을 없앨 기회만 엿보았다. 우선 적의 허실을 살펴보기로 한 그는 상나라에 정탐을 보냈다. 얼마 후 정탐을 마친 병사가 돌아와 무왕에게 보고했다.

"상나라는 지금 큰 혼란에 빠져 있습니다."

"얼마나 혼란스러우냐?"

"사악한 무리가 어진 이보다 더 대접을 받습니다."

"아직은 때가 아니다."

얼마 후 다른 병사가 정탐을 마치고 돌아와 무왕에게 보고했다.

"상나라의 혼란이 더 심해졌습니다."

"얼마만큼이나?"

"어진 선비들이 나라를 버리고 도망치고 있습니다."

"아직도 때가 아니다."

또 얼마 후 세 번째 정탐 병사가 돌아와 보고했다.

"상나라의 혼란이 극에 달했습니다."

"어느 정도인지 말하라."

"백성들은 불만이 있어도 감히 입 밖으로 꺼내지도 못합니다."

무왕의 얼굴에 금세 화색이 돌았다.

"그렇지! 이제 때가 온 듯하구나! 악인이 현인을 이기는 것은 폭동이라 하며 어진 이들이 나라 밖으로 도망치는 것은 붕괴라고 한다. 백성들이 불만을 함부로 이야기하지 못하는 것은 법이 너무 가혹하기 때문이며 상나라는 그 혼란이 극에 달한 것이다. 지금이야말로 군사를 일으킬 최적의 시기로다."

주 무왕은 용맹한 무사를 선봉 삼아 전차 300대를 이끌고 목야로 출병

할 것을 명령했다. 목야 전쟁에서 상나라는 멸망했고 주나라가 천하를 통치하게 되었다.

◆ 생각

세상을 살아가려면 하늘의 도에 순응하며 천천히 전진해야 한다. 그것이 성공에 이르는 지혜이다. 자신의 일에서 성공을 거두고 싶다면 객관적인 규율에 따라 일을 처리하며 하나하나 성실하게 해나가야만 한다.

봄에 씨를 뿌리면 여름에 곡식이 자라나 가을에 수확하고 겨울에 저장하는 천시의 정상적인 운용을 그 누구도 거슬러서는 안 된다.

● ● ●

10. 욕망을 다스린다

의지는 욕망이 만든다.

志者, 欲之使也.

지자, 욕지사야.

_『본경음부칠술』

귀곡자가 말한 "지(志)"란 욕망을 절제하는 능력을 가리킨다. "심지(心志)는 욕망의 사자(使者)이다. 원하는 것이 많으면 마음이 산란해지고 마음이 산란하면 의지가 약해지며 의지가 약해지면 생각하는 바를 이룰 수 없다. 그러므로 마음을 다스리면 배회하지 않고, 배회하지 않으면 의지가 약해지지 않으며 의지가 약해지지 않으면 생각하는 바를 이룰 수 있다."라고 노자는 강조했다.

❖ 경전 이야기 ❖

당 태종이 조정의 신하들에게 말했다.

"높은 하늘을 두려워하여 몸을 숙이고 후박한 땅을 두려워하여 맨발로 걷듯이 짐은 언제나 이처럼 하늘과 땅을 조심하고 있소. 그대들도 이같이 주의깊게 법규를 지킨다면 백성들은 평화를 누리고 그대들도 평안을 누릴 수 있을 것이요. 옛사람의 말에 '현명한 자는 재물이 많으면 뜻이 상하고 어리석은 자는 재물이 많으면 과오가 생긴다'라고 했소. 이 말을 깊이 새겨들어야 하오. 사사로운 욕심에 눈이 어두워 마음이 깨끗하지 못하면 법규를 지키지 않아 백성들의 원망을 얻어 죄가 드러나지 않더라도 항상 긴장하게 될 것이요. 이것이 심해지면 병에 걸리거나 자살하는 수도 있소. 남자라면 재물을 탐내 생명을 잃거나 자손에게 치욕을 남겨서는 안 될 일이오."

◆ **생각**

사람의 욕심에 끝이 없다는 말은 전혀 틀린 이야기가 아니다. 사람들의 욕망을 날카롭게 표현한 『해인이(解人頤)』의 한 구절을 인용한다.

"한겨울에 찬바람이 불어닥치면 배고픔을 걱정하고 배가 부르면 입을 것을 생각한다. 먹고 입는 것을 모두 채우면 아리따운 아내를 얻고 싶어진다. 미인을 얻어 아들을 낳고 나면 힘써 일굴 땅 한 뙈기 없는 것이 한스럽다. 넓은 논밭을 손에 넣으면 노새와 말이 없음을 아쉬워한다. 노새와 말이 있으면 관직에 오르지 못해 업신여김 당하는 것을 한탄한다. 관직에 오르면 직위가 높지 않은 것을 부끄러워하고 또 권력을 쥔 신하가 되고 나면 결국 임금의 옷을 입으려고 한다."

욕망이 없는 사람은 없으나 사실 우리는 자신이 바라는 것을 어느 정도 절제할 필요가 있다. 욕망을 절제하지 못하면 결국 자아를 잃고 욕망의 노예가 된다. 그래서 우리는 평소에도 욕망을 억제해야 하며 평상심을 유지해야 한다.

11. 생존 전략

세상의 틈새를 막을 수 없으면 은밀한 곳을 찾아 시기를 기다리고 틈새를 막을 수 있는 때가 되면 책략을 내놓는다.

世無可抵, 則深隱而待時; 時有可抵, 則爲之謀.
세무가저 즉심은이대시 시유가저 즉위지모
_『저희』

● 도리

귀곡자의 생존 전략은 자신에게 불리한 상황에서는 성급하게 행동하지 말고 냉정함을 유지하면서 굳은 신념으로 고비를 넘기고 상황이 바뀌어 황금기가 다가올 때 적극적으로 뛰어들어 자신의 뜻을 펼치는 것이다.

❖ 경전 이야기 ❖

조조의 위나라 명제 사후 나라의 대권은 모두 조상(曹爽)의 가문이 움켜쥐고 있었기 때문에 사마의(司馬懿)는 병을 핑계 대고 집에 머물며 기회가 오기를 기다렸다.

한편, 마음껏 권력을 행사하며 남부러울 것 없던 조상은 사마의의 존재가 너무 크게만 느껴져 형주자사 이승에게 인사를 핑계로 사마의의 집을 방문해 상황을 알아보라고 시켰다. 그 속셈을 모를 리 없는 사마의는 모자를 벗고 산발을 한 채 이불을 끌어안고 침상에 누워 이승을 맞았다. 그 모습을 본 이승이 입을 열었다.

"오랫동안 태부 어른을 뵙지 못하였는데 병이 이리도 위중하실 줄 누가 알았겠습니까? 저는 곧 형주로 떠나게 되어 마지막 인사를 드리고자 이리 찾아뵈었습니다."

"병주는 북방과 가까운 곳이니 매사에 조심하게."

"태부 어른, 저는 병주가 아니라 형주로 가는 것입니다."

"그대가 병주에서 왔다고?"

"호북의 형주 말입니다."

"청주에서 왔다고?"

이런 사마의의 모습을 보고 이승은 속으로 '이 노인네 병이 이렇게 위중할 줄이야! 귀까지 멀었군!'이라고 생각했다. 이승은 재빨리 붓을 가져와 글을 써 사마의에게 보여주었다. 사마의는 그제야 알았다는 듯 웃으며 말했다.

"내가 병으로 귀까지 멀었나 보네."

말을 마친 사마의가 손가락으로 입을 가리키자 시녀가 얼른 다가와 탕약을 먹여주었다. 하지만 사마의는 그것을 삼키지 못하고 침상에 토해버리고 힘겹게 입을 열었다.

"나는 이제 너무 늙고 병이 깊어 살날이 얼마 남지 않았네. 내 두 아들은 큰 재목감이 되지 못하니 부디 그대가 잘 돌봐주시게. 그리고 조상 대장 군을 만나시거든 내가 그 두 아이를 부탁한다고 전해주게나."

말을 마친 사마의는 다시 침상에 누워 힘겹게 숨을 내쉬었다. 사마의의 집을 빠져 나와 곧바로 조상을 만나러 간 이승은 사마의의 현재 상태를 자신이 본대로 빠짐없이 전해주었다. 그러자 조상은 기쁨을 감추지 못하고 말했다.

"그 늙은이가 죽으면 나 역시 마음을 놓을 수 있을 테지."

그때부터 조상은 사마의를 안중에도 두지 않게 되었다. 한편, 이승이 돌아가자 사마의는 바로 두 아들을 불러 이렇게 말했다.

"이제부터 조상은 나를 경계하지 않을 것이다. 이제 그가 성밖으로 사냥을 나가기를 기다려 쓴맛을 보여줄 것이다."

얼마 후, 조상은 어린 황제(소제)를 모시고 명제의 능인 고평릉에 참배하러 성을 떠났다. 그러자 사마의는 즉각 부하들을 소집해 성의 무기고를 습격했고 태후를 위협해 조상의 예봉을 미리 꺾어 놓았다. 그런 다음 그는 병권만 온전히 넘겨주면 아무런 해를 입히지 않겠다고 조상을 달랬다. 결국 조상은 병권을 넘기는 것에 합의하고 상황은 안정되었다. 그러자 사마의는 거침없이 조상과 그의 무리를 모두 참수형에 처해버렸고 순조롭게 위나라 대권을 거머쥘 수 있었다.

◆ 생각

우리는 현실에서 득세할 당시에는 모든 일이 순조롭지만 실세하면 아무리 노력해도 상황은 계속 악화일로로 치닫게 마련이라는 것을 안다. 그래서 귀곡자는 상황이 불리하게 돌아가면 몸을 숨기고 "지구전"을 펼치며 적당한 때를 기다릴 것을 강조했다.

12. 성공하려면 매사에 능동적이어야

세상이 다스려질 수 있다고 판단하면 그것을 미리 막아 봉쇄하고 다스려질 수 없다고 판단하면 미리 막아 세상을 획득한다.

世可以治, 則抵而塞之; 不可治, 則抵而得之.
세가이치 즉저이색지 불가치 즉저이득지
_『저희』

◉ 도리

귀곡자는 이렇게 주장한다. "세상을 다스릴 수 있을 때는 "저(抵 : 막다. 대체하다는 뜻)"를 이용하여 그것이 완벽하게 유지되어 계속 이어질 수 있도록 하라. 반대로 다스릴 수 없을 정도로 세상일이 혼란스러울 때는 철저하게 무너뜨리는 "저(抵)"를 이용해 새롭게 만들라."

❖ 경전 이야기 ❖

당나라 고조 이연은 적자인 맏아들 이건성을 황태자로 삼고 둘째 이세민을 진왕에 봉했다. 그러자 태자의 속관인 왕규와 위징은 여러 번 태자에게 건의했다.

"진왕 이세민은 이미 많은 공을 세워 안팎의 인심이 모두 그에게 쏠려 있습니다. 그런데 전하는 적자이고 맏아들이라는 이유 하나만으로 태자 자리에 오르셨습니다. 큰 공도 세우지 못했습니다. 그러니 하루빨리 진왕 이세민을 처리하여 후환을 없애십시오."

그리하여 태자 이건성은 아우 원길과 손잡고 이세민을 서서히 사지로 몰아넣는 것을 모의했다. 그들은 우선 황제의 후궁들에게 틈만 나면 황제 앞에서 이세민을 흉보게 했다. 그런 상황이 계속되자 점점 그 이야기들을 사실이라고 믿게 된 고조는 이세민을 처리하기로 결심하였다. 하지만 진왕 이세민을 죽이자는 데는 결코 동의하지 않았다.

당시 정국의 풍운은 아무도 예측할 수 없었다. 진왕부에 검은 그림자가 드리우자 이세민의 부하들은 모두 겁을 먹고 어찌할 줄 몰랐다. 그러면서 진왕부의 막료 장손무기와 방현령, 두여회는 미리 말을 맞추어 진왕에게 자기들 쪽에서 먼저 태자와 원길을 죽이자고 제안했다. 사실 이세민은 고조의 둘째 아들이지만 이연이 태원에서 거병하는 것부터 천하를 통일하기까지 핵심적인 역할을 하였다. 사람들은 당왕조의 계승자는 바로 이세민이라고 생각하고 있었다. 게다가 오랫동안 전장에서 지낸 터라 그 수하에는 인재가 많았다. 이들은 모두 이세민이 이건성을 대신해 태자가 되길 원했다. 그러나 형과 아우가 자신의 숨통을 조여와도 여전히 확신이 서지 않았던 이세민은 점쟁이를 불러 점을 쳐보려고 했다. 때마침 안으로 들어온 막료 장공근이 귀갑을 낚아채서는 바닥으로 던지며 말했다.

"점은 본래 궁금한 것을 풀고자 보는 것입니다. 하지만 지금 상황은 의심할 여지 없이 명명백백한데 어찌 점을 보신단 말입니까? 만약 점을 쳐 불길하다면 왕께서는 거사를 포기라도 하실 것입니까?"

이세민은 그제야 '의로운 일을 하겠다'라는 생각을 굳히고 태자의 자리를 대신하려는 행동에 들어갔다. 치밀한 계획 끝에 그들은 해를 넘기지 않고 현무문 정변을 일으켰다. 이때 이세민은 형 건성과 아우 원길을 죽였다. 그러자 고조 이연은 이세민을 태자로 삼고 이렇게 선포하였다.

"오늘부터 국가의 대사는 모두 태자가 결정할 것이며 짐은 보고만 받을 것이다."

이세민은 바로 그날부터 실질적인 황제가 되었다.

◆ 생각

오랫동안 사회에 갈등이 쌓여 막을 수 없게 되면 적극적으로 그것을 대체할 만한 것을 찾아 새로운 천하와 사회를 만들어야 한다.

"틈새의 싹을 이렇게 막기도 하고 저렇게 막기도 하는데 그 틈새의 싹을 미리 막아 다시 정도(正道)로 돌아오게 하거나 그 틈새의 싹을 미리 막아 아예 세상을 뒤집기도 한다."라고 귀곡자는 말하였다.

13. "원"과 "방"의 지혜

원(圓)은 상대방의 뜻과 영합하는 것이고 방(方)은 사건을 처리하고 문제를 해결하는 것이다.

圓者, 所以合語; 方者, 所以錯事.

원자 소이합어 방자 소이착사

_ 본령음부칠술 전원(轉圓)

◉ 도리

"원방(圓方)"은 처세의 핵심이다. "원"은 책략을 펼치며 기교를 부리는 것을 말하며, "방"은 원칙을 따르며 주견이 있는 것을 말한다.

"원"만 있고 "방"이 없으면 입신할 수 없고, "방"만 있고 "원"이 없으면 고집불통이 된다.

❖ 경전 이야기 ❖

청나라 초 이름 있는 시인 주완운의 집 앞에 자신이 지은 시를 들고 가르침을 청하러 오는 사람의 발길이 끊이지 않았다. 주완운은 이들을 보고 남다른 사명감을 느꼈고 작은 결점 하나라도 놓치지 않고 세심하게 지적해 주었다. 그래야만 자신을 찾아온 사람들이 많은 것을 배워 가리라고 생각했기 때문이었다. 하지만 의욕에 가득 차 주완운을 찾아 왔던 사람들은 그의 평을 듣고 나서 모두 잔뜩 풀이 죽은 채 돌아갔다.

얼마 지나지 않아 문인들 사이에서 이상한 소문이 돌기 시작했다. 대부분 주완운이 너무 오만해 다른 이들을 업신여긴다거나 사리 분별을 제대로 하지 못한다는 내용이었다. 그제야 자신의 행동을 후회한 주완운은 괴로운 심정을 친구에게 말했다.

"나를 찾아온 사람들의 기분을 상하게 하고 싶지는 않네. 하지만 그렇다고 듣기 좋은 말만 해주면 그들은 아무 발전 없이 지금 상태에 머물며 그저 그런 시만 짓게 되지 않겠는가. 나는 그런 것은 더 싫다네. 도대체 이 일을 어찌하면 좋단 말인가?"

그의 이야기를 듣던 친구가 웃으며 말했다.

"좋다고도, 나쁘다고도 하지 말고, '정말 쉽지 않았겠군!'이라고 말하면 되지 않는가?"

주완운은 그제야 얼굴에 화색을 띠며 고개를 끄덕였다. 때마침 그날 한 오인이 100권이나 되는 시첩을 나귀에 싣고 주완운을 찾아 왔다. 주완운은 전과 달리 먼저 부드러운 목소리로 노인에게 물었다.

"노인장이 시를 지은 지는 얼마나 되셨습니까?"

"한 40년 되오!"

"40년 동안 시첩을 100권이나 쓰셨다니 정말 쉽지 않은 일입니다."

"허허, 과찬입니다."

노인은 연신 고마움을 표했고 만족해하며 돌아갔다. 그때부터 주완운에게서 가르침을 얻고자 하는 사람들은 모두 기쁜 마음으로 그를 찾아와 만족해하며 돌아갔다.

"주완운 선생이 내 시가 '쉽지 않다'고 하셨어! 얼마나 안목이 높으신지!"

◆ 생각

귀곡자는 "원(圓)이 통하지 않을 때 '방(方)'을 멈추지 않고 쓰면 큰 성공을 이룰 수 있다."라고 말했다. 이처럼 원과 방은 함께 써야 하며 어느 것 하나도 빠져서는 안 된다. 이를 지킬 수 있다면 분명히 큰 성공을 거둘 수 있다.

· · ·

14. 기교에도 창의력이 있다

마(摩)를 쓰는 사람은 평화롭게 하거나 정직하게 하거나 기쁨으로 하거나 분노로 한다.

其摩者, 有以平, 有以正, 有以喜, 有以怒.
기마자 유이평 유이정 유이희 유이노
_『마(摩)』

◉ 도리

귀곡자의 "마(摩)"는 궁리하고 접촉하는 방법으로 자세히 탐구한다는 뜻을 가지고 있다. "마"는 추측하는 기초 위에서 진일보하여 상대방을 헤아리고 접촉하는 것이다.

"마"의 "평(平), 정(正), 희(喜), 노(怒)" 같은 기교 중에서 단 한 가지에만 얽매이지 않고 골고루 운용할 수 있는 창의력을 발휘하는 것이다.

❖ 경전 이야기 ❖

전국시대 제나라의 정곽군이 자신의 영지인 설 땅에 성을 지으려고 했다. 많은 유세객이 그를 말렸지만 정곽군은 막무가내였다. 심지어 아예 유세객들을 들이지 말라는 명령까지 했다. 하루는 누군가가 찾아 왔다.

"저는 딱 세 마디만 하면 됩니다. 혹시 세 마디가 넘어가면 저를 죽여도 좋습니다."

하인들로부터 이 이야기를 전해들은 정곽군은 호기심이 생겨 그 사내를 만나보기로 했다. 이윽고 들어온 사내는 공손히 예를 올리고 입을 열었다.

"해(海), 대(大), 어(魚)."

말을 마친 그 사내는 곧바로 자리에서 물러났다. 도무지 그 뜻을 알 수 없었던 정곽군은 서둘러 그 사내를 불러와 물었다.

"말을 다 끝내지도 않고 어딜 가시는 게요?"

"저는 제 목숨을 가지고 장난칠 마음이 조금도 없습니다."

"걱정하지 말고 그 뒷이야기를 계속해보시오."

"바다에 사는 대어를 알고 계시지요? 대어는 그물에 걸리지도 않고 낚싯줄로도 낚아 올릴 수 없습니다. 하지만 자신이 신중하지 못하여 물을 떠나면 곤충들의 먹이가 될 수밖에 없습니다. 지금 제나라는 정곽군께 물이라고 할 수 있습니다. 이 물속에서 오랫동안 보호받을 수 있는데 과연 설성을 지을 필요가 또 있겠습니까?"

정곽군은 고개를 끄덕이며 말했다.

"그대의 말이 옳소."

그는 성을 지으려던 계획을 포기했다. 그 사내는 다른 유세객들이 많이 쓰는 방법 대신 딱 세 마디만 해 정곽군의 호기심을 자극하는 방법을 썼다. 그것은 창의적인 간언 방법이었다.

◆ **생각**

"마(摩)"의 행위 방식에는 규율이 있다. "마"에 통달한 식견이 높고 사물에 밝은 누군가는 독립적인 사고를 잘하여 외재적인 정보로 상대방의 심리적인 욕구를 분별 있게 알아낸다. 또한, 상대방의 속마음을 파악하여 그로 하여금 자기 말을 듣고 자신의 계략을 따르게 한다.

"마"의 계략은 자신의 추측이 상대방과 일치되게 해 마음대로 부릴 수 있어 모든 일을 마음속에 명백하게 한다.

15. 중구(衆口)는 쇠도 녹여

많은 사람의 말은 쇠도 녹일 수 있다고 했는데 말은 일(사실)을 그릇되게 하는 일이 있기 때문이다.

衆口鑠金, 言有曲故也.

중구삭금 언유곡고야

_『권(權)』

● 도리

중구는 쇠도 녹인다고 한다. 사람들의 말 속에는 옳지 않은 것도 있기 때문이다. 사람의 말은 그것이 옳든 그르든 말이 모여 여론을 만들면 그 힘은 쇠를 녹일 수 있을 만큼 대단하다는 뜻이다. 그러므로 귀곡자는 쓸데없는 소문에 휩쓸리지 말 것을 당부했다.

❖ 경전 이야기 ❖

제나라에 사는 모공이라는 사람의 유일한 낙은 쓸데없는 이야기를 듣고 와 다른 사람에게 더 부풀려 떠벌리는 것이었다. 어느 날 오리 한 마리와 고기 한 점 이야기를 주워들은 그는 곧 그것을 부풀려 친구인 애자에게 말했다.

"어떤 사람이 알을 잘 낳는 거위를 키우는데 글쎄 그 거위가 하루에 알을 100개나 낳는다지 뭔가."

애자가 믿지 않자 모공은 다시 말했다.

"아마 두 마리가 낳았나 보네."

애자가 여전히 믿지 못하겠다는 표정을 지었다.

"그럼 네 마리? 여섯 마리? 열 마리?"

모공은 잠시 입을 닫고 있더니 또다시 이야기를 꺼냈다.

"어느 날 하늘에서 고기 한 점이 떨어졌는데 글쎄 그 길이가 서른 장이나 된다고 하더라고!"

이번에도 애자가 믿지 않자 모공은 다급하게 말했다.

"아마 스무 장일 걸세."

그러자 애자가 참지 못하고 말했다.

"자네가 말하는 그 오리 주인이 대체 누군가? 그리고 그 고기가 떨어진 곳은 또 어디라고 하던가?"

모공은 선뜻 대답을 못하고 우물쭈물하다가 입을 열었다.

"그냥 길에서 오다가다 들은 이야기네."

그 이야기를 듣고 어이없다는 듯 웃은 애자는 뒤에 서 있던 제자들을 보고 말했다.

"너희들은 절대로 여기 있는 모공처럼 길에서 들은 이야기를 함부로 전하고 다녀서는 안 되느니라."

◆ **생각**

우리는 살다 보면 수많은 유언비어를 듣게 되지만 그러한 소문에도 언제나 이성을 잃지 않는 태도를 유지해야 한다.

어떤 일의 진위를 판단하려면 맹목적으로 소문을 믿기보다 우선 그 일을 꼼꼼히 조사하고 관찰해야 한다. 때로는 황당한 거짓말도 여러 사람이 말하면 진실이 되기 마련이다. 다른 사람의 의견에 휘둘리지 않고 자신의 신념을 끝까지 지킬 수 있어야 한다.

...

16. 내가 갖추어야 할 덕목

군주가 편안하고 여유로우며 바르고 조용하다면 군주의 품격이 있는 것이다.

安徐正靜, 其被節先定.

안서정정 기피절선정

_『부언(符言)』

말과 행동이 모두 여유로운 것이 안정이다. 서둘지 않고 조급해하지 않으며 모든 일을 이치에 맞게 처리하는 것이 침착이다. 정직은 솔직담백한 것이고 평온함을 갖춘 사람은 남들과 다투지 않고 상대방을 감싸 안는다.

❖ 경전 이야기 ❖

동진의 개국 공신 왕돈은 야심이 매우 커 황제 자리를 넘보았다. 이를 눈치챈 모사 전풍은 왕돈을 부추겼고 결국 두 사람은 의기투합해 모반을 결심했다.

어느 초여름 새벽 왕돈이 막 잠에서 깼을 때였다. 전풍이 황급하게 그를 찾아 왔다. 아무 말없이 자신에게 눈짓만 하는 전풍을 보고 왕돈은 손짓으로 시종을 모두 물렸다. 두 사람은 문을 걸어 잠그고 모반 계획을 세워나갔다. 전풍이 은밀한 목소리로 이야기를 시작하자 듣고 있던 왕돈의 표정은 점점 긴장하여 상기되었다. 잠시 후 왕돈이 자리에서 일어나 손짓으로 전풍의 말을 막았다.

때마침 창밖을 내다보던 그의 눈에 맞은편 서재에 걸어둔 휘장이 살짝 흔들리는 것이 보였기 때문이다. 왕돈은 그제야 조카 왕희지가 그 서재에서 자고 있다는 사실을 떠올렸다. 당시 11살이었던 왕희지는 왕돈의 사랑을 듬뿍 받으며 자랐다. 왕돈이 총명하고 무슨 일이든 금세 깨우치는 왕희지를 일찌감치 가문의 후계자로 점찍어두고 항상 그를 곁에 두었던 것이다. 왕희지는 이번에도 며칠 동안 왕돈의 집에 머물고 있었는데 때마침 그 침실이 왕돈과 전풍이 이야기를 나누던 거실과 바로 이어져 있었다. 하지만 왕돈은 전풍이 찾아왔을 때 긴장한 나머지 왕희지가 그 방에서 자고 있다는 사실을 까맣게 잊어버린 것이다. 왕돈은 놀란 표정으로 말했다.

"이를 어쩌면 좋단 말인가! 방금 우리가 했던 이야기를 그 아이가 들었다면 어떻게 해야 하지!"

거병이니 찬탈 같은 발언은 크나큰 반역죄였다. 그것이 새어나가기라도 한다면 결말이 어떨지는 불보듯 뻔한 것이다. 전풍은 두 눈 가득 살기를 띠며 왕돈에게 말했다.

"대장군, 이 일이 알려지면 우리는 모두 죽습니다. 무릇 담이 작으면 군주가 아니라고 했고 독하지 않으면 사내대장부가 아니라고 했습니다."

전풍은 이렇게 말하며 은근히 왕돈에게 조카를 죽일 것을 종용했다.

"대장군이 큰일을 하려면 과감하게 행동해야지. 잘라야 할 때 자르지 않으면 더 큰 화가 생긴다고 했으니 말이오."

왕돈은 말을 마치고 조카가 자고 있는 방을 바라보며 조용히 말하였다.

"얘야! 무정한 나를 용서하려무나."

말을 마친 왕돈은 날이 시퍼렇게 선 청룡보검을 빼들고 왕희지의 방으로 갔다. 전풍도 조용히 뒤를 따랐다. 살며시 손으로 휘장을 걷고 검을 내리치려던 순간 왕돈은 멈추고 말았다. 왕희지가 색색 숨소리를 내며 아주 달게 자고 있었던 것이다. 심장 박동도 일정한 것을 보니 한참 자고 있는 것이 분명했다. 왕돈은 그제야 마음이 놓였다.

"아무것도 듣지 못했구나!"

왕돈은 즉시 검을 감추고 전풍의 손을 잡아끌며 왕희지의 방에서 나왔다.

위기의 순간이었다. 왕희지는 자칫 삼촌의 손에 죽을 수도 있었다. 사실 전풍이 역모 계획을 이야기할 때부터 이미 잠을 깬 왕희지는 뜻하지 않게 두 사람의 이야기를 다 들었다. 어린아이였지만 그것이 얼마나 위험한 일인지 직감했다. 왕돈이 검을 들고 방으로 들어올 때 왕희지는 두려움으로 심장이 터질 것만 같았다. 그는 온 힘을 다해 마음을 안정시키고 두 눈을 감고 깊은 잠이 든 척했던 것이다. 어린 왕희지는 이렇게 남다른 대범함과 침착함으로 목숨을 지킬 수 있었다.

◆ 생각

침착함은 수많은 경험을 통해 마음속 깊은 곳에서 우러나오는 인생에 대한 낙관이다.

귀곡자는 안정, 침착, 정직, 평온을 수양의 덕목으로 삼았다. 그리고 이를 얻고자 끊임없이 노력할 것을 강조했다. 명나라의 학자 여곤은 "천지 만물의 이치는 침착함에서 시작하며 조급함으로 망한다."라고 말했다.

도가학파의 창시자

老子

제2편 노자

노자

성은 이(李), 이름은 이(耳) 혹은 담(聃)이다. 초나라 출신이다.

춘추시대 사상가, 철학가, 도가학파의 창시자이다. 저서로는

『도덕경』이 있다.

노자의 일언폐지(一言蔽之)

◦최상의 선은 물과 같다.

　上善若水.(상선약수) _「제8장」

◦남을 아는 사람은 지혜롭고 자신을 아는 사람은 총명하다.

　知人自智, 自知者明.(지인자지 자지자명) _「제33장」

◦큰 그릇은 더디게 이루어진다.

　大器晚成.(대기만성) _「제41장」

◦만족할 줄 알면 욕을 당하지 않고 멈출 줄 알면 위태롭지 않다.

　知足不辱, 知止不殆.(지족부욕 지지불태) _「제44장」

◦큰 나라를 다스리는 것은 작은 생선을 요리하는 것과 같다.

　治大國若烹小鮮.(치대국약팽소선) _「제60장」

◦하늘의 그물은 성글어도 빠뜨리지 않는다.

　天網恢恢, 疏而不失.(천망회회 소이부실) _「제73장」

◦일을 쉽게 떠맡으면 어려움을 많이 당한다.

　輕諾必寡信.(경낙필과신) _「제63장」

∘ 하늘의 도는 친한 사람이 없어 언제나 선한 사람의 편을 든다.

天道無親, 常與善人.(천도무친 상여선인) _ 「제79장」

∘ 자신을 칭찬하는 사람은 오래가지 못한다.

自矜者不長.(자긍자불장) _ 「제24장」

∘ 무기는 아무리 정교해도 상서롭지 못하다.

夫佳兵者, 不祥之器.(부가병자 불상지기) _ 「제31장」

∘ 적을 가장 잘 이기는 자는 적과 마주치지 않는다.

善勝敵者不與.(선승적자불여) _ 「제31장」

1. 물의 도

  가장 훌륭한 선(善)은 물과 같다. 물은 만물을 이롭게 하면서도 다투지 않으며 모든 사람들이 싫어하는 곳에 머물기 때문에 도(道)에 가깝다.

  낮은 땅에 머물기를 좋아하고 마음이 깊은 것을 좋아하고 진실한 말을 좋아하고 정의로운 정치를 좋아하고 효과 있게 일을 처리하고 때에 맞게 움직이는 것을 좋아한다.

  오로지 싸우지 않기 때문에 허물이 없다.

  上善若水.

  상선약수

  水善利萬物而不爭, 處衆人之所惡, 故幾於道.

  수선리만물이부쟁 처중인지소오 고기어도

  居善地, 心善淵, 與善仁, 言善信, 正善治, 事善能, 動善時.

  거선지 심선연 여선인 언선신 정선치 사선능 동선시

  夫唯不爭, 故無尤.

  부유부쟁 고무우

  _「제8장」

◉ 도리

  노자는 서로 다투지 않는 것을 가장 훌륭한 선(善)이라고 생각했는데 물은 그러한 선의 모습을 잘 갖추고 있다고 설명했다. 노자는 이 세상의 모든 사람들이 물과 같이 살아가는 자세가 중요하다고 강조했다.

❖ **경전 이야기** ❖

수 문제 때 조정에 유명한 대신으로 위세강이라는 사람이 있었다. 그는 성격이 침착하고 중후할 뿐만 아니라 겸손하였다. 또한, 도량이 넓어 사람을 달랠 줄도 알았다. 그는 10여 년 동안 벼슬자리에 있으면서 그 어떤 정치 투쟁에도 휩쓸리지 않았다. 그가 능히 이렇게 할 수 있었던 비결은 자신에 대해 만족할 줄 알고 야심이 없었기 때문이다.

위세강은 예부상서와 이부상서의 직책에 있었지만 검소하였으며 사람을 대할 때 겸손하였고 끝내 부귀와 권력과 결탁하지 않았다. 그는 사람들이 좋은 일을 했을 때는 적극적으로 지지했으며 사람들이 실수했을 때는 적당히 감싸주면서 함부로 질책하지 않았다. 위세강이 이부상서로 있을 때는 인재 채용에서 공정했고 유용한 인재를 임용했기에 백성들의 찬양을 한몸에 받았다.

위세강은 오래가지 않아 형주 총관으로 임명되었다. 당시 총관은 4명이었는데 3명은 모두 수 문제의 아들이었고 유일하게 위세강만 외인이었다. 이 한 가지 사실만 보더라도 수 문제가 위세강을 얼마나 총애했고 신임했는지 잘 알 수 있다.

위세강이 이렇게 될 수 있었던 것은 그가 그 어떤 위험이 닥쳐도 흔들리지 않고 자연에 순응하는 처세 방식을 잘 알고 있었기 때문이다.

노자는 물을 가장 고상한 인격에 비유하면서 사람들과 말을 하고 일을 할 때는 물과 같이 남을 잘 이끌되 씩씩하고 속되지 말아야 하며 유유한 가운데서 즐거움을 얻어야 한다고 주장했다. 무릇 통치자나 평범한 백성일지라도 나를 낮추고 남을 높이면 그 어떤 사람이라도 환영하지 않을 수 없다.

•••

2. 나 자신을 아는 것

남을 아는 사람이 지혜롭다면 자신을 아는 사람은 현명하다. 남을 이기는 사람에게는 힘이 있다면 자신을 이기는 사람은 강하다. 만족할 줄 아는 사람은 부유하고 힘써 실천하는 사람은 뜻이 있다. 자신의 위치를 잃지 않는 사람은 영원하고 죽었어도 도를 잃지 않는 사람은 영원히 사는 것이다.

知人者智, 自知者明.

지인자지 자지자명

勝人者有力, 自勝者強.

승인자유력 자승자강

知足者富, 强行者有志.

지족자부 강행자유지

不失其所者久, 死而不亡者壽.

부실기소자구 사이불망자수

_「제33장」

● **도리**

나의 진정한 적은 바로 자신이며 진정한 맞수도 자신이며 가장 통제하기
힘들고 상대하기 어려운 적도 자신이다. 그러므로 나 자신을 알고 자신을
통제하며 자신과의 싸움에서 이기는 것은 평생 가장 중요하다.

노자는 자신을 알지 못하면 남을 알 수 없고 남을 알 수 없으면 자신을
알 수 없다고 주장하였다.

❖ **경전 이야기** ❖

유방의 휘하에 진평이라는 사람이 있었다. 그는 어려서부터 매우 가난
하여 상갓집에서 일을 도우며 겨우 생계를 꾸려 나갔다. 혼기가 꽉 찼는데
도 장가를 가지 못한 채 형님 댁에 빌붙어 살았다. 진평은 가난하고 힘들
어도 가슴속에 큰 뜻을 품고 공부를 게을리하지 않았다. 그렇게 넓은 식
견과 재능을 키워나갔다.

하루는 마을 사람들에게 고기를 나누어주는 일을 맡게 되었는데 매우 공평하게 처리해 칭찬이 자자했다. 진평은 그런 칭찬의 말을 들으면 "참으로 안타깝기 그지없다. 내가 천하를 다스린다면 고기를 나누듯 공평하게 다스릴 텐데."라고 탄식했다.

얼마 후, 진나라 곳곳에서 반란이 일어나자 진평은 위나라로 가서 위왕을 섬기게 되었다. 그가 위왕에게 여러 계책을 내놓았지만, 위왕은 매번 탐탁지 않게 여겼다. 진평은 초나라로 가서 초왕인 항우를 섬기게 되었다. 그곳에서도 진평은 계책을 건의했고 항우가 은왕 사마인을 굴복시키는 데 큰 도움을 주었다. 항우는 진평의 그런 능력을 질투했고, 진평은 이를 개탄하며 다시 초나라를 떠나 한나라 유방에게 갔다.

그는 위무지의 추천으로 유방의 총애를 받으며 군영 장수들의 파병을 관리하는 직책을 맡게 되었다. 그러자 여기저기서 불만의 목소리가 불거졌고 한의 장수인 주발과 관영이 유방에게 이를 아뢰었다.

"진평이 비록 재주가 있는 인물이라고는 하나 그의 학문과 재능은 아직 검증된 바 없으며 고향에 있을 때는 형수와 정분을 통했다는 소문이 있사옵니다. 대왕께서는 그를 어여삐 여겨 관직까지 내려주셨지만 맡은 바 본분을 다하기는커녕 여러 장수로부터 뇌물까지 착복하고 있으니 실로 개탄하지 않을 수 없는 일이옵니다."

유방이 화가 나 진평을 추천했던 위무지를 꾸짖었다.

"진평의 품행이 좋지 않거늘 어찌하여 그대는 바른대로 고하지 않고 재능이 많은 인재라고 하였는고?"

"소신은 당시 진평의 재능을 지금은 폐하께서 진평의 품행을 꾸짖고 계시옵니다. 재능과 품행은 별개의 문제입니다. 현재 우리 한나라와 초나라는 양립할 수 없는 관계로 어느 한쪽은 패망하게 되어 있습니다. 인재를 잃는 자는 지고 인재를 얻은 자는 이길 것입니다. 초왕을 이기고 천하를 손에 넣으시려면 진평 같은 인재의 뛰어난 계략이 필요하옵니다."

유방은 위무지의 말에 일리가 있다고 생각했지만 여전히 꺼림칙했다. 그리하여 진평을 불러 꾸짖었다.

"그대는 위왕을 섬기다가 뜻대로 되지 않자 다시 초왕을 섬겼고 그마저도 안 되어 다시 과인에게 왔다. 그런데 작금에 이르러 뇌물을 챙기기에만 급급하니 어찌 그대의 충성심과 지조를 의심하지 않을 수 있겠는가?"

"제가 위왕과 초왕을 떠난 것은 그럴 만한 이유가 있었기 때문입니다. 위왕은 고집이 세고 남의 말을 듣지 않는 인물이었으며 초왕은 원대한 포부를 가졌으나 자신의 친인척만 등용하였습니다. 그런데 대왕께서는 인재를 중시하여 능력 있는 자는 모두 중용하신다고 들었기에 제가 이곳으로 온 것입니다. 한나라 군영은 이미 군량미는커녕 변변한 무기조차 없어 궁여지책으로 여러 장수들로부터 뇌물을 받았습니다. 저의 계략과 지략이 한나라에 도움이 되지 않는다면 대왕께서 내려주신 관직과 그동안 받았던 뇌물을 모두 반납하겠습니다."

이에 유방은 진평에게 사과하고 재물을 하사하였다. 그를 승격시켜 전군을 감독하게 하였다. 이렇게 해 진평은 유방의 책사가 되었다.

◆ 생각

자신을 아는 현명함은 앞으로 나아갈 수 있는 원동력이다. 정의로 사악함과 맞서 싸우고 노력으로 나태함과 맞서 싸우며 공정함으로 편파에 맞서 싸우고 진실로 허위와 맞서 싸우며 겸손함으로 교만함과 맞서 싸우고 넓은 마음으로 걱정 근심과 맞서 싸워야 한다. 이러한 마음가짐이 자신의 진짜 주인이 되는 것이다.

. . .

3. 총애를 받거나 치욕을 당했을 때

총애를 받거나 치욕을 당해도 놀라지 말라. 커다란 우환을 자기 몸처럼 귀하게 여겨라.

寵辱若驚, 貴大患若身.
총 욕약경 귀대환약신
_「제13장」

● 도리

총애를 받거나 치욕을 당했을 때 마음이 어지러워지면 이는 자기 수양을 게을리한 사람으로 결국 경거망동하다가 큰 화를 부르게 된다. 즉, 실패의 원인이 된다. 반대로 이러한 상황에서 당황하지 않는 태도는 성공의 중요한 요인이 된다.

❖ 경전 이야기 ❖

당나라의 시인 이백이 과거 시험을 치르기 위해 도성에 갔다. 사람들은 이백에게 시험관 양국충과 환관 고력사는 재물을 탐내는 자들이니 예물을 보내지 않으면 시험을 아무리 잘 봐도 낙방할 것이라고 일러 주었다. 하지만 이백은 한사코 이들에게 예물을 보내지 않았다. 이백의 과거 시험 성적은 좋았지만 양국충은 이런 서생은 먹이나 갈아야 한다고 깔보았다. 고력사는 한술 더 떠 "먹을 가는 일도 과분하다. 이런 자는 내 신발이나 벗기는 게 딱 맞다." 라고 말하며 시험장에서 이백을 내쫓았다.

그로부터 1년쯤 지난 어느 날, 번 땅의 사신이 당나라에 와 국서를 건네주었으나 알아볼 수 없는 글자가 가득 쓰여 있었다. 현종은 양국충에게 이를 읽어보라고 했지만 양국충은 도무지 무슨 글자인지 읽을 수 없었다. 나아가 조정의 대소 신료들도 이를 읽을 수 있는 자가 단 한 명도 없자 현종은 화를 냈다.

"3일이 지나도 읽을 수 있는 자가 아무도 없다면 모든 봉록 지급을 중지할 것이다. 6일이 지나도 읽을 수 있는 자가 없다면 모두 파직할 것이며 9일이 지나도 읽을 수 있는 자가 없으면 모두 형벌을 내릴 것이다."

한 대신이 이 글을 읽어낼 사람으로 이백을 추천했다. 현종은 번 땅으로 보낼 조서를 하루빨리 보내야 했기에 사람을 보내 이백을 모셔오게 했다.

현종 앞에 이른 이백은 양국충과 고력사가 문무 대신 중 가장 앞자리에 서 있는 것을 보고 현종에게 말했다.

"소인이 작년 과거 시험을 치렀을 때 양 태사가 저를 낙방시켰고 고 태위가 저를 쫓아냈습니다. 청컨대 폐하께서 양국충에게 소인의 먹을 갈게 하시고 고력사에게 소인의 신발을 벗기도록 분부를 내려주십시오. 그렇게 해주신다면 소인이 성심성의를 다해 조서를 쓰겠습니다."

현종이 어명을 내리자 양국충은 눈물을 머금고 먹을 갈고 고력사는 무릎을 꿇고 이백의 신발을 벗겨주었다.

이처럼 이백은 수모를 당했을 때도 당황하지 않았다. 이백은 그후 한림학사가 되어 현종의 총애를 받았지만 스스로 자리에서 물러났다. 일시적인 치욕이나 총애에 담담하게 대응한 이백의 태도에서 군자다운 풍모를 엿볼 수 있다.

◆ 생각

수치심이나 공명심에서 초연하게 대처해야 한다. 이는 오직 심신의 수양을 통해서만 오를 수 있는 경지이다. 총애를 받을 때는 한 발 더 앞으로 나아갈 수 있는 발판으로 생각해야 하고 수모를 당할 때는 이를 세상살이의 교훈으로 받아들여야 한다. 순탄할 때는 부단히 노력하고 역경이 닥쳤을 때는 부딪쳐 이겨내야 끊임없이 목표를 향해 나아갈 수 있다.

• • •

4. 쪽배가 침몰하는 원인

이미 가득 채웠는데 더 채우려 드는 것은 그만두는 것만 못하다.

持而盈之, 不如其已.
지이영지 불여기이
_「제9장」

◉ 도리

노자는 "만족함을 알면 멈출 줄도 알아야 한다."라고 주장했다. 한 사람이 소유한 물건이 너무 많을 때는 반드시 멈출 줄도 알아야 한다는 것이다. 여전히 만족을 모르고 끝없이 자신의 욕망을 추구한다면 결국 파멸하고 마는 것이다.

❖ 경전 이야기 ❖

청나라 건륭제 시대 화곤은 한때 가장 잘 나가는 대신이었다. 화곤은 소년 시절 가정 형편이 빈곤하였지만 건륭제의 발탁으로 대학사에 오르게 되었다. 군대를 통솔하는 장수로 등용되었으며 요직을 거쳐 부귀영화가 극에 달했다.

건륭제는 해마다 전쟁을 일삼더니 만년에는 주색을 탐하여 막대한 재물이 탕진되었다. 이에 화곤은 사리사욕을 채울 좋은 기회로 여겼다. 따라서 상하 대신들도 자신들의 욕심을 채우기에 급급했고 화곤의 환심을 사기 위해 줄을 설 정도였다. 화곤의 재물 탐욕은 끝이 없었고 자유자재로 황실을 드나들면서 눈에 띄는 진기한 물품은 닥치는 대로 수중에 넣었다. 지방 각지에서 올라온 진품 역시 모두 빼돌리고는 차등품만 황실에 진상하였다.

건륭제는 가경제에게 황위 자리를 물려주었다. 가경 4년(1799) 정월 초사흗날, 건륭제가 병으로 죽자 왕념손이 가경제에게 화곤의 악행을 탄핵하게 했다. 정월 초팔일, 가경제는 영을 내려 화곤을 파직하고 투옥해 문책하고는 전 재산을 몰수하였다.

건륭제 시기 조정의 매년 세수는 7천만 냥이었는데, 화곤이 20여 년간 관직에 있으면서 착복한 액수는 무려 8억 냥에 달하여 조정에서 10년 동안 세수한 금액보다 많았다. 엄청난 재산은 멈출 줄 모르는 탐욕에 의한 것이었지만 재산이 급격히 늘어날수록 화곤의 멸망 또한 빨라졌다.

화곤이 만족을 알고 적당할 때 멈출 줄 알았다면 건륭제 사후 옥에 갇혀 비참한 죽음을 당하지는 않았을 것이다.

◆ 생각

욕망은 쪽배에 물건을 싣는 것과 같다. 쪽배에 물건을 지나치게 많이 싣게 되면 쪽배는 침몰하기 마련이다.

"멈출 줄 알면 뒤에 가서는 얻는 것이 있고 멈출 줄 모르면 뒤에 가서 잃는다"라는 것은 인생의 지혜이다. 사람은 누구나 욕망은 있지만 그 욕망이 과하면 인생은 피로해지고 심지어 생명까지 잃게 된다.

5. 대장부는 두려움을 취한다

대장부는 두려움에 처하고 박한 것에 머물지 않으며 충실한 데 처하지만 화려함에 머물지 않는다. 그러므로 저것(박함)을 버리고 이것(두려움)을 취한다.

大丈夫處其厚, 不居其薄;

대장부처기후 불거기박

處其實, 不居其華, 故去彼取此.

처기실 불거기화 고거피취차.

_「제38장」

◉ 도리

노자는 사람들에게 욕심을 갖지 말고 성실하며 덕을 쌓을 것을 강조하였다. 어떤 사람은 총명한 척하고 남의 흠집 찾기를 좋아하며 자신의 목적을 달성하기 위하여 수단과 방법을 가리지 않는다. 또 어떤 사람은 위장하기를 좋아하여 진면목을 감추려고 이중적 행동을 하는데 이런 사람은 만나는 기간이 길어지면 자연적으로 실체가 드러나기 마련이다.

이가성(李嘉誠)은 학력이 그리 높지 않지만 거대한 부를 거머쥐어 연속 6년 동안 "중국인 갑부" 대열에 합류하였고 홍콩의 업계에서는 "초인(超人)"으로 각광받았다. 그리하여 수많은 사람들이 그의 성공 비결을 배우기 위해 이가성을 찾자 그는 이렇게 말했다.

"어머님께서는 제가 어렸을 때부터 남을 배려하며 신용을 지키라고 하셨습니다. 또한, 친구와 이웃에게는 신의가 있어야 한다는 것을 가르쳐 주셨습니다. 세계 경제의 금융 위기는 언제든지 발생할 수 있으며 항상 그 대책을 강구해야 하는데 여기서도 신의가 가장 중요합니다. 그러므로 지금도 신의는 사람들 사이에서 가장 내세우는 원칙이라고 할 수 있습니다. 신의를 지키면 한평생 이익을 가져다 줄 것입니다. 저 역시 매일 아들에게 신의를 지킬 것을 가르칩니다."

이가성은 인간관계를 말할 때, 특히 장사를 할 때의 인간관계는 노자가 말한 "후한 데 처하고 박한 데 있지 않는다."라는 지혜를 실천할 것을 강조하였다.

◆ 생각

사람이 솔직하고 성실하며 너그러워야 한다는 것은 남을 대할 때 마음을 충분히 헤아려야 한다는 것이다. 자신의 이익을 좇기 위해 남을 해치거나 자신의 쾌락을 위해 남을 고통에 빠뜨려서는 안 된다. 자신의 이익만 추구한다면 존경과 사랑은커녕 타인의 저주만 받게 될 뿐이다.

6. 지도자의 최고 경계

　나는 잘 간직하고 보존하고 있는 세 가지 보물이 있다. 첫째는 자애이며, 둘째는 검소함이며, 셋째는 감히 세상 앞에 나서지 않는 것이다. 자애로움으로 용감할 수 있고 검소함으로 널리 베풀 수 있으며 감히 세상 앞에 나서지 않음으로써 만물의 으뜸이 될 수 있다.

　我有三寶, 持而保之;

　이유삼보 지이보지

　一曰慈, 二曰儉, 三曰不敢爲天下先.

　일왈자 이왈검 삼왈불감위천하선

　慈故能勇, 儉故能廣, 不敢爲天下先, 故能成器長.

　자고능용 검고능광 불감위천하선 고능성기장

　_「제67장」

● 도리

　노자는 감히 천하 앞에 나서지 않으므로 능히 만물의 으뜸이 된다고 말하였다.

　"자애", "근검절약", "감히 천하의 앞에 나서지 않는다."라는 세 가지 도는 노자 철학의 중요한 내용으로 치군, 군사, 처세의 기본 원칙이다.

❖ 경전 이야기 ❖

원나라 태조 칭기즈칸은 정치가, 군사가로서 그의 재위 기간 여러 번 전쟁을 치러 유럽과 아시아를 정복하고 역사상 가장 강성한 대제국을 건설하였다.

하루는 칭기즈칸이 부하들과 함께 사냥을 나갔는데 도중에 태적오부(泰赤烏部)의 주리예인을 만났다. 부하가 칭기즈칸에게 "저들은 우리 모두의 원수인데 칸께서는 어찌하여 죽이라는 명령을 내리시지 않습니까?"라고 물었다. 칭기즈칸이 대답했다.

"지금 저들이 우리를 침범한 것도 아니거늘 굳이 해할 필요가 있겠는가. 때로는 자비를 베풀 줄 알아야 한다."

주리예인은 칭기즈칸을 만났을 때는 이미 죽은 목숨이라고 생각했으나 자신을 해치지 않는다는 뜻을 깨닫고 칭기즈칸에게 말을 걸어왔다.

칭기즈칸은 그들이 태적오의 박해에 못 이겨 이곳에 왔음을 알게 되었다. 칭기즈칸은 그들을 자기 진영에 머물게 하고 사냥한 동물의 절반을 나누어 주기로 약속했다.

다음 날, 칭기즈칸은 약속대로 사냥물의 절반을 주리예인에게 나누어 주었다. 주리예인은 감동하여 "태적오에서의 박해는 차마 말로 표현하지 못할 정도입니다. 칸이야말로 진정한 의와 도를 갖춘 현인입니다."라고 칭기즈칸을 따르게 되었다.

이 사실을 알게 된 태적오의 부족장 적노온은 즉시 부족민을 이끌고 칭기즈칸에 투항하였다. 칭기즈칸의 인애(仁愛)하는 마음은 적들까지 감동시켜 스스로 귀순하게 했던 것이다.

◆ **생각**

자애로움이 쌓이면 신중한 마음이 깊어지고 사물의 이치를 깨닫게 되어 성공을 확신하게 되고 용감해질 수 있다. 검소함이 쌓이면 부유해져 그것으로 남에게 충분히 베풀 수 있다. 또한, 내 주장만 내세우지 않고 겸손한 태도로 세상 앞에 나서지 않으면 만물의 으뜸이 될 수 있다.

자애가 있으면 많은 사람의 도움을 받게 되고 검소함이 있으면 일에서 더 많은 성과를 올릴 수 있으며 남들과 다투지 않으면 지속적인 발전을 이끌 수 있다. 자애로 싸우면 승리하고 자애로 지키면 견고하다.

• • •

7. 없음의 쓰임새

진흙을 빚어 그릇을 만드는데 그 속이 비어 있어야 그릇으로 쓸모가 있다. 문과 창을 뚫어 방을 만드는데 그 방안이 비어 있어야 쓸모가 있다. 그러므로 있음이 이롭게 되는 데는 없음의 쓰임새가 있기 때문이다.

埏埴以爲器, 當其無, 有器之用.

연식이위기 당기무 유기지용

鑿戶牖以爲室, 當其無, 有室之用.

착호유이위실 당기무 유실지용

故有之以爲利, 無之以爲用.

고유지이위리 무지이위용

_「제11장」

◉ **도리**

　노자는 없음(無)과 비어 있음(虛)을 매우 중요하게 생각한다. 철학자들은 없음과 비어 있음에 대해 제대로 이야기하는 경우가 드물지만 노자는 시종일관 없음과 비어 있음의 유용함을 강조하고 있다.

❖ **경전 이야기** ❖

　중국의 유명한 공예미술가 이박생(李博生)의 예술품은 국가 지도자들이 외국 귀빈들에게 선물로 주기까지 했다. 이박생은 50여 년 동안 줄곧 아름다운 옥을 다듬는 일에 종사하였다.

　1958년 이박생은 베이징 옥돌가공회사에 입사하여 직원들이 웃통을 벗어던지고 비지땀을 뻘뻘 흘리며 옥돌을 갈고 있는 모습을 목격하였지만 그는 단순하게 옥돌을 가는 작업이 아니라 예술품을 만드는 일로 인식하였다.

1961년 이박생은 견습생으로는 처음으로 하나의 예술품을 완성하였다. 이에 모든 사람들이 이박생의 작품을 관찰하고 평가하였다. 그 결과, 작품에 대해 최종 99점을 매겼다. 이박생은 기쁘기도 했지만 또 한편으로는 서운한 감정이 들어 물었다.

"본래 100점을 줄 수도 있는데 왜 1점을 깎았습니까?"

옥돌 장인들은 웃으면서 대답해주지 않았다. 그 후 한 장인이 그에게 이렇게 말했다.

"전문 기사들이 1점을 깎은 것은 너에게 더 진보할 수 있는 공간을 마련해 준 것이다. 100점을 줬다면 너는 현 상태에 만족해하고 더 배우려고 하지 않았을 것이다."

그 후, 이박생은 자만하지 않고 부지런히 노력하여 30세에 최정상급의 옥돌 장인이 될 수 있었다.

◆ 생각

노자가 천명한 유(有)와 무(無)로써 사고하면 많은 문제를 해결할 수 있게 된다. 일상생활에서 흔히 "무"와 "유", "허상"적인 것들이나 물질로 인하여 짜증내고 근심, 걱정하게 된다.

그러므로 오직 마음을 비운 상태로 세상을 대할 때 진정으로 얻는 것을 소유하게 된다는 것이다.

8. 위대함을 이루려면

성인은 끝까지 크다고 생각하지 않으니 큰 것을 이룰 수 있다.

是以聖人終不自爲大, 故能成其大.
시이성인종부자위대 고능성기대
_「제34장」

◉ 도리

한 철학자는 사람이 교만하면 그가 천사라 할지라도 마귀로 전락하고 겸손하다면 범인(凡人)도 성현이 된다."라고 말하였다.

겸손은 천하의 미덕으로 성공으로 통하는 위대한 도이다. 그러므로 자만심과 교만심은 실패로 가는 원인이 된다.

❖ 경전 이야기 ❖

하루는 장자가 과수원을 거닐고 있었는데 뜻밖에 커다란 새 한 마리가 밤나무에 내려앉는 것이었다. 장자는 그 밤나무를 향해 조심조심 걸어갔다. 그리고 활을 꺼내 화살을 겨누는 순간 그의 시야에 매미 한 마리가 나뭇잎의 즙을 빨아 먹고 있는 것이 들어왔다. 이때 사마귀 한 마리가 매미 뒤로 다가가 매미를 덮치려는 순간 사마귀 뒤에 있던 커다란 새가 사마귀를 쪼아 먹으려고 눈독을 들이고 있었다. 그 순간 장자는 깨달았다.

"매미든 사마귀든 큰 새든 모두 눈앞의 이익만 생각하고 있으니 어찌 자기 뒤에 재앙이 닥치는 것을 알 수 있겠는가?"

장자가 화살을 버리고 과수원을 벗어나려는 순간 과수원지기에게 들키고 말았다.

"무엇 때문에 우리 과수원에 들어왔소?"

장자는 과수원지기에게 한바탕 곤욕을 치르고 구경꾼들에게도 남의 밤을 훔치러 왔다는 비난과 수모를 당하고 말았다.

장자가 집에 들어오자 한 제자가 무슨 일이 있었냐고 물었고 이에 장자는 말했다.

"나는 이름 모를 새 한 마리 때문에 남의 과수원인지도 모르고 들어가 타인들로부터 비난을 듣고 수모를 당했다. 나와 매미, 사마귀, 새 모두 다 똑같더라!"

◆ **생각**

"자신을 스스로 크다고 생각하지 않기 때문에 참으로 위대함을 이루고 있다"라는 노자의 주장은 바로 자칭 위대하다고 말하지 않는 사람이 진정 위대한 사람이라는 것이다.

노자는 사람들이 더욱더 겸허할 것을 강조하였다. 오직 겸허해야 맑은 정신을 지닐 수 있고 정확히 자신을 돌아볼 수 있다는 것이다. 또한, 부단히 자기를 단련하고 타인의 의견을 존중하며 자신의 의견과 상충함으로써 상호 분쟁을 피해야 한다. 이러한 성질의 인간성은 곧 성취를 가져올 수 있다.

9. 유약함의 이치

약함이 강함을 이기고 부드러움이 단단함을 이기는 이치를 세상 사람들은 알지도 못하고 실천도 못한다.

> 弱之勝強, 柔之勝剛, 天下莫不知, 莫能行.
> 약지승강 유지승강 천하막부지 막능행
> _「제78장」

◉ **도리**

노자는 세상 만물 중에서 물이 가장 유약하지만 또한 가장 강건하다고 주장하였다. 굳세고 강한 것을 이기는 데는 물보다 더 뛰어난 것이 없고 유약한 것이 강건한 것을 이긴다는 것을 세상에 모르는 사람이 없으나 그것을 능히 실행하는 사람은 많지 않다.

❖ **경전 이야기** ❖

노자가 어렸을 때 은나라의 예법을 가르치는 상용(商容)이라는 스승이 있었다. 은나라의 예절은 너무나 번거로워 어린 노자는 이런 예의를 지키는 것이 너무 어렵다고 느꼈다.

여러 해가 지난 후, 노자는 상용 선생이 노쇠해져 병환으로 위중하다는 소식을 듣고 병문안을 갔다. 선생은 노자가 왔다는 것을 알고 입을 벌려 손가락으로 가리키며 물었다.

"내 혀가 아직 있느냐?"

노자는 선생이 이미 병이 위독해 헛소리하는 것으로 생각했다.

"내 이가 있느냐?"

노자가 보니 상용 선생의 치아는 하나도 없었기에 사실대로 말하였다. 그러자 상용 선생은 또 물었다.

"내가 무엇 때문에 묻는 줄 아는가?"

노자는 그제야 스승의 뜻을 깨달을 수 있었다. 혀는 유연한 것이기에 오래도록 존재하는 것이고 치아는 여물고 단단하기에 쉽게 빠져버린 것이다. 세상 물정은 모두 그런 것이다.

한번은 한평자가 숙향에게 묻자 이같이 대답했다.

"강건한 것과 유약한 것 중 어느 것이 더 견고하고 더 힘이 있습니까?"

"나는 이미 여든이 되어 이도 하나둘 빠졌지만 혀는 이전과 같다. 노담(노자)의 명구에 천하의 유약한 물건은 가장 견고한 물건보다 자유롭다. 사람도 살았을 때는 신체가 유연하지만 죽으면 굳는다. 각종 초목 또한 살아 있을 때는 가지와 줄기가 유연하지만 죽으면 굳듯이 유연함은 생존의 특징이고 강한 것은 죽음의 특징이다. 살아 있을 때는 파괴를 당했어도 능히 회복이 가능하지만 죽게 되면 다시 소생이 불가능하다. 내가 보건대 유약함이 강건한 것보다 더 견고하고 힘이 있다."

"그렇다면 사람은 어떤 원칙을 받아들여야 합니까?"

"나 역시 유약의 원칙을 받아들이지."

한평자가 다시 물었다.

"유약은 취약하지 않습니까?"

"유약한 것은 꺾이지 않으며 닳지도 않는데 어찌 취약해진다고 하겠는가? 하늘의 이치에 따르면 작고 약한 것은 점점 강대해져 끝내 승리한다. 그러므로 쌍방 이익 쟁탈전이 벌어진다면 최종적으로 유약한 쪽이 이익을 쟁취한다."

◆ 생각

지도자가 유약한 듯한 자세로 비평과 질책, 원망과 공격, 치욕 등 모든 나쁜 것을 받아들일 수 있다면 그것으로 자신을 강대하게 만들 수 있다.

유약함은 지도자가 갖출 수 있는 가장 높은 경지가 된다. 물처럼 유연한 태도는 모든 것을 포용할 수 있어 더 큰 가치와 의의를 만들어 낼 수 있다.

10. 무위의 지혜

현명한 사람을 중히 여기지 않으면 백성들의 경쟁의식이 없으며, 얻기 힘든 재물을 귀하게 여기지 않으면 백성들을 도둑으로 만들지 않는다.

不尙賢, 使民不爭; 不貴難得之貨, 使民不爲盜.
불상현 사민부쟁 불귀난득지화 사민불위도
_「제3장」

◉ 도리

위정자가 지식과 그것에 따른 지위를 중히 여기면 백성들은 그 자리를 차지하기 위해 서로 다투게 되며 재물을 중히 여기면 백성들은 그것을 갖고 싶어 마음이 흔들리게 된다.

❖ 경전 이야기 ❖

동한 시기 신채현에 오씨라는 사람이 현령으로 부임되어 왔다. 오씨가 현령으로 부임되자 신채현의 많은 사람들이 그에게 백성을 다스리는 여러 책략을 내놓았다. 오 현령은 백성들의 말을 듣고 나서 말했다.

"지금 신채현을 다스리는 데 가장 큰 문제는 무엇인가? 혹시 자신을 과시하기 위하여 많은 법령이나 칙령을 만들어 백성들을 괴롭히지는 않았는가?"

오 현령은 그릇된 법령을 고치거나 폐지한 후 말했다.

"어떤 일이든 여러 사람들의 의견에 따를 것이고 무릇 그것이 옳다고 여겨질 때는 자신의 방식대로 할 것이며 만약 곤란에 부딪히면 언제든 나를 찾아오라."

이로부터 오 현령은 백성들의 생활에 간섭하지 않았을 뿐만 아니라 아랫사람들에게도 백성을 괴롭히는 일들은 엄금하게 하였다. 또한, 오 현령은 시간이 날 때마다 독서를 하고 글을 짓는 것으로 편안한 시간을 보냈다.

그 후, 어떤 사람이 오 현령은 정사에는 전혀 관심이 없고 한가하게 태평세월을 보내고 있다고 고발했다. 이에 감독 관청에서는 오 현령을 불러 책임을 물었다.

"듣건대 오 현령은 부임 후 업무에 태만할 뿐만 아니라 제멋대로 시간을 보냈다는데 과연 현령으로서 할 일인가?"

오 현령이 대답했다.

"신채현이 오랫동안 변화가 없었던 것은 이전의 현령들이 너무 많은 칙령을 내려 백성들을 지나치게 속박했기 때문입니다. 백성을 다스릴 때는 올바로 인도하고 휴식하면서 일을 하게 하는 것이야말로 최선이라고 생각합니다. 1년 후에는 신채현의 변화를 보실 수 있을 것입니다."

1년 후, 감독 관청의 관리가 신채현을 순찰했을 때 과연 많은 변화가 있음을 발견하였다. 생산성이 크게 증대되었을 뿐만 아니라 민심이 안정되었고 치안도 잘 유지되었다. 이에 관리는 오 현령에게 말했다.

"옛 사람이 말한 '무위의 다스림'을 비로소 오늘에야 깨달았소. 정말 미안하게 됐구려."

◆ 생각

　성인은 나라를 다스릴 때 백성들이 세속적인 욕망에 휩싸이지 않고 마음을 비우도록 이끌어야 한다. 다만, 언제나 건강하게 살 수 있도록 배려하면서 명예나 재물에 대한 욕심은 부리지 않도록 다스려야 한다.

　단지 생존만을 위한 이기적이며 얕은 지식은 백성들의 삶을 피폐하게 만들 뿐이다. 그러나 지식을 이용해 억지로 뭔가를 이루려는 시도 자체를 억누르고 오직 자연의 법칙에 따른 삶을 누리도록 한다면 모두 행복한 사회를 이룰 수 있다.

• • •

11. 치국에 대하여

큰 나라를 다스리는 것은 작은 물고기를 요리하는 것과 같다.

治大國, 若烹小鮮.
치대국 약팽소선
_「제60장」

◉ 도리

노자는 큰 나라를 다스리는 것은 마치 "작은 생선을 요리"하는 지혜와 같다고 주장하였다.

❖ 경전 이야기 ❖

서한(전한) 한 문제 통치 후기에 대지주나 관료, 상인들은 서로 결탁하여 농민들에게 수탈을 일삼았다. 이에 견디다 못한 농민들은 생업을 포기하고 부득이 장사의 길로 나섰기에 농촌은 폐허가 되었고 변방을 지키는 병사들도 적어 한 왕조의 생존이 풍전등화 같았다.

이런 현실을 목격한 조착은 즉시 문제에게 상소문을 올렸는데 이것이 바로 그 유명한 "논귀속소(論貴粟疏)"로 곡식을 귀하게 여겨야 한다는 내용이다. 농민은 1년 내내 고생스럽게 농사를 짓지만 각종 부역이나 세금, 관리들의 갖은 수탈과 억압으로 부득불 비싼 고리대를 써야 했다. 심지어 빚을 갚지 못한 농민들은 집과 땅은 물론 자식까지 팔아야 하는 비참한 지경에 이르렀음을 개탄한다. 이러한 농민의 암울한 현실을 타개하기 위해 노자의 "나라를 다스리는 것은 작은 생선을 요리하는 것과 같다."라는 도리로 각종 세금 부담을 줄이고 생활을 안정시켜야 한다고 상소를 올린 것이다.

한 문제는 조착의 상소문을 받아들여 적극적으로 농업을 장려하였고 관리들의 수탈을 근절시켰다. 따라서 백성들의 생활뿐만 아니라 국가의 재정도 안정될 수 있었다. 한 경제가 즉위한 후, 계속 한 문제의 사업을 발전시켜 오래가지 않아 서한 왕조는 번영을 누릴 수 있었다.

◆ **생각**

작은 생선을 요리할 때는 이리저리 뒤지거나 들쑤시지 말아야 한다. 이와 마찬가지로 일을 할 때는 그 요령을 파악해야지 그렇지 않으면 경중을 분간하지 못하여 결국 일을 그르치게 된다.

예컨대 한 기업의 관리자가 "나라를 다스리는 것은 작은 생선을 요리하는 것과 같다."라는 인식을 갖게 되면 기업의 복잡한 인간관계도 순조롭게 풀어 나갈 수 있을 것이다.

12. 쓸모없는 사람은 없다

성인은 언제나 사람을 잘 구하니 사람을 버리는 일이 없고 물건을 잘 아끼고 버리는 일이 없다.

> 聖人常善求人, 故無棄人;
> 성인상선구인 고무기인
> 常善救物, 故無棄物.
> 상선구물 고무기물
> _「제27장」

● 도리

"언제나 사람을 잘 구하니 사람을 버리는 일이 없다."라는 노자의 주장은 인간 경영에서도 적용된다. 관리자는 반드시 각 개인이 처한 환경과 생활 방식을 잘 이해해야 하며 그들이 가진 재능을 충분히 발휘할 수 있게 적재적소에 배치해야 한다.

❖ 경전 이야기 ❖

전국시대 진 소왕은 식객을 거느리고 진나라로 온 제나라 맹상군을 만나자마자 진 나라의 재상으로 임용하려고 했다. 그러자 한 간신이 말했다.

"맹상군은 제나라 왕족이므로 그를 진의 재상으로 임용하면 진을 위해 일하지 않고 제를 위해 일할 것입니다. 그렇다고 맹상군을 돌려보내면 장차 화근이 될지 모르니 차라리 죽여버리는 것이 낫습니다."

진 소왕은 맹상군을 연금했다. 맹상군은 뜻밖에 봉변을 당하자 진 소왕의 애첩 행희에게 석방시켜 줄 것을 부탁하였다.

"나는 진 소왕에게 선물할 백호구가 필요합니다. 그것을 준다면 기꺼이 노력해 보겠습니다."

백호구는 여우 겨드랑이 흰털로 만든 옷으로, 여우 천 마리를 잡아야 겨우 한 벌을 만들 수 있는 진귀한 옷이었다.

"백호구가 있어야 제나라로 돌아갈 수 있을 텐데 이를 어찌하면 좋겠소?"

맹상군이 식객들에게 하소연하자 한 사람이 말했다.

"제가 백호구를 구해오겠습니다."

그는 개 짖는 소리를 잘 내고 도둑질을 잘하는 사람이었으나, 맹상군은 그를 깍듯이 빈객으로 대접하였다. 다른 식객들은 그와 같이 천한 사람과 함께 있기를 싫어하였다.

어쨌든 그날 밤 개 짖는 소리를 잘 내는 도둑은 진 소왕의 대궐로 들어가 백호구를 훔쳐 왔다. 그가 궁궐 담장을 넘을 때 기척을 듣고 소리지르자 그는 개 짖는 소리를 내 위기를 모면했다.

맹상군은 그 백호구를 행희에게 바쳤다. 과연 행희의 말대로 맹상군은 석방되었고 맹상군은 식객들을 이끌고 그날 밤 달아나 함곡관에 이르렀다. 그러나 함곡관의 성문은 굳게 닫혀 있었다. 진나라 군사가 뒤쫓아 오면 꼼짝없이 잡혀 죽을 수밖에 없는 다급한 순간이었다.

그때 식객들 가운데 누군가가 "꼬끼오!" 하고 닭 우는 소리를 냈다. 그러자 마을의 닭들도 따라 울어댔다. 이에 함곡관을 지키던 병사들은 성문을 열었다. 이는 첫닭의 울음소리에 문을 여는 진나라 규정 때문이었다.

맹상군은 식객들을 이끌고 함곡관을 빠져 나와 무사히 제나라에 이르렀다.

"제 식객 중 여러 재주를 가진 분이 계셔서 무사히 귀국할 수 있었소!"

맹상군은 개 짖는 소리를 잘 내는 사람과 닭 울음소리를 잘 내는 사람에게 후한 사례를 했다.

◆ 생각

도를 깨우친 성인은 언제나 사람들을 감화시켜 행복하게 함께 살 수 있도록 이끈다. 자신의 기준에 따라 사람들을 버리거나 외면하지 않는다. 또한, 모든 것을 보물처럼 아끼기 때문에 특별히 귀하게 여기거나 버리는 것이 없다. 이것이 바로 도의 진리에 따라 행동하는 진정한 성인의 모습이다.

개인적인 기준을 바탕으로 피아를 구분하지 않고 편견으로 일을 지체시키거나 그르치지 않는다. 사람, 일, 사물을 모두 다 얻더라도 우쭐대거나 뽐내지 않는다. 불편부당을 앞세워 자연스럽게 행동하므로 사람의 협력을 얻어낼 수 있어 능력을 최대한 발휘할 수 있게 되는 것이다.

13. 위기에 대비하는 자세

안정된 것은 유지하기 쉽고 아직 조짐이 없을 때는 도모하기 쉽다. 무르고 연할 때 풀기가 쉽고 미미할 때 흐트러지기 쉽다. 일이 생기기 전에 처리하고 어지러워지기 전에 다스려야 한다.

其安易持, 其未兆易謀, 其脆易泮, 其微易散.

기안이지 기미조역모 기취역반 기미역산

為之於未有, 治之於未亂.

위지어미유 치지어미란

_「제64장」

◉ 도리

노자는 만물은 언제나 반대 방향으로 변한다고 주장하였다.

유에서 무로 변하고 존재에서 비존재로 가며 안정에서 혼란으로 간다. 그러므로 문제가 발생하기 전에 예방하고 대비해야 한다. 사람은 어떤 일이든 일이 발생되기 전에 처리해야 하고 어지러워지기 전에 다스려야 하는 법이다.

한나라 가의는 똑똑하고 영리했으며 책을 좋아해 10대 초에 이미 『시경』, 『상서』를 통독했다. 사람들은 그런 그를 "낙양 소년", "가생"이라고 부르며 칭찬하고 여러 가지 문제에 대해 자문을 구했다.

추천으로 가의가 박사가 되었을 당시 겨우 20여 세에 불과했으나, 가의의 능력이 매우 출중한 것을 알게 된 한 문제는 그를 몹시 총애하였다. 1년이 채 안 되어 가의는 국사에 참가하는 태중태부로 승격되어 조정의 대사를 논의했다. 이때 가의는 한 문제에게 여러 가지 의견을 제시하였는데 유명한 『논적저소(論積貯疏)』 역시 이 시기에 집필한 것이다.

가의는 『논적저소』에서 "곳간이 가득 차 있어야만 백성들은 예의범절을 이해하게 되며 입을 것과 먹을 것이 넉넉해야 수치스러움을 알게 된다. 먹고 입을 것도 돌볼 겨를이 없다면 조정에서 아무리 잘 다스리려고 해도 백성들이 귀담아들을 리 없다."라고 주장하였다.

한나라가 세워진 지 30여 년이 지났지만 백성들은 여전히 가난에 허덕였다. 큰 재해라도 발생한다면 무엇을 가지고 구제할 수 있겠는가? 전쟁과 재해가 동시에 발생한다면 사회 질서는 크게 혼란해질 것이다. 그 틈을 타 반란을 일으키는 자가 있을 텐데 그제야 나라를 구할 방법을 생각한다면 이미 늦은 것이라는 요지였다.

한 문제는 가의의 의견을 받아들여 농업 생산에 매진할 것을 명하였고 아울러 생산력을 증대시킬 정책을 실시하였다. 그렇게 한나라는 점점 부국강병을 이루어 나갔다.

하지만 일부 귀족 출신 대신들의 반대로 혁신 정책은 실행되지 못했고 더욱이 가의는 조정에서 쫓겨나 장사왕 오산의 태부로 좌천되고 말았다. 후일 한 문제가 가의를 양나라로 보내 양왕 유승의 스승이 되게 했다.

가의가 양나라로 간 후 한 문제는 조정에 큰일이 있을 때마다 가의의 자문을 구했고 가의도 수시로 상소를 올려 자신의 의견을 전하고자 했다. 이 시기에 쓴 『치안책(治安策)』에서 가의는 이렇게 주장하였다.

"천하에는 염려할 일이 많습니다. 제후들은 세력이 강해지면 언젠가는 모반하기 마련입니다. 오랫동안 국가를 편안하게 다스리고자 하면 반드시 제후들의 힘을 약화시켜야 합니다. 작금에 이르러 통탄할 만한 일은 제후들이 너무 강성하여 이를 억누를 수 없고 조정에 인재가 부족하다는 것입니다. 아울러 사치스럽고 염치없는 자가 많고 태자께서 제대로 학문을 전수받지 못하고 있으며 신하들 또한 예의를 잃은 것입니다."

앞날을 내다보는 눈을 가졌던 가의는 흉노족과 제후들의 문제에 대해 거론하며 이를 해결할 방법을 제시하였다. 그리하여 한 문제와 한 경제는 가의의 상소문을 받아들여 사전에 철저히 대비하도록 하였다.

가의는 한나라의 정권을 굳건히 다지고 사회를 발전시키는 데 지대한 공헌을 했다. 특히 그의 『논적저소』와 『치안책』에 나타난 민본 사상과 애민 사상은 당시 큰 반향을 일으켰을 뿐만 아니라 후대에도 큰 영향을 미쳤다.

◈ 생각

노자는 무슨 일이든 미리 대책을 세우는 유비무환의 태도가 가장 바람직한 방법이라고 강조하였다. 한 국가를 다스리는 자는 안정적일 때 위기를 생각하고 작은 일에도 능동적으로 대처하며 사사로운 욕심을 내세우지 말아야 한다. 걱정거리를 미리 막기 위해서는 작은 것을 통해 전체를 꿰뚫어 볼 줄 알아야 한다.

● ● ●

14. 가벼우면 근본을 잃어

무거운 것은 가벼움의 뿌리이며 고요한 것은 조급함의 주인이다. 가볍게 행동하면 근본을 잃고 조급하게 행동하면 임금의 자리를 잃는다.

重爲輕根, 靜爲躁君.
중위경근 정위조군
輕則失本, 躁則失君
경즉실본 조즉실군
_「제26장」

◉ 도리

사람이 경솔하면 근본을 잃게 되므로 무시를 당한다. 모든 일을 조급하게 처리하면 소신을 잃게 되어 일을 제대로 완성하지 못한다. 그러므로 큰일을 앞에 둘수록 신중해야 한다.

✣ 경전 이야기 ✣

하루는 한 무제가 휴식하고 있는데 누군가가 칼을 들고 달려오다가 갑자기 사라지는 것을 알아챘다. 놀란 한 무제는 온몸에 식은땀이 흘렀다.

그날 이후 한 무제는 자신을 해치려고 한 자를 알아내려고 온갖 수단을 총동원하기에 이르렀다. 강충 대신을 수장으로 "수의사자(繡衣使者)"라는 특별 기관을 조직해 전국 각지의 관리와 백성들의 동태를 파악하게 했다. 그러나 수의사자들은 막강한 권력을 등에 업고 죄 없는 백성들을 해치거나 재물을 빼앗기에 온 나라가 그들에 대한 불만과 원성이 자자했다.

그럼에도 한 무제는 누구의 말도 듣지 않고 간신인 강충의 말만 믿고 따랐다. 강성했던 한나라는 순식간에 피폐해졌지만 강충의 만행은 그치지 않았다. 강충은 황후궁에서 황제를 저주하는 물건들이 발견되었다고 날조하여 결국 황후를 자결하게 했다. 그 여세를 몰아 태자 유거까지 제거하려고 했지만 낌새를 알아차린 태자 유거가 태자궁에 매복시킨 군사를 동원해 강충을 제거했다.

한 무제는 강충의 피살에 분노하여 이 사건을 태자가 자신의 자리를 빼앗고자 모반한 것으로 간주하고 유거를 체포할 것을 명하였다. 궁지에 몰린 태자는 목숨을 지키기 위해 직접 호위병을 이끌고 황제의 군사들과 도성에서 결전을 벌였지만 패하고 말았다.

　태자는 어린 아들을 데리고 밤새 도망쳐 도성 밖 민가로 숨어 들었다. 한 무제는 온 나라를 샅샅이 뒤져 태자를 찾게 하는 한편, 대대적인 숙청 작업을 벌여 태자와 연관된 사람은 지위 고하를 막론하고 모두 처형했다. 온 나라가 공포의 도가니에 빠졌다. 설상가상으로 흉년까지 들어 백성들은 먹을 것도 없고 오갈 데가 없어 각처를 떠돌며 심한 고통에 시달렸다.

　어느덧 10여 년이 흘러 한 무제도 만년의 나이가 되었다. 수의사자의 횡포로 나라의 기강은 무너졌고 변방 국가와의 몇 번의 전쟁으로 한나라는 쇠락할 대로 쇠락했다.

　외로움과 자기모순에 시달리던 무제는 궁궐 밖 세상을 돌아보며 울적한 기분을 풀어보고 싶었다. 그는 궁궐 밖의 황폐해진 논밭과 피폐해진 마을들을 보고 큰 충격에 휩싸였다.

　궁궐로 돌아온 한 무제는 즉시 윤태궁에서 "죄기조(罪己詔)"를 써 공개적으로 자신이 간신을 등용하여 백성들이 고통받은 것을 인정하고 태자 유거의 명예를 회복시켰다. 이후, 다시 민생에 힘을 기울여 백성이 안정된 삶을 누릴 수 있도록 하고 군사력을 신장시켜 한나라를 다시 강성해지도록 했다.

경솔함과 조급함을 경계하라는 노자의 주장은 오늘날에도 되새겨야 한다. 노자의 주장은 경솔함을 삼가고 모든 일에 심사숙고하며 조급함을 삼가고 인내로 적절한 때를 기다려야 한다는 것을 다시 생각하게 한다. 그렇게 하지 않으면 돌이킬 수 없는 화근을 낳는다는 것을 상기해야 한다.

* * *

15. 일의 실패가 없게 하는 도리

사람들의 일은 항상 다 되어 가다가도 실패한다.

> 民之從事, 賞於幾成而敗之.
> 민지종사 상어기성이패지
> _「제64장」

◉ 도리

지위가 높아지더라도 한결같이 신중하고 근면하며 교만을 경계해야 한다. 노자는 이에 대해 "마지막을 처음처럼 한다면 실패는 없다."라고 했다. 처음부터 끝까지 "무위"를 행한다면 이루지 못할 일이 없다.

❖ 경전 이야기 ❖

이자성은 어렸을 때 한 지주 집에서 목동으로 일하며 온갖 수모와 고통을 겪었고 21세에 은천의 역졸이 되었다. 그러다가 1629년 동료들과 함께 왕가윤의 의병군이 되어 군대를 이끌었다.

농민 의병들은 높은 기세로 연전연승하며 명나라 조정을 압박했다. 명나라 조정은 농민 의병을 진압하기 위해 홍승주를 병부상서로 승격시키고 모든 관군을 통솔하게 했다. 홍승주는 섬서성을 비롯하여 북방의 군사 7만 2천 명을 이끌고 6개월 이내에 농민군을 섬멸한다는 계획을 세우고 무서운 기세로 의병대 진압에 나섰다.

이때 이자성은 이렇게 말했다.

"우리는 모두 한마음이 되어야 합니다. 지금 우리의 총병력은 관군의 몇 배에 달합니다. 관군이 철갑으로 무장한 말을 타고 온다지만 그것이 그들의 승리를 보장해주지는 않습니다. 지금 가장 시급한 문제는 어떻게 우리 병력을 분산시켜 관군이 오는 길목을 지키느냐는 것입니다. 한마음 한뜻으로 힘을 합해야만 관군을 무찌를 수 있습니다."

의병군이 구역을 나누어 관군을 공격해야 한다는 이자성의 주장에 모든 장수들이 찬성했다. 그리하여 고영상, 이자성, 장현충은 수만의 농민 의병군을 이끌고 고시, 곽구, 수주, 영주 등을 함락시키고 곧장 풍양으로 쳐들어갔다.

명나라 조정은 풍양이 함락되었다는 소식을 듣고 몹시 놀랐고 황제는 밤잠도 못자고 종묘에 가 통곡하였다. 그리고 지방 관리들을 중죄로 다스리고 더 잔혹한 방법으로 농민군을 진압할 것을 명령했다. 이로써 농민군과 관군은 새로운 전쟁 국면으로 접어들었다.

1640년 이자성은 관군이 장현충을 좇느라 하남을 비운 틈을 타 정양 일대에서 군대를 일으켜 흥안, 상락을 지나 의양을 쳐부수고 하남으로 들어갔다. 하남은 계속된 가뭄으로 땅이 갈라지고 메뚜기가 창궐하고 역병까지 돌아 먹을 것이 하나도 없었다. 아비가 자식을 남편이 아내를 잡아먹는 참담한 상황이 벌어졌다.

이자성이 입성하자 굶주림에 시달리던 백성들은 하나같이 의병군에 가담했다. 금세 위력을 떨치게 된 의병군은 낙양에까지 이르렀다.

1641년 1월 20일, 의병군이 낙양성을 공격하고 성안에 있던 관군들까지 합세하여 끝내 낙양을 함락했다. 관군은 이자성 군대와 맞서 싸울 때마다 패배하여 주력 부대의 태반을 잃고 어쩔 수 없이 수비만 하였다. 반면, 의병군은 나날이 강성해졌다.

1644년 정월 이자성은 서안을 점령하고 서경이라고 칭하고 수도로 정하며 국호를 "대순(大順)"이라고 했다. 그리고 대순 정부의 내각을 다시 구성하여 정식으로 대순 농민 정권을 수립했다.

그해 3월 19일, 대순의 군대가 북경을 장악했다. 이자성은 말을 타고 정예 기병의 호위를 받으며 북을 치며 당당히 성안으로 들어 왔다. 약 200년간 유지되었던 명 왕조는 농민군에 의해 멸망하고 말았다.

대순 정부의 고위직들이 승리의 기쁨에 젖어 방탕한 나날을 보낼 무렵 산해관의 오삼계는 은밀히 만주의 청나라 군대와 손잡고 이자성을 공격할 준비를 했다.

한편, 오삼계가 대순 정부의 회유책을 거절했다는 소식을 듣고 이자성은 직접 군대를 이끌고 산해관으로 출병했다. 오삼계가 청나라 군대와 손잡으리라고는 예상치 못했던 것이다.

4월 21일 6만밖에 안 되는 이자성의 군대가 산해관에 도착했고 이날 오삼계의 군대와 치열한 접전을 벌인 끝에 승리를 거뒀다. 하지만 다음날 갑자기 다이곤이 청나라 군대를 이끌고 오삼계 군대와 합류했다. 이로써 이자성 군대는 대패하고 북경으로 달아날 수밖에 없었다.

오삼계는 청나라 군대와 함께 북경을 압박했고 도성 안팎의 지주 관료들은 이 틈을 타 이자성 농민군에 반기를 들었다. 북경을 지키기 어렵게 되자 이자성의 군대는 북경을 나와 섬서로 후퇴했다.

이때 청나라 군대는 둘로 나누어 이자성 군대의 배후를 공격했다. 형세가 불리해지자 우금성 등이 청에 투항했고 이자성의 군대는 이합집산 되고 말았다. 1645년 4월, 이자성은 하북에서 지주 무장 집단의 습격을 받아 결국 자결하고 말았다. 이때 겨우 39세였다.

"이자성의 난"은 중국 역사에서 길이 남을 대규모 농민 반란이다. 비록 청나라 군대에 의해 진압되었지만 그 사건이 갖는 역사적 의미는 매우 크다. 농민군은 의병을 일으켰을 때의 초심을 지키지 못했고 결국 실패하고 말았다. 실패의 교훈은 오늘날까지도 그 의미를 되새기게 한다.

◆ **생각**

모든 일을 처음처럼 한결같이 신중히 처리하면 실패하지 않을 것이다.

사람들은 낮은 위치에 있을 때는 비교적 성실히 일한다. 거드름을 피울 이유가 없기 때문이다. 그러다가 지위가 높아지면 쉽게 거만해지고 결국 모든 일을 망치게 된다. 그러므로 "일은 항상 다 되어 가다가도 실패한다." 라는 노자의 명언을 충분히 이해하여 실천으로써 본떠야 한다.

노자 철학사상의 계승자

莊子

제3편 장자

장자

이름은 주(周)이며, 전국시대 철학가, 사상가, 문학가, 도가학파

의 대표 인물이다. 저서에는 『장자』가 있다.

장자의 일언폐지(一言蔽之)

○ 세상 사람들은 유용한 것의 쓰임은 알면서 무용한 것의 쓰임은 모른다.

　無用之用.(무용지용)

　_『인간세(人間世)』

○ 서로 웃는 얼굴로 대하면 거리낌이 사라지고 친구가 될 수 있다.

　相親而笑, 莫逆之於心, 遂相與爲友.(상친이소 막역지어심 수상여위우)

　_『대종사(大宗師)』

○ 뛰어난 언변은 말로 풀어 이야기할 수 없으며 참된 인은 인이라고 하
　지 않는다.

　大辯不言, 大仁不仁.(대변부언 대인불인)

　_『제물론(齊物論)』

○ 뱁새가 깊은 숲속에 둥지를 틀더라도 나뭇가지 하나면 족하고 두더지
　가 강물을 마신다고 해도 그 작은 배를 채우는 데 불과하다.

　巢於深林不過一枝, 偃鼠飮河不過滿腹.(소어심림부과일지 언서음하불과만복)

　_『소요유(逍遙遊)』

○ 곧은 나무는 먼저 잘리고 맛있는 우물은 먼저 마른다.

　直木先伐, 甘井先竭.(직목선벌 감정선갈)

　_『산목(山木)』

○사람은 흐르는 물을 거울로 삼지 않고 잔잔한 물을 거울로 삼는다.

　人莫鑑於流水, 而鑑於止水.(인막감어류수 이감어지수)

　_『덕충부(德充符)』

○일솜씨가 좋은 사람은 애써 수고하고, 아는 것이 많은 사람은 걱정이
　많다.

　巧者勞而知者憂.(교자로이지자우)

　_『열어구(列禦寇)』

1. 물이 얕고 바람이 약하면

무릇 물이 얕으면 큰 배를 띄울 수 없으며, 바람이 약하면 큰 새를 띄울 수 없다.

水之積也不厚, 則其負大舟也無力.
수지적야불후 즉기부대주야무력
風之積也不厚, 則其負大翼也無力.
풍지적야불후 즉기부대익야무력
_『소요유』

● 도리

오직 오랫동안 게으름 없이 쌓아두는 과정에서 강대한 힘을 간직할 수 있고 또한 더 높고 험한 것을 감당할 수 있다.

❖ 경전 이야기 ❖

북송 시기 안돈이라는 수재가 있었다. 그는 여러 번 과거 시험에 참가했지만 번번이 낙방했다. 안돈이 28세 되는 해 또 한 번 과거 시험을 보았지만 또 낙방하였다. 하지만 실망하거나 낙심하지 않았다. 그는 도읍인 개봉을 떠나기 전 고향 사람 소동파를 찾아뵙고 자신의 고뇌를 털어놓았다.

소동파는 안돈을 위로하며 말했다.

"여러 번 과거 시험을 보았지만 번번이 낙방한 것은 아직 쌓은 지식이 부족하기에 문장을 쓰노라면 마음먹은 대로 되지 않기 때문이다. 그러니 집에 돌아가 마음을 가라앉히고 열심히 독서하면 기대에 어긋나지 않으리라고 본다."

소동파의 고무와 격려에 안돈은 집으로 돌아와 게으름 없이 꾸준히 독서하여 마침내 과거에 급제하여 감찰어사가 되었다.

◈ 생각

물이 얕으면 큰 배를 띄울 수 없고 바람세가 약하면 큰 돛을 달 수 없다.

2. 사람은 영향을 받으며 성장, 발전

오랫동안 어진 사람과 사귀면 허물이 없다.

久與賢人處則無過.
구여현인처즉무과

_『덕충부』

◉ 도리

주사(朱砂)에 가까이 있는 사람은 붉은 물이 들고 먹에 가까이 있는 사람은 검게 된다. 사람은 가까이하는 사람의 영향을 받아 반드시 변한다.

❖ 경전 이야기 ❖

맹자는 어려서 아버지가 세상을 떠나 홀어머니 손에서 어려운 생활을 하며 자랐다.

맹자의 집은 공동묘지 근처에 있었다. 어린 맹자는 묘지에서 장례를 치르는 모습을 보고 곡을 하거나 관을 묻는 흉내를 내며 놀았다. 맹자 어머니는 그곳은 아이를 키울 곳이 못 된다고 생각했다.

그래서 시장 근처로 이사를 했다. 어린 맹자는 이내 장사치들이 물건을 사고파는 흉내를 내면서 놀았다.

"이곳도 아이를 기를 곳이 못 된다."라며 맹자 어머니는 서당 근처로 이사했다. 어린 맹자는 서당에서 학생들이 공부하는 모습을 보고 그 흉내를 내면서 놀았다.

맹자 어머니는 "이곳이야말로 아이를 가르칠 만한 곳이다."라고 생각해 그곳에서 살았다. 이렇게 맹자 어머니가 세 번이나 이사해서 맹자를 가르쳤다는 '맹모삼천지교(孟母三遷之敎)'의 유명한 일화는 오늘날까지 전해지고 있다.

◆ 생각

사람의 성장과 교육, 성공은 가정 환경도 물론이지만 사회 환경의 영향을 크게 받는 것이다.

사람은 누구와 접촉하는가에 따라 그 영향을 받으면서 성장하고 변화하며 발전한다.

3. 도에 통하면 만사 대길

하나의 도에 통하면 만사가 모두 잘 이루어지고 무심의 경지에 도달하면 귀신까지도 감복한다.

通於一而萬事畢, 無心得而鬼神服
통어일이만사필 무심득이귀신복

_『천지(天地)』

◉ 도리

한 가지 일로부터 다른 것을 미루어 알게 되면 일이 마음먹은 대로 될 뿐만 아니라 조건 또한 성숙되면 일은 자연히 이루어진다.

❖ 경전 이야기 ❖

손오공은 신선에게서 도술을 배우려고 고향인 화과산을 떠나 10여 년 동안 수많은 고초를 겪어가며 천신만고 끝에 신선이 산다는 삼성동을 찾았다. 손오공이 삼성동 문 앞에 이르렀지만 감히 문도 못 두드리고 서 있자 얼마 후 문이 삐걱 열리며 아이가 나와 손오공을 불렀다.

"사부님께서는 수행자가 나타날 것이라며 문을 열어 맞이하라고 하셨습니다."

손오공은 그 아이의 뒤를 따라 조심스럽게 들어갔다. 깊숙이 들어가니 수염이 흰 노인이 좌우 제자들 사이에 앉아 있었다. 손오공은 곧 꿇어 엎드려 몇 번이고 머리를 조아렸다.

그 노인은 바로 수보리 조사(祖師)로 제자가 된 손오공은 조사 밑에서 힘써 수행했다. 손오공은 마음속으로는 장생불로술(長生不老術)을 배우기만 고대했다. 조사께서는 일부러 화난 척 손오공의 머리를 세 번씩이나 두드리고는 사라졌다. 이에 제자들은 겁을 잔뜩 집어먹었다.

그러나 손오공만 조사의 뜻을 알아차릴 뿐이었다. 그의 머리를 세 번 두드린 것은 곧 삼경(三更)을 의미하는 것이었다. 밤이 깊어지기를 기다려 손오공이 조사의 방문 앞에 다다르니 과연 문이 반쯤 열린 채였다.

"여긴 뭣하러 왔느냐?"

"낮에 사부님께서 주신 암호는 삼경에 저를 부르신 것으로 생각되어 감히 뵈러 왔습니다. 제게 장생불로술을 가르쳐 주십시오."

조사는 자신이 낸 신호를 그렇게 맞히다니 과연 총명한 녀석이라고 여기고 자신의 장생불로술을 모두 전수하기로 마음먹었다. 손오공은 그지없이 기뻤다. 그로부터 손오공은 꾸준히 수련했다. 드디어 조사는 손오공에게 도법과 비술의 주요어(主要語)를 전수했고 신통력이 굉장한 72가지 변신술도 전수했다.

◆ 생각

도를 통달하면 만사가 저절로 이루어지고 마음속에 욕심이 없으면 귀신도 존경하여 기뻐하며 정성을 다하여 순종한다.

4. 즐거운 삶

사람과 더불어 화합할 수 있으면 삶의 즐거움이 되고, 자연과 조화되면 하늘의 즐거움이 된다.

與人和者, 謂之人樂; 與天和者, 謂之天樂.
여인화자 위지인락 여천화자 위지천락

_『천도(天道)』

● 도리
제아무리 혼자 즐겨도 여러 사람과 즐김만 못하다. 최대 즐거움은 타인과 함께 사회와 함께 자연과 함께 화합하는 데서 온다.

❖ 경전 이야기 ❖

송 태종이 황궁 정원에서 두 대신과 함께 술을 마셨다. 술을 마시기 전에는 모두 다 예의가 엄숙하고 군신이 각자의 본분을 지키느라 정숙하여 그 분위기가 활기라곤 없었다. 이윽고 태종이 이 모임은 비정식이니 마음 놓고 술을 마실 것을 전했다. 그러자 두 대신은 술을 마시고 이야기를 나누다가 어느덧 부지불식간에 술에 취했다. 술에 취한 두 대신은 황제 면전인 것도 잊고 떠들어대다 결국 입씨름까지 했다.

지켜보던 호위 무사가 태종에게 두 대신을 예의를 모른 죄로 다스릴 것을 아뢰었다. 그러나 태종은 거절하고 두 대신을 부축하여 집에 데려다줄 것을 명했다.

이튿날 두 대신은 술에서 깨어나 어제 일이 생각나자 겁에 질려 황급히 궁에 들어가 사죄했다. 태종은 모르는 척 슬그머니 말했다.

"그런 일이 있었던가? 나도 술에 취해 생각나지 않는데."

두 대신은 그제야 마음을 놓고 조정의 일을 보았다.

◈ **생각**

즐거움이 없는 삶은 죽음이다. 남들과 사귀면서 즐거운 데서 생의 활기가 넘치게 되고 생의 진보와 발전을 가져올 수 있다.

5. 모방에 대하여

눈살을 꼿꼿이 세운 아름다움은 알았지만 눈살을 찌푸리고도 아름답
게 보이는 그 점은 몰랐던 것이다.

彼知嚬美, 而不知嚬之所以美.
피지빈미 이부지빈지소이미

_『천운(天運)』

◉ 도리

자신의 실제 정황을 무시하고 맹목적으로 모방하면 형식은 비슷하더라
도 본질과는 거리가 멀어진다.

❖ 경전 이야기 ❖

춘추시대 진나라에 손양이라는 사람은 말의 우열을 능란하게 감별하였
는데 그는 수십 년 동안의 말 감별 경험을 집대성하여 『상마경(相馬經)』
을 써냈다. 손양의 아들은 아버지가 써낸 『상마경』을 숙독한 후 이제는
아버지의 본령을 완전히 장악했다고 장담했다.

하루는 손양의 아들이 길가에서 두꺼비 한 마리를 보았다. 그런데 두꺼
비의 이마가 『상마경』의 말 특징과 비슷했다. 그는 천리마 한 필을 찾았

다고 기뻐하며 두꺼비를 들고 뛰어가 아버지에게 보였다.

"아버지 책에 그려진 천리마와 비슷하지만 다리가 짧아요."

아버지는 어처구니없어 웃으며 말했다.

"이 말은 너무 펄쩍펄쩍 잘 뛰어 부리지를 못한다!"

◆ 생각

맹목적인 모방은 웃음거리가 된다. 명인이나 위인이 한 일이라고 해서 무작정 흉내내는 일은 추녀가 서시의 아름다움을 흉내내는 것이나 다를 바없다.

6. 무성을 "경청"하다

최고의 즐거움은 즐거움이 없는 것이고 지극한 명예도 명예가 없는 것이다.

至樂無樂, 至譽無譽.

지락무락 지예무예

_『지락(至樂)』

● 도리

평범하고 담담한 것이야말로 진실하다.

❖ 경전 이야기 ❖

동진 시기 시인 도연명은 음악에 대한 조예가 없었지만 그의 집에는 거문고 하나가 있었다. 그 거문고는 줄도 없고 장식도 별다른 것이 없었다.

친구들이 찾아와 술도 마시며 즐거워할 때면 도연명은 그 거문고를 들고 나와 거문고 앞에 경건하고 정성스럽게 앉아 거문고에 도취된 듯 거문고 줄을 튕기는 시늉을 했다. 고상하고 오묘한 의논을 끊임없이 주고받는 친구들은 좀처럼 안정될 수 없었지만 그래도 조용히 소리 없는 거문고를 "경청"하며 소리 없음을 즐겼다. 그러나 어떤 친구는 도저히 이해되지 않아 도연명이 일부러 뭐가 뭔지 알 수 없도록 하는 잔꾀라고 생각하고 그에게 물었다. 도연명은 머리도 들지 않은 채 말했다.

"거문고의 취미를 알면 되지 하필 거문고 줄에서 나는 소리를 들으려고 애쓰는가?"

◆ 생각

최대 즐거움은 그 즐거움을 잊어버리는 것이고 최대 영예는 그 영예를 잊어버리는 것이다. 줄 없는 거문고의 무성을 "경청"하여 즐기는 것이다.

• • •

7. 명목은 실제와 일치되어야

주머니가 작으면 큰 것을 담을 수 없고 두레박줄이 짧으면 깊은 물을 퍼올리지 못한다.

褚小者不可以懷大, 綆短者不可以汲深.
저소자불가이회대 경단자불가이급심
_『지락(至樂)』

◉ 도리

무릇 일이란 자신의 능력을 헤아려 행한다.

❖ 경전 이야기 ❖

　명나라 가정제 때 항주에 사는 한 거상의 환갑날이었다. 추운 겨울이라 회갑 연회에 참석하러 온 손님들은 모두 가죽옷 아니면 두툼한 솜옷을 입었다. 그런데 거상의 친척이라는 사람은 가난하여 얇은 무명옷을 입고 왔다. 그 친척은 여러 사람들이 비웃을까 봐 짐짓 부채질을 하면서 "나는 태어나서부터 더운 것을 싫어하기에 겨울이지만 부채질을 해 차게 하는 것이 좋습니다."라고 말하면서 더 세차게 부채질을 하였다.

　주인은 그를 보고 조롱 섞인 투로 말했다.

　"당신이 더위 탄다는 것을 잘 알고 있소. 오늘 밤은 화원 늪가 정자에서 잠을 자시오. 내가 돗자리와 얇은 이불을 이미 준비해 놓았소."

　밤이 되었다. 그는 너무 추워 덜덜 떨면서 늪가를 돌면서 뛰었다. 뛰다가 그만 부주의로 늪에 빠졌다. 살려달라는 소리를 듣고 주인이 나와 보니 그는 물속에 서서 찬물을 머리에 끼얹고 있었다.

　"겨울의 정자이지만 너무 더워 이렇게 냉수욕을 하고 있습니다."

사람의 운명에는 정해진 바가 있고 형체에는 꼭 맞는 것이 있다. 마음대로 덜거나 더할 수 없다. 명목이 실제와 일치되어야 하고 본성에 맞는 길을 따르는 것이 바른 도리이다.

• • •

8. 군자의 사귐과 소인의 사귐

군자의 사귐은 맑기가 물처럼 담담하고 소인의 사귐은 달콤하기가 단술 같다. 군자는 담담하기 때문에 갈수록 친해지고 소인은 달콤하기 때문에 쉽게 끊어지는 것이다.

君子之交淡若水, 小人之交甘若醴;
군자지교담약수 소인지교감약례
君子淡以親, 小人甘以絶.
군자담이친 소인감이절
_『산목(山木)』

◉ **도리**

친구에는 술친구가 있고 절친한 친구가 있다. 마음이나 정신으로 이루어진 우정은 오래가지만 이익으로 맺은 사귐은 수시로 끊어진다.

❖ **경전 이야기** ❖

당나라 정관 연간 설인귀 부부는 가난에 쪼들려 낡은 움집에서 살면서 먹을 것이 없어 이웃집 왕무생 부부의 도움으로 겨우 연명했다. 그 후, 설인귀는 군역에 나가 혁혁한 전공을 세운 덕분에 평료왕으로 봉해졌다. 왕족이 된 그의 집에는 예물을 들고 들어오는 관원들의 발길이 끊이지 않았다. 하지만 설인귀는 완곡하게 거절하였다. 그러나 왕무생이 술을 두 항아리 가져왔을 때는 고맙게 받았다.

집사 관원이 술항아리를 열어보고는 크게 놀랐다. 항아리에는 술이 아니라 맑은 물이 있었다. 집사 관원은 설인귀에게 술을 가져온 사람이 왕을 희롱하였으니 그를 잡아와 단단히 그 죄를 다스려야 한다고 말씀드렸다.

집사 관원의 말을 듣고도 설인귀는 화를 내지 않았을 뿐만 아니라 오히려 그를 시켜 큰 사발을 가져오게 했다. 그리고 여러 사람들 앞에서 왕무생이 가져온 항아리의 물을 연거푸 세 사발 마셨다. 이것을 목격한 문무 관원들은 당혹하여 이해할 수가 없었다.

설인귀는 여러 관원들 앞에서 말했다.

"지난날 나는 가난에 쪼들릴 때 전적으로 왕무생 부부의 도움으로 살아남을 수 있었다. 그들 부부가 없었더라면 오늘날 나의 부귀영화는 있을 수 없다. 오늘에 와 금은보화와 능라주단을 사절하고 다만 왕무생이 보내온 맑은 물을 받은 것은 그의 생활이 빈한하고 비록 그의 예물이 가볍지만 정의만큼은 깊어 맑기가 물과 같이 담담하기 때문이다."

◆ **생각**

서로의 사귐에 이익이라는 속셈이 없는 순박한 관계는 늘 맑고 담담하다. 이익을 위해 마음을 사로잡으려고 할 때 온갖 달콤한 말이 쏟아져 나온다. 그 달콤한 말이 이익이 아닐 때는 금방 쓴말로 변질된다.

••••

9. "유용한 것"과 "쓸모없는 것"

만물은 결국 동일한 것이다. 그런데 사람들은 차별을 두어 자신이 아름답게 여기는 것을 신기하다고 하고 자신이 싫어하는 것은 냄새나고 역겹다고 한다. 이 냄새나고 역겨운 것이 다시 신기한 것으로 변하고 신기한 것이 다시 썩은 것으로 변한다.

故萬物一也.
고만물일야
是其所美者爲神奇, 其所惡者爲臭腐.
시기소미자위신기 기소오자위취부
臭腐復化爲神奇, 神奇復化爲臭腐.
취부부화위신기 신기부화위취부
_『지북유(知北游)』

● 도리
쓸모 있는 것과 쓸모없는 것, 썩고 흉악한 것과 신기한 것은 부동한 조건 아래에서 서로 전화(轉化)될 수 있다.

청나라 말기, 성도 사람들은 특히 소고기를 잘 먹어 오늘날까지도 성도
에는 소만 사고파는 "우시구(牛市口)"라는 곳이 있다. 당시 성도 사람들은
소고기만 먹었지 내장은 모두 버렸다.

그때 한 부부가 버리는 내장이 너무 아깝다고 생각했다. 그래서 그들 부
부는 매일 아침 일찍 도살장에 가서 소 내장을 가져와 깨끗이 씻고 솥에
넣어 간수로 푹 삶았다. 삶은 내장을 분류하여 식히고 얇게 썰고 참깨, 땅
콩, 마늘, 파 등 조미료를 섞어서 요리를 만들었다. 이 요리는 맛도 좋고 빛
깔도 좋아 사람들의 구미를 돋구었다.

부부는 이렇게 만든 요리를 바구니에 담아 거리와 골목을 다니며 팔았
다. 값도 싸고 맛도 좋아 식객들은 다투어 샀다.

버린 소 내장을 부부의 마음과 손을 거쳐 많아 보이고 보기 좋은 요리가
되자 사람들은 그 요리를 "푸츠페이펜(夫妻廢片)"이라고 불렀다.

소 내장 요리가 너무 잘 팔려 그 부부는 점포를 차리고 간판에 쓴 "페이
(廢)"자를 버리고 "페이(肺)"로 바꾸었다. 지금도 성도 "우시구에 (牛市口)"에
가면 "푸츠페이펜(夫妻肺片)" 간판을 볼 수 있는데 그 요리가 성도의 유명
메뉴가 되었다.

◆ **생각**

삶과 죽음은 동반자이다. 사람이 태어난 것은 기(氣)가 모이기 때문이고
기가 모이면 생명을 이루고 기가 흩어지면 죽는다. 이처럼 삶과 죽음이 같

은 기의 모임과 흩어짐으로 이루어진 동반 관계임을 알아야 한다.

* * *

10. 천지자연의 위대함

천지자연은 만물을 생성하여 길러주는 위대한 일을 해내지만 그것을 말로 자랑하지 않는다. 사계절은 주기적으로 순환하는 명확한 법칙을 가지고 운행을 하지만 그 질서를 논하지 않는다. 이들로 인하여 생육 성장하는 만물은 저마다 정해진 이치를 지녔으면서도 그것을 스스로 설명하지 않는다. 그래서 성인은 이러한 천지자연의 아름다움을 가만히 살펴 만물의 이치에 널리 통달하고 있다.

天地有大美而不言, 四時有明法而不議, 萬物有成理而不說.
천지유대미이불언 사시유명법이불의 만물유성리이불설
聖人者, 原天地之美而達萬物之理.
성인자 원천지지미이달만물지리
_『지북유』

◉ 도리

아름다워도 자랑하지 않고 많이 사랑해도 표현하지 않아도 저절로 본
성은 나타나게 된다.

❖ 경전 이야기 ❖

서한(전한) 시대 이광 장군은 명장으로서 일생 동안 70여 번이나 싸웠다.
적들은 그의 이름만 들어도 간담이 서늘해지고 병사들은 그를 우러러 모
셨다. 이광은 전공이 위대하고 명망이 높았지만 교만하지 않았고 자랑하
지 않았으며 끝끝내 격동하지 않았다.

매번 조정에서 포상을 하면 받은 금전이나 상품은 남김없이 병사와 장
령들에게 나누어 주었다. 행군하고 싸울 때 양식과 물이 미처 조달되지
않으면 병사들과 함께 참고 견뎠으며 싸울 때 병사처럼 선봉이 되어 돌진
했다. 그래서 당시 사람들은 그를 우상으로 숭배하였다.

이광이 세상을 뜨자 전군의 장군과 사병들은 통곡하고 눈물을 흘리지
않는 사람이 없었다. 평소 장군과 친하지 않았고 심지어 장군을 본 적도
없는 일반 백성들도 장례식에 찾아와 애도를 표했다.

사마천은 『사기』에서 이광을 "복사꽃과 오얏꽃은 아무 말이 없으나
그 아래에는 저절로 길이 생긴다."라고 높이 칭찬했다.

천지자연의 변화의 실상과 이를 주재하는 근본적인 도를 성인만 근본적으로 파악하여 만물이 이미 갖추고 있는 자연의 이치를 철저히 인식하고 있는 것이다.

• • •

11. 훌륭한 지도자란

옛날 군주는 이득은 백성에게 돌리고 손실은 자신의 책임으로 돌렸다. 올바름은 백성에게 있다고 믿어주고 부정은 자신에게 있다고 여겼다.

古之君人者, 以得爲在民, 以失爲在己;
고지군인자 이득위재민 이실위재기

以正爲在民, 以枉爲在己.
이정위재민 이왕위재기

_『칙양(卽陽)』

◉ 도리

훌륭한 지도자는 책임을 스스로 짊어지고 공로는 남에게 양보한다.

정관 2년(628) 관중 일대는 전례 없는 큰 가뭄이 들었다. 논밭은 갈라지고 농작물은 말라 죽고 한 알의 곡식도 거두지 못한 농민들은 기근으로 살던 곳을 버리고 다른 곳으로 떠나야 했다. 그렇게 길을 떠나다가 쓰러지면 두 번 다시 일어나지 못하였다.

당 태종은 이런 정황을 알고 문무백관에게 말했다.

"가뭄이 들게 된 것은 바로 천자의 인덕이 부족했기 때문이다. 이것은 나의 잘못이니 하느님은 나에게 벌을 내리시오. 백성들은 무고합니다. 무엇 때문에 그들을 비참한 지경으로 내몹니까? 듣건대 어떤 집에서는 죽지 못해 처자식까지 팔았다고 합니다. 너무 가슴 아픈 일입니다!"

당 태종은 즉시 사람을 파견하여 재난 상황을 시찰하게 하고 이재민을 구제하도록 지시했다. 처자식을 판 가정에는 조정에서 돈을 내려 처자식을 되찾아 오게 했다.

◆ **생각**

올바른 지도자는 한 사람의 백성이라도 잘못을 저지르면 바로 자신의 잘못으로 돌리고 자리에서 물러나 자신을 꾸짖는다.

흔히 사람들은 힘이 모자랄 때는 꾀를 부리고 지혜가 부족하면 속이며 재물이 모자라면 남의 것을 넘본다. 이에 대해 도대체 누구를 책망해야 될 것인가!

12. 소고기 삶는 솥에 병아리 삶기

수후의 진주로 천길 벼랑 위에 있는 참새를 쏘았다면 세상 사람들은 분명히 그를 어리석은 사람이라고 비웃을 것이다.

以隨侯之珠, 彈千仞之雀, 世必笑之.

이수후지주 탄천인지작 세필소지

_『양왕(讓王)』

(*수후의 진주 : 춘추시대 수나라 제후가 상처 입은 큰 뱀을 만나 약을 발라 주었는데, 후에 그 뱀이 강에서 큰 구슬을 물고 나와 은혜에 보답했다는 전설에 나온 구슬)

◉ 도리

파리 대가리만 한 이익 때문에 일체를 무시하고 큰 인재를 작은 일에 쓰면 얻는 것보다 잃는 것이 더 많다.

❖ 경전 이야기 ❖

동한(후한) 말기 진류 지방에 명성이 자자한 변양이라는 사람이 있었다. 대장군 하진은 그를 불러 영사관(令史官)을 명했다. 조정의 채은은 "변양의 학문과 재능이 비범한데 반드시 더 높은 관직에 앉혀야 한다."라고 생각해 친히 대장군 하진을 찾아가 변양에게 더 높은 관직을 줄 것을 권고했다. 채은은 이렇게 말했다.

"내가 보건대 변양은 재질이 출중하고 총명하고 지혜로워 예가 아니면 움직이지 않고 법에 맞지 않는 말은 하지 않는 참으로 얻기 어려운 기재이다. 속담에 '소고기 삶는 큰 솥에 병아리 한 마리를 삶는데 물을 많이 잡으면 맛이 없어 먹을 수 없고 물을 적게 잡으면 삶기지 않아 먹을 수 없다.'라고 했다. 큰 인재를 작은 일에 쓰는 것이니 장군께서 잘 생각하셔서 변양이 자신의 재능을 펼칠 기회를 주시길 희망합니다."

대장군 하진은 채은의 건의를 받아들여 변양을 중용했다.

◆ **생각**

예부터 성인은 도의 진수(眞髓)로는 자신의 몸을 닦고 그 나머지로는 나를 다스리고 또 남은 찌꺼기로 천하를 다스린다고 했다.

그런데 지금 세속의 벼슬자리에 있는 자들은 대부분 자신의 몸을 위태롭게 하고 목숨을 버리면서까지 부귀와 권세 등의 외물을 좇고 있다.

모든 성인의 행동은 '무엇을 하느냐?'라는 목적과 '어떻게 하느냐?'라는 방법을 미리 알고 시작한다.

13. 험담하는 자를 멀리하라

면전에서 남을 칭찬하기 좋아하는 사람은 돌아서서 헐뜯기 좋아한다.

好面譽人者, 亦好背而毁之.

호면예인자 역호배이훼지

_『도척(盜跖)』

◉ 도리

옳고 그름을 가려내는 자가 바로 시비를 일으키는 사람이다.

❖ 경전 이야기 ❖

당 현종 때 대신 이임보는 특별히 아부를 잘해 아첨하는 본능으로 상대방을 물리치고 재상이 되었다.

이임보는 겉보기에는 매우 상냥하고 유순해 보이며 사람을 보면 미소를 띠며 말을 하면 청산유수였다. 그러나 배후에서는 마음이 독하고 행실이 악랄하였다. 무엇보다 자신보다 능력이 있어 보이는 사람은 가만두지 않고 온갖 수단을 다해 배척했다.

재능이 출중한 엄정지는 이임보가 배척하여 멀리 편벽한 곳으로 쫓겨났다. 하루는 당 현종이 엄정지는 쓸모 있는 인재라고 말하자 이임보는 급히 이렇게 말했다.

"제가 바로 가서 그의 정황을 알아보겠습니다."

이임보는 부리나케 엄정지의 동생을 찾아가 말했다.

"당신의 형님은 능력이 출중하고 인품도 좋으니 내 생각에 그대 형님을 장안으로 속히 오게 하려고 한다. 자네가 형을 만나 상주문을 쓰게 하고 상주문에는 병이 위중하여 장안에 가 병을 치료하려고 한다는 내용을 쓰게 하시오. 장안에 오면 내가 적합한 직위에 배치하겠소."

이임보의 말을 들은 엄정지의 동생은 감지덕지하며 돌아갔다.

며칠이 지나 이임보는 엄정지의 상주문을 들고 당 현종을 알현해 이렇게 말했다.

"폐하, 정말 안타깝게 되었습니다. 엄정지는 지금 중병을 앓고 있어 중임을 담당할 수 없게 되었습니다."

당 현종은 엄정지의 상주문을 보고 나서 한숨을 내쉬었다.

◉ 도리

험담하는 사람을 가까이 두면 언젠가는 나를 헐뜯고 다닌다.

누군가를 서슴지 않고 비난하는 자는 다른 사람에게 내 이야기도 그렇게 할 수 있는 자이다. 또한, 듣고 이해하는 것만으로도 비난에 동조하는 것이 되니 처음부터 듣지도 말고 가까이하지 않는 것이 현명하다.

누군가를 험담하는 자를 가장 먼저 멀리해야 한다.

14. 참된 본성

참된 본성은 정성의 지극함에 있다. 정성이 없으면 타인을 감동시킬 수 없다.

眞者, 精誠之至也.
진자 정성지지야
不精不誠, 不能動人.
불정불성 불능동인
_『어부(漁父)』

◉ 도리
정성이 지극하면 돌 위에도 꽃이 핀다.

❖ 경전 이야기 ❖

서한 시기 명장 이광은 말 타고 활쏘기의 명수였다. 그는 작전 때마다 매우 용감하여 사람들은 그를 "비장군(飛將軍)"이라고 불렀다.

한번은 이광이 사냥을 나갔다. 땅거미가 질 무렵인데 수풀 속에 웅크리고 있던 맹호 한 마리를 발견했다. 이광은 급히 활을 들고 정신을 가다듬어 온 힘을 다해 화살을 쏘았다. 호랑이는 꼼짝하지도 않았다. 이미 날이 저물어 이광은 진영으로 돌아갔다.

이튿날 동료들과 함께 활에 맞은 호랑이를 찾아갔다. 가까이 가보니 화살에 맞은 것은 호랑이가 아니라 호랑이 모양의 바위였다. 바위에 깊숙이 박힌 화살을 뽑으려고 했지만 뽑히지 않았고 여럿이 힘을 모아 뽑으려고 했지만 오히려 화살이 부러졌다.

당황한 그들은 학자 양웅을 찾아가 물었다. 양웅은 말했다.

"성심성의면 금석 같이 견고한 물건도 감동된다."

◆ **생각**

참된 진정성이 마음속에 있으면 그 정신은 겉으로 나와 돋보인다.

참된 슬픔은 소리를 내지 않지만 정말 애처롭고 참된 노여움은 노여움을 말하지 않아도 위압감을 준다. 참된 친근함은 웃지 않아도 사람을 즐겁게 한다.

15. 참된 본성을 존중한다

성인은 하늘을 따르고 참된 본성을 존중하며 세속적인 것에 구애받지 않는다.

聖人法天貴眞, 不拘於俗.

성인법천귀진 불구어속

_『어부』

◉ 도리

솔직하고 꾸밈없는 사람의 행위는 구속을 받지 않아 예절에 맞지 않은 점들이 있을 수 있지만 천성에는 부합된다.

❖ 경전 이야기 ❖

서진 시기 "죽림칠현(竹林七賢)"의 한 사람인 유령은 타고난 성질이 제멋대로이고 술을 즐기기를 목숨처럼 여겼다. 술만 마셨다 하면 며칠 동안이나 미친 듯이 마시곤 하였다. 그는 외출해 걸어가면서까지 술을 마셨고 뒤따르는 사람에게는 삽을 들게 하고 만약 자신이 쓰러지면 그 자리에 구덩이를 파 묻어 달라는 부탁까지 했다.

유령은 술에 취하면 늘 옷을 다 벗어버렸고 알몸으로 계속 술을 마시면서 시를 읊곤 하였다. 친구들이 온몸에 실오라기 하나 걸치지 않은 유령을 보다 못해 "예교를 알 만한 사람이 어찌 체통도 모르는가?"라고 나무라면 유령은 넌지시 말했다. "천지를 집으로 하고 집은 나의 옷인데 너희는 어찌하여 나의 바지 속으로 들어왔는가?" 친구들은 벙어리가 되었다.

◆ **생각**

어리석은 사람들은 하늘을 따르지 못하고 참된 본성을 존중할 줄 모르며 주체성 없이 속세의 환경에 끌려 항상 만족할 줄 모르고 겉으로만 번드르르하게 꾸민 예절에 빠져 대도에 눈을 뜨지 못한다.

• • •

16. 달팽이 뿔의 다툼

달팽이의 왼쪽 뿔 위에 촉씨라는 나라가 있다. 오른쪽 뿔 위에는 만씨라는 나라가 있다. 이 두 나라가 영토 다툼을 하느라 쓰러진 시체만 수만 구가 넘는다.

有國於蝸之左角, 者曰: 觸氏;
유국어와지좌각 자왈 촉씨
有國於蝸之右角, 者曰: 蠻氏.
유국어와지우각 자왈 만씨
時相與爭地而戰, 伏尸數萬.
상시여쟁지이전 복시수만
_『칙양』

◉ 도리
천하를 한 마리 달팽이로 볼 때 달팽이의 좌우 뿔이 서로 싸운다면 결국 상처는 달팽이가 입는다.

❖ 경전 이야기 ❖

전국시대 양나라 혜왕은 제나라에 대한 응징책을 논의할 때 현인으로 이름난 대진인에게 의견을 물었다. 그러자 대진인은 현인답게 물었다.

"전하, 달팽이라는 미물이 있사온데 그것을 아시나요?"

"물론 알고 있다."

"그 달팽이의 왼쪽 촉각 위에 촉씨라는 자가 있고 오른쪽 촉각 위에는 만씨라는 자가 각각 나라를 세우고 있나이다. 어느 날 그들은 서로 영토를 다투고 전쟁을 시작했는데 죽은 자가 수만 명에 이르고 도망가는 적을 추격한 지 15일 만에 전쟁을 멈추었다고 하옵니다."

"그런 엉터리 이야기가 어디 있소?"

"그럼 이 이야기를 사실에 비유해 보겠나이다. 전하, 이 우주의 사방 상하에 제한이 있다고 생각하시옵니까?"

"아니, 끝이 있다고 생각하지는 않소."

"그럼 마음을 그 무궁한 세계에 노닐게 하는 자에게는 사람이 왕래하는 지상의 나라 따위는 있는 것도 같고 없는 것도 같은 하찮은 것이라고 할 수 있사옵니다."

"으음, 과연."

"그 나라들 가운데 양나라가 있고 양나라 안에 대량이라는 도읍이 있사오며 그 도읍의 궁궐 안에 전하가 계시옵니다. 이렇듯 우주의 무궁에 비교한다면 지금 제나라와 전쟁을 시작하려는 전하와 달팽이 촉각 위의 촉씨와 만씨가 싸우는 것과 무슨 차이가 있사옵니까?"

"과연, 별 차이가 없는 것 같소."

대진인이 물러나자 제나라와 싸울 마음이 싹 가신 혜왕이 신하에게 말했다.

"그 사람은 성인도 미치지 못할 대단한 인물이오."

◆ **생각**

천하를 한 마리 달팽이로 본다면 지금 이 순간에도 와각지쟁(蝸角之爭)은 도처에서 끊이지 않고 일어나고 있다. 세상 사람들이 와각지쟁을 이해하고 있다면 전쟁과 분쟁이 일어나지는 않을 것이다.

• • •

17. 남의 흉내만 내다가 자신을 잃다

수릉의 한 젊은이가 대도시 한단의 세련된 걸음걸이를 배웠다는 이야기를 듣지 못했는가? 한단의 세련된 걸음걸이를 미처 배우기도 전에 자신의 본래 걸음걸이마저 잃어버려 결국 엉금엉금 기어 고향으로 돌아갈 수밖에 없었다.

> **且子獨不聞夫壽陵餘子之學行於邯鄲與?**
> 차자독불문부수릉여자지학행어한단여
> **未得國能, 又失其故行矣, 直匍匐而歸耳.**
> 미득국능 우실기고행의 직포복이귀이
> _『추수(秋水)』

● 도리

남의 방법이나 경험을 실제 상황을 고려하지 않고 기계적으로 모방만 하면 남의 장점을 배울 수 없을 뿐만 아니라 자신의 특징마저 잃게 된다.

❖ 경전 이야기 ❖

공손룡이 위나라의 공자 모(牟)에게 물었다.

"나는 장자의 말을 들었으나 정신이 아득하여 도저히 이해할 수 없습니다. 내 이론이 못 미치는 탓입니까, 아니면 내 지혜가 장자만 못한 탓입니까?"

공자 모는 탄식하면서 이렇게 말했다.

"자네는 저 수릉이라는 작은 마을에 사는 소년이 걸음걸이를 배우기 위해 한단에 간 이야기를 듣지 못했는가? 그는 한단의 걸음걸이도 채 배우지 못했는데 자신의 걸음걸이를 잊어버렸다네. 그래서 엉금엉금 기어 돌아올 수밖에 없었지. 자네도 즉시 돌아가지 않으면 장자의 도를 알기도 전에 자네 본래의 학문을 잊어버리고 자네의 변설마저 잃고 말 걸세."

공손룡은 벌린 입을 다물지 못하고 인사도 못한 채 달아났다.

◆ 생각

재능도 없이 기계적으로 모방만 하려는 사람은 가느다란 대롱 구멍으로 하늘만 엿보고 송곳을 땅에 꽂아 대지의 깊이를 측량하려는 참으로 작은 소견이다.

18. 인의의 참 모습

오리의 다리가 짧다고 그것을 길게 이어주면 고통스러워할 것이고 학의 다리가 길다고 잘라주면 슬퍼할 것이다.

鳧脛雖短, 續之則憂; 鶴脛雖長, 斷之則悲.
부경수단 속지즉우 학경수장 단지즉비

_『변무(騈拇)』

● 도리

자연은 아름다운 것이다. 사람들은 일부러 과도하게 꾸며 진상을 가리면 천연적인 본성을 잃는다.

❖ 경전 이야기 ❖

청나라 말기의 사상가이자 문학가인 공자진은 자연을 숭상하고 지나치게 꾸며대는 것을 싫어했다.

당시 풍아한 선비들은 가지가 꼬불꼬불 꼬부라져 모양이 괴상하고 기이한 매화나무를 즐겼다. 문인들의 취향에 따라 매화나무 장사꾼들은 곧은 가지는 잘라내고 자라나는 어린 가지를 꼬부라뜨리고 괴상하고 기이한 모양의 가지로 만들었다. 그래야만 매화가 잘 팔리고 가격도 비쌌다.

이런 사회 풍조에 대해 공자진은 분개하여 매화 분재 300개를 사 꼬부라진 가지들은 모두 잘라버리고 분재의 매화나무를 몽땅 땅에 심어 천성대로 자라게 했다.

공자진은 감탄하며 말했다.

"나에게 시간적 여유가 있고 여유로운 땅이 있다면 필생의 정력으로 병태적인 매화를 치료하겠다!"

◆ **생각**

장자는 말했다. "인의는 사람의 자연스러운 참 모습이 절대로 아니다."

요즘 인자(仁者)는 근심스러운 눈빛으로 세상의 온갖 근심을 자신의 근심인 듯 고뇌하고 어질지 않은 사람은 부귀만 탐내고 있다. "인의(仁義) 때문에 천하가 시끄럽다."라고 장자는 말했다.

19. 부화뇌동

높은 벼슬아치가 되었다고 뜻을 멋대로 부리지 않으며 곤궁하다고 세속에 영합하지 않는다.

不爲軒冕肆志, 不爲窮約趨俗.
불위헌면사지 불위궁약추속
_『선성(繕性)』

◉ 도리
작은 성취로 너무 기뻐 어찌 된 영문인 줄 몰라서도 안 되고 일부 어려움 때문에 남의 장단에 춤을 추어도 안 된다.

❖ 경전 이야기 ❖

남송 시기 무더운 여름 황제 고종은 더위를 먹은 데다 설사까지 해 매우 불안했지만 의사는 속수무책이었다. 그래서 민간에서 고수를 찾는다는 게시문을 공포하였다.

왕계선이이라는 민간 의사가 입궁하였다. 왕계선은 황제에게 우선 식용 처방으로 수박을 먹게 했다. 황제가 먹지 않을 것 같자 왕계선은 날씨가 무척 더우니 수박을 먹겠다고 해 황제의 허가를 받았다. 그리하여 왕계선은 황제 앞에서 붉게 익은 수박을 크게 베어 먹었다. 이를 본 황제는 구미가 발동해 자기도 수박을 먹었다. 수박을 먹은 황제는 그날 저녁 설사를 하지 않았고 이튿날 완전히 병이 나았다.

왕계선은 황제의 곁을 떠나지 않게 되었고 사람들은 그를 "왕어의"라고 불렀다. 황제가 그를 관원으로 승진시키자 왕계선은 전처럼 겸손하지도 온화하지도 않았으며 탐욕스럽고 잔혹한 본성을 드러냈다. 왕계선은 황제의 힘만 믿고 백성들을 쫓아내고 그 집을 점거하여 화려하고 웅장한 집을 지었다. 이 때문에 왕계선은 파직을 당했고 재산을 몰수당했다.

◆ 생각

높은 벼슬에 올라 호사로움을 누릴 때 자연의 본성은 이미 즐거움을 잃은 채 거칠어졌다. 출세에 눈이 어두워 제정신을 잃고 세속에 휘둘려 본래 마음을 잃은 자를 "거꾸로 선 인간"이라고 한다.

20. 대인의 참된 모습

개가 잘 짖는다고 양견(良犬)이라고 부르지는 않으며 사람이 말을 잘한다고 현인이라고 부르지는 않는다.

狗不以善吠爲良, 人不以善言爲賢.
구불이선폐위량 인불이선언위현

_『서무귀(徐無鬼)』

◉ 도리
식견도 없고 학문도 깊지 못한 사람이 흔히 호언장담을 잘하고 참으로 능력 있는 사람은 늘 하는 말이 서툰 것 같다.

❖ 경전 이야기 ❖

조괄은 전국시대 명장 조사의 아들이다. 조괄은 어려서부터 병법을 배우고 남들 앞에서 항상 군사를 담론해와 아무도 상대할 사람이 없다고 생각했다.

조사는 아들과 군사를 담론하면 아들을 당해내지 못했지만 아들을 칭찬하지 않았다. 조사는 이렇게 말했다.

"전쟁은 생사에 관계되는 일인데 조괄은 전쟁을 경솔하게 대한다. 조나라 왕이 조괄을 장군으로 삼으면 패전하는 것은 조괄 자신일 것이다."

　조괄이 염파 장군을 대신하자 진나라 장군 백기는 기병대를 영솔(領率)하여 거짓 후퇴하는 것으로 위장하며 조나라 군대의 물자를 실어나르는 도로를 차단하여 조나라 군대가 전선을 지원할 수 없게 했다. 조나라 군대는 40여 일간 포위되었고 조괄은 정예 부대를 이끌고 포위망을 돌파하려고 했지만 격전 중에 진나라 군대의 화살에 맞고 전사하였다. 이로써 조괄의 군대가 대패하자 수십만 명이 진나라에 투항했고 진나라에서는 조괄의 군사들을 모두 생매장했다.

◆ 생각

　완비한 것을 갖춘 사람은 밖으로 뭔가를 찾는 것도 없고 자신의 본래 것을 잃지도 않고 버리지도 않는다. 외물 때문에 자신의 본성을 바꾸지도 않는다. 자신의 내면을 돌아보아 본래 것을 간직하고 행동을 꾸미지도 않는다. 이것이 바로 대인의 참된 모습이다.

21. 얽매임 없는 삶

차라리 살아서 흙탕물 속에서 꼬리를 끌며 다니기를 바란다.

寧其生而曳尾於塗中乎.

영기생이예미어도중호

_『추수(秋水)』

● **도리**

가난하고 천하더라도 남의 속박을 받기보다 차라리 자유자재로 살아가는 것이 낫다.

❖ **경전 이야기** ❖

장자가 강가에서 낚시를 하고 있을 때 초나라 왕이 두 대부를 장자에게 보내 자신의 신하가 되어 줄 것을 청했다. 장자는 낚싯대를 든 채 돌아보지도 않고 말했다.

"나는 초나라에 신령스러운 거북이가 있다고 들었소. 죽은 지 3천 년이 되었는데도 왕은 그 거북을 비단으로 싸 상자에 넣어 묘당에 보관한다고 합디다. 그 거북은 죽어서 뼈를 남겨 귀하게 되기를 바랐을까요? 아니면 흙탕물 속에서 꼬리를 끌더라도 살기를 바랐을까요?"

두 대부가 말했다.

"물론 흙탕물 속에서 꼬리를 끌더라도 살기를 바랐겠지."

장자가 말했다.

"그렇다면 당신들은 돌아가시오. 나는 흙탕물 속에서 꼬리를 끌며 자유로이 놀려고 하오."

◉ 도리

장자는 안락의 대가로 얻은 구속보다 흙탕물 속에서 꼬리를 끌고 다니는 자유를 더 원했다. 얽매임 없이 사는 즐거움을 강조한 장자가 한 나라의 재상 자리를 물리친 것은 너무나 당연하다.

묵가학파의 창시자

墨子

제4편 묵자

묵자

이름은 적(翟). 원래는 송나라 사람인데 장기적으로 노나라에서

거주했다. 춘추전국시대 사상가, 정치가로 묵가학파의 창시자이

다. 저서로는 『묵자』가 있다.

묵자의 일언폐지(一言蔽之)

○군자는 자신에게 엄격하고 남에게는 너그럽다.

　君子自難而易彼, 從人自易而難彼.(군자자난이역피 종인자역이난피)

　　_『친사』

○경건해야 하며 운명을 믿지 말라.

　敬哉 無天命.(경재 무천명)

　　_『수신』

○확실한 근거를 가지고 내린 결정을 의심하지 말라.

　擢慮不疑, 說在有無.(탁려불의 설재유무)

　　_『경하』

○세상에서 의보다 더 귀한 것은 없다.

　萬事莫貴於義也.(만사막귀어의야)

　　_『귀의』

○배우지 않으면 사람들의 비웃음을 사게 되니 서둘러 배울 것을 권할 뿐이다.

　子不學, 則人將笑子, 故勸子於學.(자불학 즉인장소자 고권자어학)

　　_『공맹』

◦내가 생각하는 충신이란 왕에게 잘못이 있으면 기회를 보아 그 잘못
  을 간언하는 것이다.

  若以翟之所謂忠臣者, 上有過則微之以諫.(약이적지소위충신자 상유과즉미지이간)

  _『노문』

◦천하의 일에 종사하는 사람은 반드시 법도와 예의를 갖추어야 한다.

  天下從事者, 不可以無法儀.(천하종사자 불가이무법의)

  _『법의』

◦왕은 귀천을 차별 없이 수용할 수 있어야 비로소 만인의 지도자가 될
  자격이 있다.

  王德不堯堯者, 乃千人之長也.(왕덕불요요자 내천인지장야)

  _『친사』

1. 자신이 믿는 바를 실천하라

아름다움을 좋아하고 부귀하고자 하는 사람은 남이 어떻게 하나 보지 않고 오히려 힘써 그것을 가지고자 한다. 대체로 보아서 의는 천하의 큰 그릇이니 어찌 남의 눈치를 볼 것인가? 반드시 힘써 그것을 행하라.

好美, 欲富貴者, 不視人猶强爲之.
호미 욕부귀자 불시인유강위지
夫義, 天下之大器也, 何以視人? 必强爲之.
부의 천하지대기야 하이시인 필강위지
_『공맹』

◉ 도리

남을 의식하기보다 자신이 믿는 바를 과감하게 실천으로 옮겨야 한다. 이것이 진정한 자신감이자 굳센 기개다.

❖ 경전 이야기 ❖

묵자가 오랜 친구를 만나러 제나라로 갔다. 묵자를 만난 친구는 이렇게 말했다.

"지금 세상에서 의로움을 행하려는 사람이 없네. 이제 자네도 그만두는 것이 좋겠네."

그러자 묵자가 대답했다.

"여기 한 농부가 있는데 그에게 아들이 열 명 있다고 하세. 그 열 아들 중 단 한 명만 농사를 짓고 나머지 아들들은 모두 한가롭게 놀고 있네. 자연히 농사짓는 아들은 그저 열심히 일할 수밖에 없게 되네. 그 이유가 무엇이겠는가? 집안 식구는 많은데 일하는 사람은 자신뿐이기 때문이네. 지금 세상에는 의로움을 행하려는 사람이 없으니 친구된 자네가 나를 격려해주는 것이 당연한 것인데 어째서 나를 말리는가?"

◆ **생각**

자신의 길을 과감하게 걸어가라! 성공을 위해서는 남보다 더 많은 용기와 강한 의지를 가져야 한다.

자기 삶의 의미와 꿈조차 남들에게 맞추지 말고 과감하게 자신의 신념을 실천하며 과감하게 자신의 의지대로 나아가면 남들과 다른 특별한 존재가 된다.

2. 성공하기 위한 삶의 기본 원칙

떠나가는 것이 진실로 바른 도라면 미쳤다는 소리를 듣는 것이 어찌 마음 아픈 일이겠느냐. 옛날 주공단은 관숙에게 배척받자 삼공의 자리마저 사양하고 동쪽 상엄이라는 곳에 피해 있었는데 사람들은 모두 그를 미쳤다고 했지만 후세에 그의 덕을 칭송하고 그의 이름을 찬양하고 지금에까지 이르고 있다.

去之苟道, 受狂何傷? 古者, 周公旦非關叔,
거지구도 수광하상 고자주공단비관숙

辭三公東處於商蓋. 人皆謂之狂,
사삼공 동처어상개 인개위지광

後世稱其德, 揚其名, 至今不息.
후세칭기덕 양기명 지금불식

_『경주』

● **도리**

삶의 원칙이란 세상에서 성공하기 위한 기본 원칙이다. 그러므로 사람의 원칙을 지키는 동시에 시대 요구에 대한 그 원칙의 부합성을 수시로 확인하고 조정해야 한다. 이를 통해 원칙이 사상에 지배당하는 경우가 없도록 해야 한다.

묵자가 자신의 제자에게 고석자를 추천하여 위나라의 관리가 되게 했다. 위나라 왕은 고석자에게 높은 벼슬과 녹봉을 내렸다. 고석자는 위왕을 세 번 알현하여 세 번씩이나 의견을 드렸지만 위왕은 그 의견을 전혀 받아들이지 않았다. 이에 고석자는 위나라를 떠나 제나라로 갔다.

고석자가 묵자를 찾아가 말했다.

"위나라 왕은 스승님 때문에 제게 매우 많은 녹봉을 주고 경의 벼슬에 앉혔습니다. 저는 세 번이나 왕을 뵙고 성의를 다해 진언했지만 제 의견은 전혀 받아들여지지 않았습니다. 그래서 위나라를 떠나 왔습니다. 위나라 왕은 저를 미쳤다고 보지 않겠습니까?"

그러자 묵자가 말했다.

"그곳을 떠나는 것이 진실로 올바른 도리라면 미쳤다는 소리를 듣더라도 무슨 상관이겠는가! 옛적에 주공단은 관숙의 모함에 삼공의 벼슬을 버리고 동쪽 상엄에 은거했다. 사람들은 모두 그를 미쳤다고 했지만 후세 사람들은 그의 덕이 있는 행동을 칭송하고 그 이름을 기렸으며 오늘날까지 이어지고 있다. 또한, 나는 '의를 실천하는 것은 비난을 피하고 기림을 받으려는 것이 아니다.'라고 들었다. 그곳을 떠나는 것이 진실로 올바른 도리라면 미쳤다는 소리를 듣더라도 무슨 상관이겠는가!"

이에 고석자가 말했다.

"제가 그곳을 떠난 것이 어찌 감히 올바른 도리를 따르지 않은 것이겠습니까? 전에 스승님께서 말씀하시기를 '천하에 올바른 도가 행해지지 않으면 어진 선비는 후대를 받고 살지 않는 법이다.'라고 하셨습니다. 지금 위나라 왕은 올바른 도를 행하지 않고 있습니다. 그가 내린 많은 녹봉과 관직에만 욕심을 가졌다면 저는 백성들이 힘들여 수확한 곡식을 공짜로 먹고 사는 것이 됩니다."

묵자는 고석자의 말을 듣고 크게 기뻐하며 제자 금골희를 불러 말했다.

"잠시 고석자의 말을 들어 보거라! 의로움을 배반하고 녹봉을 좇는 사람들 이야기는 나도 늘 들어왔지만 녹봉을 거절하고 의로움을 좇는 사람의 이야기는 고석자에게서 처음 들었다."

자신의 학설을 어기지 않고 녹봉만 좇지 않는 것이 바로 고석자의 삶의 원칙이었다. 고석자는 관직을 버리는 한이 있더라도 인의의 도리를 지키고자 했다. 묵자는 자신의 원칙을 지키는 그의 행동을 좋게 평가했다.

◆ 생각

사람은 반드시 삶의 원칙을 가져야 한다.

삶의 원칙은 사람들의 인생을 끊임없이 발전시키는 시발점이 된다. 또한, 최고보다 좀 더 나은 것을 추구하는 발전 과정에서 즐거움을 얻고 사회에 공헌할 수 있다.

남의 말로 자신의 원칙을 부정하는 것은 마치 계란으로 바위를 치는 것과 같다. 천하의 계란으로 바위를 치더라도 바위는 절대로 깨지지 않을 것이다.

3. 신중한 처신

지금 선비들이 처신하는 태도는 장사꾼들이 한 필의 천을 다룰 때 신중히 하는 것만도 못하다.

今士之用身, 不若商人之用一布之愼也.
금사지용신 불약상인지용일포지신야
_『귀의』

◉ 도리

사람들의 처신에는 신중함과 조심스러움이 중요하다. 사람들의 실수는 한순간의 부주의와 소홀함에서 비롯된다. 항상 신중함을 기해 행동해야 한다.

❖ 경전 이야기 ❖

제갈량이 마속을 잘못 기용하여 가정(街亭)을 이미 잃었을 때 정찰병이 쏜살같이 달려와 알렸다.

"사마의가 15만 군대를 이끌고 이곳 서성으로 구름떼처럼 몰려오고 있습니다."

이에 제갈량은 명령을 내렸다.

"깃발을 모두 내려 감추고 성의 네 문을 활짝 열어 두어라. 그리고 각 성문마다 일반 백성으로 변장시킨 군사 20명씩 배치하여 그 길을 청소하게 하라. 위나라 군사가 들이닥쳐도 내게 다 계획이 있으니 절대로 당황하거나 허둥대지 말라."

성 앞에 다다른 위나라군 선봉은 이 광경을 보고 서둘러 사마의에게 알렸다.

사마의는 즉시 군사를 멈추고 자기 눈으로 확인하기 위해 직접 말을 달려 서성에 도착했다. 과연 제갈량은 높은 성 위에서 세속을 초월한 얼굴로 잔잔한 미소를 띤 채 거문고를 연주하고 있었고 성문 안팎에서 백성 20여 명이 평화롭게 길을 쓸고 있었다. 믿을 수 없는 장면을 목격한 사마의는 분명히 함정이 있을 거라는 불안과 의심을 떨치지 못하고 곧장 전군에 퇴각 명령을 내렸다. 아들 사마소가 그 이유를 물었다.

"군사가 적은 공명이 속임수를 쓰는 것일지도 모릅니다. 아버지께서는 어째서 군에 퇴각 명령을 내리십니까?"

이에 사마의가 정색하고 말했다.

"제갈량은 일생 신중함을 지켜온 사람이다. 결코 전쟁에서 모험을 무릅쓰는 일을 할 리 없다. 지금 성문을 활짝 열어두고 있으니 분명히 성안에 많은 병사들을 매복시켜 두었을 것이다. 지금 공격해 들어가면 분명히 그가 파놓은 함정에 빠질 것이다."

마침내 위나라 군대가 멀리 물러나자 모든 관원들이 영문을 알지 못하는 듯 제갈량에게 물었다.

"사마의는 명색이 위나라 명장인데 어째서 15만 정예군을 이끌고 왔음에도 승상을 보자마자 서둘러 퇴각한 것입니까?"

"그는 내가 평생 신중하고 결코 모험을 하지 않는 성격임을 잘 알고 있었다. 이 때문에 분명히 성안에 병사를 매복시켜 놓았다고 의심하고 군대를 퇴각시킨 것이다. 나는 모험한 것이 아니라 막다른 골목에 처한 이유로 다른 방법을 생각할 수 없었던 것뿐이다."라고 제갈량은 대답했다.

◆ **생각**

성공은 쉽게 이루어지지 않는다. 반드시 합당한 노력과 대가를 투자했을 때만 가능하다. 항상 인내심을 가지고 꾸준히 노력하며 매사에 신중을 기해 행동해야 한다.

4. 현실에 대한 삶의 태도

위나라는 작은 나라로 제나라와 진나라 사이에 끼어 있어 마치 가난한 집이 부잣집 사이에 낀 것과 같다. 가난한 집이 부잣집의 먹고 입는 것을 배워 소비를 많이 하면 빨리 망하는 것은 필연이다.

衛小國也, 處於齊晉之間, 猶貧家之處於富家之間也.
위소국야 처어제진지간 유빈가지처어부가지간야
貧家而學富家之衣食, 多用則速亡必矣
빈가이학부가지의식 다용즉속망필의
_『귀의』

◉ 도리

흔히 현재 삶에 안주한 나머지 세상 변화에 아랑곳하지 않고 희망과 발전을 포기하는 사람이 적지 않다. 가장 경계해야 할 삶의 태도이다.

❖ 경전 이야기 ❖

묵자가 위나라 대부 공량환자를 만나 이렇게 말했다.
"위나라는 작은 나라이므로 제나라와 진나라 사이에 놓인 것이 마치 가난한 집이 부잣집 사이에 놓인 것과 같습니다. 가난한 집에서 부잣집의 입고 먹는 것을 따라하면 반드시 망할 것입니다. 지금 공의 집안을 보건대 장식한 수레가 수백 대나 되고 콩이나 곡식을 먹는 말이 수백 필이나 되며 수놓은 옷을 입은 부인들이 수백 명에 이릅니다. 이 같은 일에 소비할 재물로 선비를 양성한다면 족히 천여 명은 길러낼 수 있을 겁니다. 나라가 위기에 빠졌을 때 선비 수백 명을 앞뒤로 세우는 것과 부인 수백 명을 앞뒤로 세우는 것을 비교한다면 어느 쪽이 더 안전하겠습니까? 저는 선비를 기르는 쪽이 더 안전할 것으로 생각합니다."

묵자는 위나라는 작은 나라이기 때문에 주변 강대국들의 풍족한 생활과 여유로운 태도를 따르고 자신의 처지를 망각하면 곧 멸망의 위기에 직면한다고 강조하고 있다.

◆ 생각

성격, 습관, 목표, 의지력 등 성공에 필요한 조건을 모두 갖춘 사람이더라도 현실에 안주하여 발전하려는 노력을 멈춘다면 그가 지닌 장점은 모두 무용지물이 된다.

5. 아는 것이 힘

옛날 주공단은 아침에 책 100권을 읽고 저녁에 70명의 선비를 만났다. 그러므로 주공단은 천자를 돕는 재상이 되었고 그의 이름은 지금까지 전해지고 있다. 적(翟, 묵자)은 위로 군주를 받들어야 할 일도 없고 아래로 밭갈고 농사짓는 어려움도 없으니 내 어찌 감히 책 읽는 일을 버리겠는가.

昔者周公旦, 朝讀百篇, 夕見漆十士.
석자주공단 조독백편 석견칠십사
故周公旦佐相天子, 其修至于今.
고주공단좌상천자 기수지우금
翟上无君上之事, 下无耕農之難, 吾安敢廢此?
적상무군상지사 하무경농지난 오안감폐차
_『귀의』

◉ 도리

아는 것이 힘이다. 아는 것만 우리를 강하고 성실하고 사리에 분명하게 만들 수 있다. 아는 것만 우리를 성공과 위대함의 길로 인도할 수 있다.

❖ 경전 이야기 ❖

서한 시기 한 농가에 광형이라는 아이가 있었다. 그는 공부를 하고 싶어 했지만 집안 형편이 어려워 학교에 다니지 못했다. 그러나 친척의 도움으로 글을 깨우칠 수 있었고 그때부터 책을 읽기 시작했다.

책을 살 수 없던 광형은 다른 사람의 책을 빌려 읽을 수밖에 없었다. 광형은 농번기에는 부잣집의 농사일을 돕고 품삯 대신 책을 빌려보았다.

어른이 된 광형은 가족을 위해 밤늦게까지 일해야만 했고 점심 후 짬을 내 책을 읽는 것이 전부였다. 이렇게 책을 읽다보니 책 한 권을 열흘에서 보름까지 걸려 읽을 때도 있었다. "낮에는 농사일을 해야 하니 책 볼 시간은 없고 저녁에 책을 보려니 등불을 밝혀야 하는데 가난한 살림에 등불을 켤 수 없는 노릇이고 어찌해야 좋을까?"

그는 항상 책 볼 시간이 부족한 것을 안타까워했다.

어느 날 저녁, 광형이 침대에 누워 낮에 읽었던 책의 내용을 외우고 있을 때 돌연 희미한 빛줄기를 발견했다. 그는 벌떡 일어나 벽 쪽으로 다가갔다. 아! 금이 간 벽 틈새를 통해 옆집에서 나오는 희미한 빛줄기가 들어오고 있었다. 그는 작은 칼로 벽의 벌어진 틈새를 좀 더 크게 만들면 불빛을 더 들어오게 만들어 그 불빛에 책을 볼 수 있있을 거라고 생각했다.

광형은 이런 환경에서도 한시도 책을 손에서 놓지 않았다.

훗날, 광형은 서한의 유명한 경학가(經學家)가 되었으며 승상에 올랐다.

　지식은 사람을 부유하고 고상하게 변화시킬 수 있으며 그 삶을 더 풍요롭게 만들어 준다. 사람은 지식을 통해 강력한 힘을 얻고 이를 통해 곤경을 이겨내고 목표를 성공적으로 달성할 수 있다.

• • •

6. 무엇이 위대함을 만드는가

　군자의 도는 가난하면 청렴함을 보이고 부유하면 의로움을 보이고 살아있는 사람에게는 사랑을 보이고 죽음에는 슬픔을 보인다.

> **君子之道也, 貧則見廉, 富則見義,**
> 군자지도야 비즉견렴 부즉견의
> **生則見愛, 死則見哀.**
> 생즉견애 사즉견애
> _『수신』

◉ 도리

사람의 행동과 인격적인 매력은 사회와 주변 사람에게 적극적인 영향을 미친다. 그러므로 한 인간의 성품은 늘 한결같은 사회의 인정을 받으며 지도자와 스승의 위치에 서게 된다.

❖ 경전 이야기 ❖

중국의 가수 충페이는 쓰촨성 청두에서 열린 실학아동취학지원 자선공연을 계기로 빈곤 아동 구제활동을 시작했다.

1995년 충페이는 정식으로 첫 번째 실학아동을 위한 장학금을 지원했다. 지금까지 그의 장학금 지원을 받은 실학아동의 수는 178명에 달한다 그 아이들 중에는 포의족 등 10여 개 소수민족 아동도 포함되었다.

이렇게 많은 아이들의 학업을 돕는 일은 결코 쉬운 일이 아니었지만 아이들의 미래를 위해서라면 그는 어떤 고생도 마다하지 않았다. 그의 대중적인 인기와 오랜 공연 경력을 생각한다면 다른 가수들과 마찬가지로 풍족한 생활을 할 수 있는 고소득자였다. 그러나 178명의 "양아들과 양딸"들을 교육시키고 있는 그였기에 풍족한 날보다 부족한 날들이 더 많았다. 그가 기부한 돈과 물건의 가치가 거의 300만 위안에 달했다는 사실이 이 사실을 더 분명히 알려준다.

사람들이 충페이의 집에 처음 들어섰을 때 "누추함"에 놀라게 된다. 집의 문 5개 중 3개는 고장 나 있고 눈에 띄는 가구는 단 하나도 찾아 볼 수 없었다. 가전제품은 모두 중고시장에서 구입한 싼 제품이었으며 옷장에는 그와 오랜 세월을 동고동락해온 흰색 무대의상이 한 벌 걸려 있을 뿐이었다. 나중에 알게 되었지만 그 무대의상조차 하자가 있어 헐값에 나온 물건을 장만한 것이었다.

총페이는 위암으로 37살의 젊은 나이에 죽었지만 그의 숭고함과 사랑은 영원히 사람들의 마음속에 남아 있다.

◆ **생각**

『역경』에 "군자는 사람들과 즐거움을 함께하며 소인은 사람들과 즐거움을 달리한다."

『논어』에 "군자는 언제나 태연자약하나 소인은 언제나 근심, 걱정으로 지낸다." "군자는 사람을 넓게 사귀어 패거리를 짓지 않으나 소인은 패거리를 지을 뿐 사람을 넓게 사귀지 못한다."

『장자』에 "군자의 사귐은 담백함이 물과 같으나 소인의 사귐은 달기가 단술과 같다."

7. 선행은 이름을 밝히지 않아

남을 사랑하고 남을 이롭게 하는 사람에게는 하늘이 반드시 복을 내리고 남을 미워하고 남을 해치는 사람에게는 하늘이 반드시 재앙을 내린다.

愛人利人者, 天必福之;
애인리인자 천필복지
惡人賊人者, 天必禍之.
오인적인자 천필화지
_『법의』

◉ 도리

"콩 심은 데 콩 나고 팥 심은 데 팥 난다."라고 했다. 선한 일을 하면 복을 받고 악행을 일삼으면 재앙을 입게 된다.

❖ 경전 이야기 ❖

초장왕이 신하들을 위해 큰 잔치를 열었다. 그런데 느닷없이 불어온 바람에 촛불이 모두 꺼졌다. 이때 신하들 중 누군가가 어둠을 틈타 초장왕의 애첩을 희롱했다. 애첩은 그 신하의 갓끈을 잡아 떼어버리고 장왕에게 그것을 증거로 범인을 수색할 것을 청했다. 그러나 초장왕은 불을 켜지 못하게 하고 말했다.

"모두 갓끈을 떼어버리고 오늘 이 자리에서는 격식에 얽매임 없이 유쾌하게 마셔보세!"

아무 영문도 모르는 신하들은 왕의 뜻에 따라 모두 갓끈을 떼어버렸고 초장왕은 그제야 다시 불을 밝히고 술자리를 이어갔다.

훗날, 초나라가 정나라와 전쟁을 벌였는데 당교라는 장수가 군사를 이끌고 용감하게 적에 맞서 싸웠다. 이에 초장왕은 그에게 후한 상을 내리고자 했다. 그러나 당교는 그 상을 한사코 거절했다.

"신은 이미 왕께 너무나 후한 상을 받았습니다. 지금은 제가 그 은혜에 보답해야 할 때입니다. 어찌 감히 또 상을 받을 수 있겠습니까?"

"내가 그대에게 상을 내린 적이 있었던가?"

"예, 전에 왕께서 베푸신 잔치에서 왕의 애첩을 희롱한 사람이 바로 저였습니다. 그때 신의 목숨을 살려주셨으니 이 전쟁에서 목숨을 바쳐 그 은혜에 보답코자 합니다."

초장왕의 선행은 결국 자신의 목숨을 구하는 보답을 받았다.

◆ **생각**

남에게 은혜를 베풀 때는 그 보답을 바라지 않고 선행을 하려면 그 이름을 밝히지 않는 법이다. 그러나 그것을 바라지 않고 드러내지 않아도 진정한 선행은 그 자신의 삶과 마음에 남기 마련이다.

8. 세상살이의 기본적인 조건

선한 것이 마음의 중심을 이루지 못한 사람은 오랫동안 그것을 간직할 수 없고 행동하는 것이 자신의 말과 같지 않은 사람은 일을 이루지 못한다. 명성은 간단하게 이루어질 수 없고 명예는 재주로 이루어지지 않는다.

善無主於心者, 不留; 行莫辯於身者, 不立.
선무주어심자 불류 행막변어신자 불립
名不可簡而成也, 譽不可巧而立也.
명불가간이성야 예불가교이립야
_『수신』

◉ 도리
언행일치는 세상살이의 기본적인 조건이다. 이는 쉬운 일이 아니다. 언행일치의 존귀함은 몸소 체험하고 애써 실천한다는 점에 있다.

❖ 경전 이야기 ❖

시위원회 서기인 우옥유는 "인민을 위해 봉사한다."라는 자신의 말을 직접 행동으로 보여주었다.
어느 날 저녁, 자율학습을 마친 학생들이 불빛 하나 없는 위험천만한 길로 귀가하고 있는 것을 목격했다. 조사를 통해 시내 곳곳에 이처럼 위험한 골목이 46곳에 이른다는 사실을 확인한 그는 관련 도시 건설부에 연락해 가능한 한 빠른 시일 내에 시민들의 불편을 덜어줄 것을 당부했다. 얼마 후, 시의 골목 46곳에 모두 가로등이 설치되었다.

우옥유는 바오터우시(包頭市) 시장일 때에도 항상 어려움을 마다하지 않고 시민들의 어려움을 덜어주기 위해 힘을 기울였다. 당시 그의 도움으로 어려움을 극복한 한 실업자는 시정부 문 앞에 와 폭죽을 터뜨리며 그의 도움에 감사를 표했다. 우옥유는 자신을 격려해주는 모든 시민들에게 마음을 담아 감사의 마음을 전했다.

"여러분의 어려움을 해결하는 것은 바로 우리 정부의 책임이며 제가 이곳 시장으로 존재하는 이유이기도 합니다. 여러분을 위해 일하는 것이 바로 저의 정치적 책임이자 직업적 도덕입니다."

이 같은 신념으로 일했던 우옥유는 지금까지 훌륭한 관리로 사람들의 존경을 받고 있다.

◆ 생각

언행일치는 한 인간의 인격을 가늠할 수 있는 중요한 척도이자 도덕교양을 평가할 수 있는 기초 조건이다.

현명한 사람은 속으로 이미 알고 있어도 많은 말을 하지 않으며 최선을 다하면서도 자신의 공로를 내세우지 않는다.

9. 멸망으로 이끄는 "칠환(七患)"

나라에 일곱 가지 환난이 있으면 반드시 사직(社稷)을 지탱할 수 없으며 일곱 가지 환난을 내포하고 성곽을 수비하더라도 적이 쳐들어오면 국가는 무너지고 말 것이다. 일곱 가지 환난이 있으면 국가는 반드시 재앙을 입게 된다.

> 以七患居國, 必無社稷; 以七患守城,
> 이칠환거국 필무사직 이칠환수성
> 敵至國傾. 七患之所當, 國必有殃.
> 적지국경 칠환지소당 국필유앙
> _『칠환』

◉ 도리

경영자는 반드시 역사 속 국가들의 번영과 멸망, 왕조 교체를 거울삼아 그로부터 기업 발전에 보탬이 될 아이디어를 얻어야 한다.

❖ 경전 이야기 ❖

묵자가 말한 "칠환(七患)."

• **첫 번째 재앙**: 성곽으로 나라를 제대로 지키지 못하면서 궁궐만 호화

롭게 치장한다.

- **두 번째 재앙**: 적군이 국경에 이르러도 주변 이웃나라에서 지원군을 보내주지 않는다.

- **세 번째 재앙**: 백성들의 힘을 쓸데없는 일에 다 써버리고 능력 없는 사람에게 상을 주며 손님 접대에 나라의 모든 재물을 다 써버린다.

- **네 번째 재앙**: 관직에 있는 사람들이 자기 자리만 보전하려고 하고 선비들은 무리를 지어 서로 교체하는 데만 힘쓰면 군주는 함부로 법을 고쳐 신하를 질책하고 신하는 군주가 두려워 감히 거스르지 못하는 것이다.

- **다섯 번째 재앙**: 군주 스스로 자신을 성인답고 지혜롭다고 여겨 남과 의논하지 않고 나라가 평안하고 강하다고 여겨 수비하지 않으며 이웃나라들이 침략을 도모하는 데도 이것을 모르고 경계하지 않는다.

- **여섯 번째 재앙**: 군주가 믿는 사람들은 충성스럽지 않고 충성스러운 사람들은 군주를 믿지 않는다.

- **일곱 번째 재앙**: 생산된 식량이 백성들 먹기에 부족하고 대신들이 군주를 섬기기에 능력이 부족하며 백성들에게 상을 내려도 기뻐하지 않고 죄인에게 벌을 내려도 그 벌을 두려워하지 않는다.

◆ **생각**

　나라를 다스리는 것이 작은 생선을 요리하는 것과 같은 것처럼 국가 통치와 기업 경영의 기본 원리는 본질적으로 일치한다. 묵자의 "칠환"에서 국가를 멸망으로 이끄는 일곱 가지 재앙은 오늘날 경영인들에게도 성공적인 경영 활동을 위한 방법을 제시해 준다.

10. 다섯 가지 절제

부부가 절제하면 하늘과 땅이 조화로워지고 바람과 비가 절제되면 온 갖 곡식이 잘 여물고 의복을 절제하면 살갗이 조화를 이루게 된다.

夫婦節而天地和, 風雨節而五穀熟,
부부절이천지화 풍우절이오곡숙

衣服節而肌膚和.
의복절이기부화

_『사과』

● 도리

절제는 적당한 한도를 말한다. 적당한 수준에 멈춰 지나침이 없게 하는 것이다. 적당함은 아름답지만 지나침은 보기 좋지 않다. 적당함은 복을 가 져오지만 지나침은 화를 불러들인다. 즉, 무슨 일이든 극단으로 치우치면 오히려 해가 되는 법이다.

❖ 경전 이야기 ❖

중국 진한 시기 의학서적인 『황제내경(黃帝內經)』에서는 이렇게 적고 있다.

"태곳적 사람들 중에 양생의 이치를 터득한 사람은 자연의 기운에 조화를 맞추고 먹고 마시는 것에도 절도가 있었으며 일상생활 중에도 항상 규칙을 세워 함부로 심신을 과로하는 법이 없었으므로 몸도 마음도 모두 조화를 이루었다.

그 때문에 하늘이 내려준 목숨을 다하고 100세가 지나서야 세상을 떠났다.

술을 절제하지 않고 즐기며 몸과 마음을 함부로 과로하게 한다. 또한, 문란한 성생활로 정력을 낭비하여 생명력의 원천인 진기를 상실하고 있다. 이처럼 몸과 마음의 진기를 보존하지 않고 기분 내키는 대로 욕망을 충족시키므로 50세만 되면 기력이 쇠하고 늙어버리는 것이다.

◆ 생각

"군주된 자는 특히 사는 곳, 입는 의복, 먹고 마시는 것, 탈 것, 거느리는 부인 등 다섯 가지를 절제해야 한다."라고 묵자는 강조했다.

11. 경쟁의 핵심은 인재

나라에 현명하고 훌륭한 선비가 많으면 국가의 정치는 돈후해지고 현명하고 훌륭한 선비가 적으면 국가의 정치는 각박해진다. 그러므로 정치하는 대인이 힘쓸 일은 나라에 반드시 현명한 사람이 많도록 하는 데 있다.

> **國有賢良之士衆, 則國家之治厚;**
> 국유현량지사중 즉국가지치후
> **賢良之士寡, 則國家之治薄.**
> 현량지사과 즉국가지치박
> **故大人之務, 將在於衆賢而已.**
> 고대인지무 장재어중현이이
> _『상현』

◉ 도리

국가, 정부, 기업의 핵심은 인재이다. 세상만사 경쟁 역시 인재 경쟁이다. 모든 일의 성공과 실패를 좌우하는 직접적인 요인이 인재이다.

❖ 경전 이야기 ❖

서주 시기 주공은 아들 백금(伯禽)을 노나라에 보내 그곳을 다스리게 했다. 백금이 노나라로 떠나기 전 주공에게 조언을 청했다. 이에 주공이 말했다.

"나는 문황의 아들이고 무황의 아우이며 지금 천자의 숙부가 되는 사람이다. 내 지위와 신분이 어떻다고 생각하느냐?"

"고귀한 신분입니다."

주공이 말했다.

"그렇다. 나는 지위가 높고 신분이 고귀하지만 급한 일이 닥치면 머리를 감다가도 머리를 쥔 채 나가 일을 처리하고 나를 만나고자 하는 사람이 있으면 밥을 먹다가도 뱉고 나가 맞이한다. 내가 이렇게 하는 것은 천하의 인재들이 내게 오지 않을 것을 걱정하기 때문이다. 너는 노나라에 가면 일개 왕에 불과하다. 절대로 오만하게 굴어서는 안 된다!"

주공은 이처럼 인재를 예로 대하며 인재를 모았다.

◆ 생각

묵자는 "인재는 국가의 보물이자 조정을 이끄는 훌륭한 보조자이다. 그러므로 인재에게 부유하고 높은 지위를 주며 존중해 주어야 한다."라고 말하였다.

12. 자신의 운명은 스스로 개척

옛날 궁핍한 백성이 먹고 마시는 것을 탐내고 일에 게으름을 피워 음식과 옷이 부족하고 굶주리고 추위에 떠는 근심이 있었다. 이들은 "자신이 나태하고 어리석어 일하는 데 부지런하지 못하다는 것"을 알지 못하고 반드시 이르기를 "나의 운명이 진실로 가난하다."라고 한다.

昔上世之窮民, 貪於飮食, 惰於從事,
석상세지궁민 탐어음식 타어종사
是以衣食之財不足, 而飢寒凍餒之憂至;
시이의식지재부족 이기한동뇌지우지
不知曰 : "我罷不肖 , 從事不疾."
부지왈 아파불초 종사부질
必曰 : "我命固且貧."
필왈 아명고차빈
_『비명』

● 도리

운명은 스스로 개척해 나아가는 것이다. 자신을 믿고 홀로 설 수 있도록 자신을 단련해 강해져야 한다.

묵자는 운명이 '있다', '없다'에 대해 이렇게 말했다.

"천하의 벼슬하는 사람들 중에 어떤 이는 운명이 있다고 하고 어떤 이는 운명이 없다고 한다. 옛날 걸왕이 나라를 어지럽힌 것을 탕왕이 다스렸고 주왕이 나라를 어지럽힌 것을 무왕이 다스렸다. 이것은 세상이 변하지 않고 백성이 바뀌지 않고도 위의 정치가 변하고 백성들의 교화가 바뀐 것이다. 탕왕과 무왕이 있으면 다스려지고 걸왕과 주왕이 있을 때는 어지러웠다. 편안함과 위태로움이나 다스림과 어지러워짐이 위에서 정령(政令)을 발하기에 달려 있는 것이다. 어찌 운명이 있다고 말할 수 있겠는가. 대저 운명이 있다고 말하는 자도 그렇다고는 하지 않을 것이다."

상나라와 하나라의 시서(詩書)에는 "운명은 사나운 왕이 지어내는 것이다."라고 하였다.

"천하의 선비가 시비와 이해의 까닭을 분별하려고 한다면 운명이 있다고 하는 자는 참으로 그르다고 할 것이다. 운명이 있다고 주장하는 자는 천하에 커다란 해를 끼치는 것이다."

◆ 생각

세상에 태어난 순간부터 생명은 우리에게 이 세상의 현실을 직시할 수 있는 용기를 준다. 우리는 이 용기에서 시작된 운명을 자신의 힘으로 성장시켜 가야 한다. 우리는 저마다 삶의 목표를 위해 변화하고 선택할 수 있는 능력을 가지고 있다.

묵자는 자신감과 자립심을 가지고 자신을 단련해야 한다고 강조하였다.

● ● ●

13. 능동적으로 생각하고 적극적으로 실천

인(仁)과 의(義)가 같은 것이라면 다니면서 사람들에게 말하는 것이 그 공과 선을 행함이 역시 많을 것이다. 무슨 까닭으로 다니면서 사람들에게 말하지 않는가.

仁義鈞, 行說人者, 其功善亦多.
인의균 행설인자 기공선역다
何故不行說人也.
하고불행설인야
_『공맹』

◉ 도리

능동적인 사고방식은 곧 적극적인 행동으로 연결된다. 이 행동은 다시 긍정적인 외부 반응을 불러일으키며 이는 자신감으로 이어져 적극적이고 창의적인 능력을 계발하게 한다. 이러한 일련의 과정은 각 개인의 업무 능력과 업무 효율을 향상시킨다.

❖ 경전 이야기 ❖

"인의"를 유세하는 묵자를 본 공명자가 물었다.

"진정으로 선을 행하면 어느 누가 그것을 알아주지 않겠습니까. 영험한 무당은 밖으로 나가지 않아도 그를 찾는 이들로 인해 집안에 식량이 넘쳐날 것이며 미인은 집밖에 그 모습을 보이지 않아도 구혼자들이 끊이지 않을 것입니다. 이치가 이러합니다. 선생님께서는 각지를 돌아다니며 유세하기에 여념이 없으시니 무엇 때문에 그런 고생을 하십니까?"

이에 묵자가 대답했다.

"세상은 혼란에 빠져 있습니다. 미인을 좇는 이들은 많으니 설사 그 미인이 집을 나서지 않더라도 구혼자가 줄을 이을 것입니다. 그러나 세상에 인의를 구하는 사람들은 적습니다. 온 힘을 쏟아 유세하지 않는다면 사람들은 분명히 선함을 알지 못할 것입니다. 예를 들어, 영험한 무당이 둘 있습니다. 한 무당은 집을 나서 돌아다니며 사람들에게 점을 쳐 주고 다른 한 명은 전혀 집밖으로 나서지 않는다고 생각해보십시오. 이 두 무당 중 누가 더 많은 복채를 모을 수 있겠습니까?"

"당연히 집밖으로 돌아다니며 사람들에게 점을 쳐 주는 무당이 더 많은 복채를 모으겠지요."

"인의를 설파하는 것도 마찬가지입니다. 밖으로 나서서 사람들에게 인의를 유세한다면 더 많은 선을 전할 수 있을 것입니다. 이치가 그러하니 어찌 돌아다니며 유세하지 않을 수 있겠습니까?"

묵자는 가만히 집에 앉아 오로지 자신의 학문적 명성에 기대어 사람들이 찾아오기만 기다릴 것이 아니라 적극적이고 능동적인 자세로 인의의 가르침을 전해야만 이를 더 효과적으로 전파할 수 있다고 주장했다.

◆ 생각

세상은 완벽하게 평등하다. 삶은 우리에게 도전의 기회를 부여해 줌으로써 각자 부족한 것을 자신의 힘으로 보완할 수 있도록 배려해 준다.

적극적이고 능동적으로 생각하고 시련 속에서도 그 생각한 바를 실천하는 사람은 반드시 성공한다.

14. 먼저 자신의 몸을 다스려라

자신의 몸도 다스리지 못하면서 어떻게 나라의 정치를 다스릴 수 있겠습니까? 그대는 자신의 몸까지 어지럽히지 말라!

子不能治子之身, 惡能治國政?
자불능치자지신 오능치국정
子姑亡, 子之身亂之矣!
자고망 자지신난지의
_『공맹』

● 도리

남을 바로잡기 전에 먼저 자신의 잘못을 돌아보고 바로잡아야 한다. 스스로 모범을 보일 수 없는 사람은 결코 남을 바로잡을 수 없다.

❖ 경전 이야기 ❖

중국 역사상 우왕은 직접 백성들을 이끌고 치수 사업에 나섰던 성군으로 유명했다. 그는 치수 사업을 벌이는 동안 늘 자신의 행동을 엄격히 단속하여 백성들의 모범이 되었다.

우왕 시기 7년간 홍수가 이어졌지만 백성들은 추위에 떨거나 굶주리지 않았다. 그들이 재물을 풍족하게 생산했으며 사용할 때는 절약했기 때문이었다.

우왕은 직접 20만여 명의 백성을 이끌고 치수 사업에 나섰다. 그는 항상 백성들과 함께 현장에서 일하며 먹고 자는 것을 소홀히 할 정도로 밤낮을 가리지 않고 백성들과 함께 일했다. 마침내 10년 후, 아홉 줄기 큰 강의 물줄기를 터서 소통시키는 거대한 치수 사업을 완성했다.

『사기』에서는 우왕을 다음과 같이 묘사했다. "총명하고 부지런하며 덕과 인자함, 신용을 두루 갖추었다. 그의 말은 조화롭고 행동이 법도에 맞았고 모두의 모범이 되었다."

◈ 생각

모범을 통해 다져진 위엄과 명성은 모든 사람을 한마음으로 단결시키고 조직 결속력을 강화한다. 사람들의 마음을 얻는 사람이 성공하며 사람들의 존경을 받는 지도자만 효율적으로 조직을 이끌어 갈 수 있다.

15. 겉만 보지 말고 본질을 파악하라

낚시질하는 사람이 공손한 것은 고기에게 먹을 것을 주기 위해서가 아니며 쥐에게 독이 든 음식을 먹이는 것은 쥐를 사랑해서가 아니다. 바라건대 주군께서는 그들의 뜻과 공을 합쳐 관찰하기 바랍니다.

釣者之恭, 非爲賜也.
조자지공 비위사야
餌鼠以蟲, 非愛之也.
이서이충 비애지야
吾願主君之合其志功而觀焉.
오원주군지합기지공이관언
_『노문』

● 도리

실상은 직접적으로 본질을 표현한 현상을 말한다. 허상은 본질을 왜곡하여 다른 모습으로 보이도록 만드는 현상이다. 사람의 눈에 보이는 것이 반드시 사실인 것은 아니다. 인간의 눈이 때때로 자신을 속이는 모습을 볼 수 있다.

❖ 경전 이야기 ❖

춘추 전국 시대 오나라와 월나라 사이에는 전쟁이 끊이지 않았다. 더욱이 오왕 합려가 월나라를 공격했다가 월왕 구천의 대장군 영고부의 칼에 맞아 목숨을 잃은 후, 양국 관계는 더 악화되었다. 부친의 복수를 결심한 부차는 왕위에 오르자 복수의 일념으로 전쟁을 준비했다.

드디어 497년 월나라를 격파하고 월왕 구천을 회계산으로 몰아넣는 데 성공했다. 상황이 급해지자 월왕 구천은 대부 문종의 계략에 따라 금은보석과 미녀들을 준비하여 부차에게 자비를 구하고 그의 신하가 될 것을 자청했다. 이에 부차는 눈앞의 뇌물과 구천의 공손한 태도에 속아 결국 그 청을 받아들였다.

오나라에 항복한 월왕 구천은 부차에게 충성과 복종의 뜻을 표시하였다. 구천은 부차의 뒤를 따르며 종노릇을 하는 것은 물론 심지어 직접 부차의 병간호를 하며 대소변 시중을 들기도 했다. 그러자 부차는 겉으로 보이는 그의 충성스러움과 공손함을 믿고 전혀 의심하지 않았다. 병이 완쾌한 후, 부차는 구천의 충성을 굳게 믿고 급기야 그를 월나라로 돌려보내 주었다.

월나라로 돌아간 구천은 굴욕의 세월을 잊지 않기 위해 매일 장작더미에 누워 자고 쓰디쓴 돼지 쓸개를 핥으며 복수의 칼날을 갈았다.

10년 후, 마침내 강국으로 성장한 월나라 부천은 오나라를 멸망시켰고 오왕 부차는 수치심에 스스로 목숨을 끊고 말았다.

오왕 부차는 재물과 여색의 꾐에 넘어가 구천을 살려두는 실수를 저질

렀으며 훗날 구천의 거짓된 충성을 진실로 믿는 더 큰 실수를 했다.

월왕 구천이 온갖 고통과 모욕을 참아내며 목숨을 부지한 것은 훗날의 재기를 노린 행동이었다.

◆ 생각

사람들은 태양은 항상 동쪽에서 떠 서쪽으로 진다고 생각하지만 실제로는 지구가 태양 주위를 서에서 동으로 자전하기 때문에 이 같은 현상이 일어난다.

이처럼 눈으로 볼 수 있는 현상이 반드시 진실인 것은 아니다. 사람들은 눈에 보이는 거짓 현상에 쉽게 속아 넘어간다.

16. 먹물을 가까이하면 검게 된다

푸른 물감에 물들면 파래지고 누런 물감에 물들면 노래진다. 넣는 물감
이 바뀌면 그 빛깔도 바뀐다. 다섯 번 넣으면 다섯 빛깔이 된다. 그러므로
물들이는 것을 신중히 하지 않으면 안 된다.

染於蒼則蒼, 染於黃則黃. 所入者變,
염어창즉창 염어황즉황 소입자변

其色亦變; 五入必, 而已則 其五色矣.
기색역변 오입필 이기즉기오색의

故染不可不愼也.
고염불가불신야

_『소염』

● 도리

"먹물을 가까이하면 검게 된다"라는 옛말이 있다.

사람은 사귀는 사람에 따라 취향, 성격, 하는 일까지 서로 닮아간다. 그
러므로 사람을 선택하여 사귀는 일은 자신의 운명을 선택하는 것과 같을
수 있다.

묵자는 물들이는 일이 결코 실에만 해당하는 것이 아니라 국가와 군주에게도 같다고 했다.

순임금은 어유와 백양에게 물들고 우왕은 고요와 백익에게 물들고 탕왕은 이윤과 중훼에게 물들고 무왕은 태공과 주공에게 물들었다.

이 네 왕은 물든 것이 모두 합당하였으므로 천하의 왕이 되어 천자로 즉위하여 그 공명(功名)이 천지를 가졌다.

하왕조의 걸왕은 간신(干辛)과 주치에게 물들고 여왕은 괵공장보와 영이종에게 물들고 유왕은 부공이와 채곡에게 물들었다.

이 네 왕은 물든 것이 합당하지 않았으므로 나라는 패망하고 자신은 죽게 되었으며 천하 사람들이 손가락질하는 인물이 되었다. 천하의 의롭지 못한 사람과 욕된 사람을 거론할 때 이 네 왕을 일컫는다.

◆ 생각

"삶의 성공과 실패는 어떤 친구를 사귀느냐에 달려 있으므로 친구를 사귈 때는 항상 신중해야 한다."라고 증국번이 말했다.

17. 충고를 받아들여 단점을 고친다

이제 형은 의를 위했고 우리 또한 의를 위했으니 어찌 우리의 의만 되겠습니까? 그대가 배우지 않으면 남들이 장차 그대를 비웃을 것이므로 그대에게 배우기를 권한 것이다.

> **今子爲義, 我亦爲義, 豈獨我義也哉?**
> 금자위의 아역위의 기독아의야재
> **子不學, 則人將笑子, 故勸子於學.**
> 자불학 즉인장소자 고권자어학
> _『공맹』

◉ 도리

사람은 조금이라도 완벽함에 가까이 가기 위해 끊임없이 배움과 발전, 성숙을 반복해 나아간다.

성공하려면 먼저 자신의 장단점을 정확히 인식하고 현실을 정면으로 대하고 남의 의견과 조언을 받아들임으로써 자기 잘못을 바로잡는 과정을 통해 발전해 나아간다.

✦ **경전 이야기** ✦

전국시대의 명의 편작이 채환공을 알현했다. 잠시 채환공의 모습을 살펴 본 후 편작이 말했다.

"대왕께서는 피부에 작은 병이 있습니다. 서둘러 치료하지 않으면 더 심해질 것입니다."

"나는 병이 없다."

채환공은 편작의 조언을 단호하게 무시했다. 편작이 돌아간 후 채환공이 말했다.

"의원은 멀쩡한 사람도 병자라고 속이며 치료하는 것들이다. 나중에는 애당초 있지도 않은 병을 치료했다며 내세우기에 바쁜 자들이다!"

열흘 후, 편작이 다시 채환공을 알현하고 말했다.

"대왕의 병이 이미 혈맥까지 퍼졌습니다. 서둘러 치료하지 않으면 더 심해질 것입니다."

채환공은 이번에도 그의 말을 불쾌하게 생각하며 무시했다. 그로부터 열흘 후, 편작이 채환공을 다시 알현하여 말했다.

"대왕의 병이 이미 내장까지 퍼졌습니다. 서둘러 치료하지 않으면 병은 더 심각해질 것입니다.

이번에도 채환공은 크게 화를 내며 그를 내쫓고 말았다.

다시 열흘 후, 편작이 멀리서 채환공을 보고는 인사만 올린 채 곧 돌아갔다. 이를 이상히 여긴 채환공이 신하를 보내 그 이유를 알아보게 했다. 편작은 말했다.

"피부에 있는 작은 병은 탕약과 고약으로 고칠 수 있고 혈맥까지 퍼진 병은 침으로 고칠 수 있습니다. 또한, 병이 내장까지 퍼지더라도 약을 복용하여 고치는 방법이 있습니다. 지금 대왕의 병은 이미 골수까지 퍼지고 말았습니다. 그래서 더는 치료를 권하지 않고 돌아온 것입니다."

얼마 후, 채환공이 병들어 눕게 되었다. 채환공은 그제야 편작의 말을 믿고 나섰지만 편작은 이미 떠난 지 오래였다. 결국 채환공은 오래가지 않아 죽고 말았다.

◆ **생각**

우리가 올바른 인생 궤도에서 벗어나는 것을 막는 가장 좋은 방법은 다른 사람의 충고에 귀기울임으로써 조금이라도 더 늦기 전에 그 잘못을 바로잡는 것이다.

18. 금전적 보상만 생각하지 말라

그 약속을 지키지 않는 것이 아니라, 받는 것이 적은 것이 되는 것이다.

然則非爲基不審也, 爲基寡也.
연즉비위기불심야 위기과야
_『귀의』

◉ 도리

금전을 목적으로 일한다면 그보다 더 장기적이고 높은 목표를 세우는 것은 불가능하다.

금전적 보상은 가장 직접적인 방식의 보상이면서 가장 근시안적 형태의 보상이다.

❖ 경전 이야기 ❖

묵자가 위나라의 관리로 추천한 제자가 있었다. 그런데 제자는 위나라로 떠난 지 얼마 지나지 않아 돌아왔다. 그래서 묵자가 물었다.

"어째서 다시 돌아왔느냐?"

"위나라가 저와의 약속을 지키지 않았습니다. 분명히 저를 천금으로 대우하겠다고 하면서 오백금만 주기에 떠나온 것입니다."

"그대가 받는 것이 천금이 넘으면 그대는 떠났을 것인가?"

"떠나지 않았을 겁니다."

묵자가 말했다.

"그러면 그 약속을 지키지 않는 것이 아니라 받는 것이 적은 것이 되는 것이다. 여기에 어떤 사람이 곡식을 지고 가면서 길가에서 쉬었다가 일어 서려는데 일어설 수 없는 것을 군자가 보면 늙었거나 젊었거나 귀하거나 천하거나를 가리지 않고 반드시 그 사람을 일으켜 줄 것이다. 그것이 의 (義)이기 때문이다. 지금 의를 행하는 군자가 있어 선왕들의 도를 받들어 그것을 이야기한다. 그러나 기쁘게 실행하지 않을 뿐만 아니라 그것을 좇 아 비방한다. 그것은 세속의 군자가 의로운 선비 보기를 곡식을 지고 가 는 사람보다 못하게 보는 것이다."

◆ 생각

금전적 보상만 중요하게 생각하고 항상 그것만 최우선으로 고려하는 사 람이라면 우물 안 개구리처럼 금전의 우물에 갇혀 우물 밖 세상에 있는 수많은 기회를 볼 수조차 없다. 또한, 성실하게 터득한 경험과 노하우들이 그들의 미래에 얼마나 큰 영향력을 발휘할 수 있을지, 그 인생에 어떤 변 화를 가져다줄지도 알 수 없을 것이다.

19. 전략 수립의 핵심

무릇 나라에 들어가면 반드시 힘쓸 일을 선택하여 일에 종사해야 한다.

凡入國, 必擇務 而從事焉.

범입국 필택무 이종사언

_『노문』

◉ 도리

사람은 살아가면서 수많은 문제와 어려움에 부딪히게 된다. 이때 그 일의 경중과 완급을 정확히 구분하고 계획적, 효율적으로 처리해 나아갈 수 있는 사람의 지혜가 필요하다.

옛말에 "일은 경중과 완급을 구분하고 중요한 것부터 우선적으로 처리해야 한다"라고 했다.

❖ 경전 이야기 ❖

동군태수 조조에게 의탁해 간 우금은 조조를 따라 장수(張繡) 토벌에 나섰지만 첫 전투에서 크게 패하고 말았다. 다급해진 조조는 패잔병을 이끌고 청주로 즉각 후퇴했으며 장수는 군대를 이끌고 그 뒤를 바짝 추격했다.

때마침 청주에는 우금과 하우돈이 군대를 주둔시키고 있었다. 그러나 하우돈의 군대는 원소군의 이름을 빌려 무고한 백성들을 약탈하는 만행을 일삼고 있었다. 이를 참다못한 우금은 곧 군사를 이끌고 백성들을 약탈하는 병사를 모조리 죽여 백성들을 위로했다.

이에 겨우 살아남은 청주 병사들은 이미 전투에서 패하여 청주로 돌아와 있던 조조를 찾아갔다. 그들은 우금이 모반을 꾀해 청주 병사들을 죽였다고 모함했다. 이에 크게 놀란 조조는 하우돈, 이전, 허저 등에게 군사를 재정비해 우금을 막을 준비를 하도록 명령했다.

우금이 청주에 도착했을 무렵 조조와 여러 장수들이 병사를 재정비해 성을 방비하는 모습이 마치 적을 기다리는 듯 보였다. 이때 한 신하가 우금에게 말했다.

"청주 병사들이 조 승상께 장군이 모반을 꾀했다고 모함했을 것이 분명합니다. 지금 승상의 군대가 성을 방비하고 있는 모습을 보니 그들의 거짓 보고를 믿으신 것이 분명합니다. 장군은 어째서 승상께 사실을 밝히려고 하지 않으십니까?"

우금이 태연하게 대답했다.

"장수가 이끄는 적병이 추격해 오고 있으니 곧 이곳에 다다를 것이다. 그들에게 대항할 준비를 먼저 해두지 않는다면 어떻게 적을 막을 수 있겠는가? 승상께서 나를 오해하고 계실지라도 그것을 바로잡는 것은 작은 일이지만 적을 물리치는 것은 큰일이다. 장군으로서 마땅히 사적인 일보다 공적인 일을 우선해야 한다. 그러므로 작은 일은 큰일을 마친 뒤에 하더라도 늦지 않을 것이다."

우금이 영채를 정리해 배치를 마쳤을 무렵 장수의 군대가 두 갈래로 나뉘어 공격해 왔다. 우금은 군사들을 이끌고 줄곧 그들을 추격하느라 지친 적들에게 정면으로 맞서 거센 공격을 가했다. 그러자 장수의 군대는 패배하여 도망쳤다. 우금은 전열을 재정비해 성 밖에 머물게 한 후 조조를 알현하고 청주 병사들의 만행을 상세히 보고했다.

"청주 병사들이 부녀자들을 희롱하고 재물을 약탈하여 승상의 위신이 크게 손상되었으며 유랑민은 산에 머물며 도적질을 하고 원소의 패잔병과 합세하여 위나라군의 기강을 무너뜨리는 지경에까지 이르렀습니다."

"그렇다면 어째서 내게 먼저 알리지 않고 적부터 막았단 말인가?"

우금은 조조에게 사실대로 설명했다. 조조는 그제야 자리에서 일어나 우금의 손을 맞잡고 장수들에게 말했다.

"우장군은 쫓기는 긴박한 상황에서도 냉정히 군사를 재정비해 적을 막아냈을 뿐만 아니라 노고를 마다하지 않고 남의 말에 흔들리지 않았다. 이로써 그는 패배할 싸움을 승리로 이끌었다. 옛적의 명장이라도 어찌 이보다 훌륭할 수 있겠는가!"

조조는 우금을 익수정후에 봉했다. 조조는 나라를 먼저 살피는 우금의 태도를 좋게 평가했다.

◆ 생각

일을 할 때는 항상 냉정하게 상황의 경중과 완급을 판단한 후 그 안에서 핵심을 선택할 수 있어야 한다. 이것은 계획을 세울 때 가장 기본적으로 고려해야 할 요소이며, 성공하는 사람들이 가장 중요하게 여기는 것처럼 전체적인 것을 먼저 생각하는 관점은 전략을 세우는 데 기본이다.

荀子

제5편 순자

순자

이름은 황(況). 조나라 사람. 전국시기 사상이자 정치가로서 유

가학파의 대표적인 인물. 그의 제자로는 한비와 이사가 있다. 순

자는 성악론을 제창했고, 저서로는 『순자』가 있다.

순자의 일언폐지(一言蔽之)

∘ 인간의 본성은 원래 악한 것이며 선하게 되는 것은 인위적인 것이다.

   然則人之性惡明, 矣其善者僞也.(연즉인지성악명 의기선자위야)

   _『성악』

∘ 임금은 배요 백성은 물이니 물은 배를 싣기도 하고 배를 뒤엎기도 한다.

   君者舟也, 庶人者水也; 水則載舟, 水則覆舟.(군자주야 서인자수야 수즉재주 수즉복주) _『왕제』

∘ 청색은 쪽풀에서 얻어낸 것이지만 쪽보다 더 푸르다.

   青出於藍, 而青於藍.(청출어람 이청어람)

   _『권학』

∘ 꾸불꾸불한 쑥도 곧은 삼밭에서 자라면 곧게 자란다.

   蓬生麻中不扶自直.(봉생마중불부자직) _『권학』

∘ 강포한 나라의 쓰임을 받기는 어렵고 강포한 나라를 조종하기는 쉽다.

   事强暴之國難, 使强暴之國事我易.(사강포지국난 사강포지국사아역)

   _『부국』

◦이기는 것에 급급하여 패배했을 때를 잊어서는 안 된다.

無急勝而忘敗.(무급승이망패)

_『의병』

◦사물의 한쪽 면에만 사로잡혀 전체를 파악하지 못함이 병폐다.

人之患, 蔽於一曲而闇於大理.(인지환 폐어일곡이암어대리)

_『해폐』

◦어리석은 자의 판단으로 의문을 해결하려면 그 해결은 반드시 되지
않는다.

以疑決疑, 決必不當.(이의결의 결필부당)

_『해폐』

1. 자신을 아는 사람이 현명

공자가 "안연아! 지혜로운 자는 어떠하고 인한 자는 어떠한 것이냐?"라고 물었다. 안연이 대답했다. "지혜로운 자는 스스로 아는 것이고 인한 자는 스스로 사랑하는 것입니다."

子曰 : 由, 知者若何? 仁者若何?
자왈 유 지자약하 인자약하
顔淵對曰 : 知者自知, 仁者自愛,
안연대왈 지자자지 인자자애
_『자도』

◉ 도리

자신을 알리는 말은 자신을 이해하라는 뜻이다. 자신을 아는 사람을 현명하다고 하는 것은 이것이 곧 지혜이기 때문이다. 사람이 자신을 알지 못하는 것을 빗대어 장자는 "자신의 눈으로 자신의 눈썹을 보지 못한다."라고 말했다.

❖ 경전 이야기 ❖

제나라 위왕 때 재상이던 추기는 매우 준수하고 늠름한 외모였다. 키가 팔 척이 넘고 체력이 장대하고 용모가 수려했다. 추기가 사는 도성에 서공이라는 사람이 살았는데 추기와 함께 제나라를 대표하는 미남이었다.

어느 날 아침, 일찍 잠에서 깬 추기는 옷을 입고 모자까지 갖춘 후 거울 앞으로 다가가 자신의 차림새와 생김새를 천천히 살펴보았다. 추기는 자신의 외모가 분명히 남들보다 뛰어나다고 생각했다. 그는 아내에게 물었다.

"나와 도성 북부에 사는 서공 중에서 누가 더 잘생겼소?"

"물론 당신이 훨씬 잘 생겼지요. 서공인가 뭔가 하는 사람과 어찌 비교할 수 있겠습니까?"

추기는 아내의 말을 다 믿지는 않았다. 도성 북부에 사는 서공은 모두 인정하는 미남이었기 때문이다. 추기는 어쩌면 서공에 뒤질지 모른다는 생각에 불안해하며 첩에게 물었다.

"이보게, 나와 도성 북부에 사는 서공 중에서 누가 더 잘생겼는가?"

추기의 첩은 얼른 대답했다.

"대감이 서공보다 훨씬 잘 생겼습니다. 그자가 어디 대감과 비교나 되겠습니까?"

다음날, 추기는 집에 찾아온 손님과 이런저런 이야기를 나누던 중 어제 아내와 첩에게 물었던 것이 생각나 손님에게도 물어보았다.

"여보시오. 나와 도성 북부에 사는 서공 중에서 누가 더 잘생겼소?"

손님은 주저하지 않고 명쾌하게 대답했다.

"서공이 어디 대감과 비교나 되겠습니까? 당연히 대감이 훨씬 더 잘생겼지요."

추기는 이렇게 세 번 모두 같은 대답을 듣자 모든 사람이 서공보다 자신이 더 잘생겼다고 생각하는 것이 틀림없다고 생각하게 되었다. 그러나 추기는 지혜로워 득의양양하며 거만하게 행동하지는 않았다. 그러나 진심으로 자신이 서공보다 잘생겼다고 굳게 믿었다.

며칠 후, 서공이 추기의 집에 찾아왔다. 추기는 서공을 보자마자 그의 뛰어난 외모에 놀라 굳어버렸다. 두 사람이 이야기를 나누는 동안 추기는 서공의 외모를 자세히 뜯어보았다. 그리고 자신의 외모가 서공만 못하다는 사실을 깨달았다. 추기는 마지막으로 이 사실을 확인하기 위해 거울로 자신의 모습을 비춰보고 고개를 돌려 서공을 바라보았다.

그날 잠자리에 누운 추기는 서공과 만났던 일을 생각하고 또 생각했다. 자신의 외모가 서공보다 못한 것이 분명한데 아내와 손님들은 왜 자신이 서공보다 잘생겼다고 말했을까? 추기는 생각 끝에 드디어 정답을 찾았다.

"그들은 내게 잘 보이려고 그런 것이다! 아내는 나를 위로해준 것이고, 첩은 나의 총애를 잃는 것을 두려워했기 때문이고, 손님은 내게 부탁할 것이 있었기 때문이다. 이제 보니 주변 사람들의 아첨 때문에 나 자신을 제대로 알지 못했구나!"

◆ 생각

사람은 자신을 아는 지혜가 있어야 한다. 어떤 사람은 자신의 능력을 과장하여 지나치게 잘난 척하고 거만하게 군다. 또 어떤 사람은 지나친 열등감에 사로잡혀 자신을 하찮은 존재로 생각한다.

교만이나 열등감 모두 자신을 제대로 알지 못해 생기는 것이다.

2. 알아야 면장

학문은 그치지 않아야 한다. 푸른색은 쪽에서 취하는데 쪽빛보다 더 푸르고 얼음은 물이 얼어 되는 것인데 물보다 더 차다.

學不可以已. 靑取之於藍, 而靑於藍;
학불가이이 청취지어람 이청어람
氷水爲之, 而寒於水.
빙수위지 이한어수
_『권학』

◉ 도리

속담에 "알아야 면장(免牆)을 한다"라고 했다.

배우면 우매한 사람을 총명하게 해주고 겁쟁이를 용감하게 해주며 유약한 사람을 강인하게 만들어 주고 실패한 사람을 다시 성공의 길로 이끌어 준다. 배움은 귀천을 따지지 않고 누구에게나 평등하다.

❖ 경전 이야기 ❖

송렴은 명나라 개국 공신 중에서도 걸출한 인재였다. 송렴은 어린 시절, 집안이 매우 가난하여, 배움을 좋아하였지만 책 살 돈이 없어 늘 책이 많은 사람에게서 빌려 볼 수밖에 없었다.

어느 겨울 날, 벼루에 풀어놓은 먹이 꽁꽁 얼어버렸지만 등불을 밝힐 기름도 없었다. 송렴은 손가락이 얼어붙어 손가락을 구부릴 수도 없었다. 송렴은 빌려온 책을 다 베끼고 제 날짜에 돌려주려면 도저히 게으름을 피울 수 없었다. 겨우 책을 베끼고 나니 날은 이미 어두워졌지만 매서운 추위를 무릅쓰고 한걸음에 달려가 책을 돌려주었다. 송렴은 이처럼 신의를 중시했기 때문에 사람들은 언제나 기꺼이 그에게 책을 빌려주었다. 이렇게 수많은 책을 접하면서 송렴의 지식은 나날이 높아졌고 훗날 커다란 업적을 이루는 데 뒷받침이 되었다.

스무 살 청년이 된 송렴은 성현의 도에 대한 열망이 나날이 높아졌다. 그가 사는 가난한 시골 마을에는 훌륭한 스승이 없었다. 송렴은 어떤 고생도 마다하지 않고 수백 리 길을 걸어가 학문적 성취를 이룬 선배들에게 정중히 가르침을 구했다. 그러나 송렴은 이것이 최상의 방법이 아님을 깨닫고 체계적인 교육을 받을 수 있는 학교를 찾아갔다. 책 수십 권을 등에 지고 짚신을 신고 집을 나선 송렴은 곧 깊은 산속으로 들어갔다. 매서운 겨울바람이 불어와 몸을 가누기도 힘들었다. 산촌에는 무릎 높이까지 눈이 쌓여 있었다. 꽁꽁 얼어붙은 송렴의 발은 살이 갈라져 새빨간 피가 흘러내렸다. 송렴은 이미 아무 감각이 없었다.

구사일생으로 학교에 도착한 송렴은 얼어죽기 일보 직전이었다. 사지가 딱딱하게 굳어 움직이지 않자 사람들이 뜨거운 물을 가져와 그의 몸을 천천히 녹여주고 이불을 덮어 주었다. 시간이 한참 지나고 나서야 몸의 감각이 돌아오기 시작했다.

그 후에도 송렴은 아주 어려운 상황에서 배움을 이어가기 위해 하루에 두 끼밖에 먹지 못했다. 신선한 채소나 맛있는 고기 요리는 꿈도 꿀 수 없었고 고단한 삶이 계속되었다.

송렴과 함께 공부하는 친구들은 모두 화려한 옷을 입고 붉은 턱끈에 보석이 박힌 모자를 썼다. 또 허리에는 옥띠를 두르고 왼쪽에는 보검을 차고 오른쪽에는 향주머니를 찼다. 한마디로 눈부시게 화려한 차림새였다. 송렴은 이처럼 화려한 겉치레에는 전혀 관심이 없었고 부러워하지도 않았다. 송렴은 늘 한결같은 모습으로 학문에 매진했다. 그는 학문에 매진할 때 비로소 무한한 즐거움과 행복을 맛보았다.

남들보다 못 먹고 못 입고 누추한 곳에 살았지만 그는 이런 고생을 당연히 거쳐야 하는 과정으로 생각했다.

그 후 송렴은 명나라의 걸출한 인재로 학사직에 있으면서 태조 주원장으로부터 큰 신임을 얻었다.

◆ 생각

순자는 학문의 성패가 꾸준히 쉬지 않고 매진할 수 있느냐에 달려 있다고 보았다. 열심히 배우고 노력하는 사람만 성과를 얻을 수 있다.

학문은 죽을 때까지 멈추지 말아야 한다.

3. 자아를 세우고 주관이 있어야

하늘은 사람이 추위를 싫어한다고 겨울을 없애지 않는다. 땅은 사람이 넓고 먼 것을 싫어한다고 그 광활함을 없애지 않는다. 군자는 소인의 기세가 흉흉하다고 자신의 덕행을 멈추지 않는다.

天不爲人之惡寒也, 輟冬;
천불위인지오한야 철동
地不爲人之惡遼遠也, 輟廣;
지불위인지오요원야 철광
君子不爲消印之匈匈也, 而輟行.
군자불위소인지흉흉야 이철행
_『천론』

● 도리

사람은 반드시 주관이 있어야 한다. 자신이 가야 할 길을 가되 다른 사람의 말에 흔들리지 말아야 한다. 지혜로운 사람은 자기 주관이 확실하기 때문에 확고한 자아를 세우고 부화뇌동하지 않는다.

❖ 경전 이야기 ❖

　손자는 할아버지를 태운 나귀를 끌고 길을 가고 있었다. 잠시 후 길에서 마주친 소년들은 어떻게 자신만 편안하게 나귀를 타고 어린 손자는 힘들게 걷게 하느냐며 할아버지를 비난했다. 할아버지는 생각해 보니 소년들의 말이 맞는 것 같았다. 할아버지는 당장 나귀에서 내려 손자를 나귀에 태웠다. 손자가 나귀를 탄 지 얼마 되지 않아 지나가는 어른들과 마주쳤다. 어른들은 입을 모아 나귀를 타고 있는 손자를 욕했다. 어떻게 백발이 성성한 할아버지를 걷게 하고 자신만 편안하게 나귀를 탈 수 있는가? 손자는 생각해 보니 자신이 잘못한 것 같았다. 손자는 할아버지에게 죄송해하며 당장 나귀 등에서 내렸다. 두 사람은 아예 나귀를 타지 않고 함께 걷기로 했다.

　잠시 후 또 지나가는 사람을 만났다. 그 사람은 나귀가 있는데도 타지 않고 힘들게 걸어가고 있으니 정말 나귀보다 더 바보 같다고 비웃었다. 할아버지와 손자는 일리가 있다고 생각하고 곧바로 둘 다 나귀를 탔다. 얼마 가지 않아 또 다른 사람의 비난에 부딪혔다. 두 사람이 나귀 등에 올라타고 있으니 아무리 짐을 지는 짐승이지만 나귀가 힘들어 죽을지도 모를 일 아닌가! 할아버지와 손자는 이 말도 일리가 있다고 생각했다. 두 사람은 당장 나귀 등에서 내렸다. 그러나 두 사람은 더는 어떻게 해야 할지 몰라 매우 난감했다.

　할아버지가 나귀를 타고 가면 사람들이 할아버지를 욕하고 손자가 나귀를 타고 가면 사람들이 손자를 욕한다.

두 사람이 나귀를 타지 않고 걸어가면 사람들이 바보 같다고 놀리고 두 사람이 함께 나귀를 타면 동물 학대라고 비난한다. 나귀를 탈 수도 없고 안 탈 수도 없으니 정말 난감했다.

◆ 생각

우리는 어떤 일을 하든지 반드시 자신의 주관을 확고히 세워야 한다. 스스로 옳다고 생각해 추진하는 일이라면 다른 사람의 말에 크게 신경 쓰지 않는 것이 좋다.

스스로 확신을 갖고 자신을 믿어라. 다른 사람의 시선을 두려워하지 말라. 원칙이 없어 중심을 잡지 못하고 쉽게 흔들리는 사람은 평생 고민하고 주저하게 된다.

4. 마음먹기보다 실천(행동)

길이 가깝더라도 가지 않으면 이를 수 없고 일이 작더라도 하지 않으면 성취할 수 없다.

道雖邇, 不行不至; 事雖小, 不爲不成.
도수이 불행부지 사수소 불위불성
_『수신』

◉ 도리

사람들은 마음먹기만 하면 자신의 이상을 실현할 수 있고 자신이 원하는 이상적인 삶을 살 수 있으며 주변 사람들의 부러움을 한몸에 받는 사람이 될 수 있다고 생각한다. 그러나 결국 실패자가 되는 것은 이들이 뛰어난 사유 능력을 지녔기 때문이 아니다. 실천하는 행동가가 되지 못했기 때문이다.

❖ 경전 이야기 ❖

사천성 깊은 산골에 두 스님이 살고 있었다. 한 스님은 가난뱅이였고 다른 스님은 부자였다. 어느 날 가난뱅이 스님이 부자 스님에게 말했다.
"나는 남쪽 바다에 가고 싶네. 자네는 어떻게 생각하는가?"

부자 스님은 되물었다.

"자네가 어떻게 먼 남쪽 바다까지 간단 말인가?"

"물통 하나와 사발 하나면 충분하네."

부자 스님은 가소롭다는 듯 말했다.

"나는 몇 년 전부터 배를 빌려 장강을 따라 남쪽으로 내려갈 생각을 하고 있었네. 아직도 준비가 다 끝나지 않았지. 그런데 자네가 남쪽 바다에 간다고?"

이듬해 남쪽 바다에 다녀온 가난뱅이 스님이 부자 스님에게 남쪽 바다 이야기를 들려주었다. 부자 스님은 부끄러워 고개를 들 수 없었다.

◆ 생각

순자는 백 마디 말보다 한 번의 행동이 훨씬 중요하다고 강조했다. 행동이 있어야 비로소 결과가 생기고 성공도 가능하다. 세상의 모든 목표와 계획은 마음먹기에 달려 있는 것이 아니라 반드시 행동으로 옮겨야 의미가 생긴다.

5. 원하는 바를 이루려면 쉼 없는 노력

새기는 노력을 중지하지 않으면 쇠와 돌에도 새길 수 있다.

鍥而不舍, 金石可鏤.

계이불사 금석가루

_『권학』

◉ 도리

누구든 성공하려면 반드시 끝까지 초심을 잃지 않아야 한다. 자신이 원하는 목표를 실현하기 위해 가장 중요한 것은 꾸준한 노력이다. 노력을 모르는 사람은 해보다가 힘들면 바로 포기하기 때문에 어떤 일을 해도 성공하지 못한다.

❖ 경전 이야기 ❖

맹자가 직하학궁의 주강 직을 맡고 있을 때 순자에게 이런 가르침을 준 적이 있다.

"어떤 일이든 한우물을 파야 한다. 또한, 아무리 파도 샘물이 나오지 않는다고 쉽게 포기하면 그때까지의 노력이 모두 물거품이 된다."

맹자는 우물 파기를 예로 들어 순자에게 어떤 일이든 꾸준히 노력하고 중도 포기해서는 절대 안 된다는 가르침을 주었다.

훗날, 순자가 직하학궁의 주강이 되었을 때 그도 한비에게 비슷한 가르침을 주었다.

"반걸음, 한걸음의 노력이 쌓이지 않으면 천리 밖에 도달할 수 없다. 작은 시내가 모이지 않으면 커다란 강과 바다가 만들어질 수 없다. 천리마라도 한걸음만으로 천리를 갈 수 없으며 노쇠한 말이라도 몇 날 며칠 쉬지 않고 달리면 천리를 갈 수 있는 법이다. 조각할 때도 중도 포기하면 썩은 나무도 파지 못할 것이고 꾸준히 노력하면 쇠붙이나 돌덩이에도 무늬를 새길 수 있다. 한줌 흙이라도 끊임없이 쌓으면 언덕을 만들 수 있다."

◆ 생각

한순간의 열정만으로는 큰일을 이룰 수 없다. 자신이 원하는 목표나 이상을 실현하기 위해 가장 중요한 것은 초심을 잃지 않고 꾸준히 노력하는 것이다.

6. 위기에 대처하는 방법

사물에 부닥치면 능히 응대하고 사건이 발생하면 능히 분별할 줄 안다.

物至而應 事起而辨
물지이응 사기이변
_『불구』

● 도리

뜻하지 않은 일이 발생했을 때 가장 먼저 취해야 할 행동은 자신의 감정을 조절하는 것이다. 그래야만 침착하고 냉정하게 해결 방법을 찾을 수 있다.

❖ 경전 이야기 ❖

동진 시기 전진의 부견은 "말채찍만 던져도 강물은 막을 수 있다"라고 호언장담했다.

부견이 이끄는 군대의 위세에 눌린 동진의 장수들은 연패를 거듭했고 갈수록 부견에 대한 두려움이 커져갔다. 그러나 동진의 재상 사안만 놀라거나 두려워하지 않고 침착하게 조카 사현으로 하여금 8만 병사를 이끌고 나가 부견을 막게 했다. 사현이 재상 사안에게 책략을 묻자 사안은 침착하게 대답했다.

"이미 모든 준비를 해두었다."

사안은 더 묻지 못하고 불러났으나 여전히 마음을 놓을 수 없었다. 장현에게 사람을 보내 다시 한 번 사안에게 구체적인 책략을 물어보게 했다.

사안은 장현이 찾아오자 전쟁 이야기는 하지 않고 바둑을 두었다. 두 사람은 평소에도 바둑을 두곤 했는데 장현이 이길 때가 더 많았다. 이날 장현은 전쟁 걱정 때문에 불안하여 집중하지 못해 계속 사안에게 졌다.

바둑판을 접은 후 사안은 아무렇지도 않은 듯 밖으로 나가더니 한밤중이 되어서야 돌아왔다. 사안은 드디어 장수들을 불러모아 각 장수들에게 임무를 부여했다.

사안이 침착하고 냉정하게 일을 처리한 덕분에 동진의 장수와 병사들은 심리적으로 안정을 되찾았다. 그리고 사안의 정확하고 치밀한 책략에 따라 신속하게 움직였다. 얼마 뒤 동진 군대는 비수전투에서 작은 승리를 거두었고 결국 전진 군대를 대파했다.

사현은 전진 군대를 대패시킨 후 서둘러 사안에게 승전보를 보냈다. 손님과 바둑을 두던 사안은 전령이 들어오는 것을 보았으나 기뻐하는 기색 없이 바둑에만 몰두했다. 그러자 손님이 궁금함을 참지 못하고 무슨 일인지 물었다.

"우리 군대가 적군을 물리쳤소."

위기 앞에서 당황하지 않고 변화 앞에서 놀라지 않는 것은 분명히 뛰어난 능력이자 최고의 인품이라고 할 수 있다. 어떤 다급한 일이 생기더라도 항상 안정적인 심리 상태를 유지해야 원만하게 문제를 해결할 수 있다.

위기나 변화가 없을 때에도 유비무환의 정신을 잃지 말아야 한다.

• • •

7. 자신이 좋아하는 활동을 이성적으로 판단

『상서』에 이르기를 "자신이 좋아하는 것에 따라 행동하지 말고 선왕의 도를 따를 것이며 자신이 증오하는 것에 따라 행동하지 말고 선왕의 길을 따르라"라고 했다.

『書』曰: 無有作好, 遵王之道; 無有作惡, 遵王之路.
서왈: 무유작호 준왕지도 무유작오 준왕지로
_『수신』

◉ 도리

자신이 좋아하는 것에 따라 행동하는 것은 결코 나쁜 일이 아니다. 자신이 좋아하는 활동을 할 때 이성적으로 판단하고 행동하라는 것이다.

개인의 감정으로 타인을 미워하더라도 반드시 정도를 지켜야 하며 만약 도가 지나치면 상대방은 언젠가는 원수를 되갚게 된다.

❖ 경전 이야기 ❖

삼국시대 오나라 손권은 장소와 우번을 매우 싫어했다. 손권은 이 두 사람을 싫어했지만 두 사람의 장점까지 미워하지는 않았다. 손권은 두 사람의 능력이 필요한 곳이 있으면 주저하지 않고 그들을 중요한 자리에 기용했다.

장소는 성품이 강직할 뿐만 아니라 손권보다 나이가 많음을 내세워 거만하게 굴었다. 조정 대신들 앞에서 손권에게 지지 않고 기 싸움을 벌였다. 그러나 손권은 차마 장소를 파직하지 못하고 한동안 조정에 출입하지 못하게 했다.

얼마 뒤 촉나라에서 온 사신이 손권 앞에서 촉나라의 공이 얼마나 큰지 요란하게 떠들어댔다. 당시 오나라 조정의 신하들 중 촉나라 사신에 견줄 말재주와 위엄을 지닌 자가 없었다. 손권은 한숨을 내쉬며 이렇게 말했다.

"장소가 있었다면 저자가 우리에게 승복하지는 않더라도 최소한 저 콧대는 꺾어놓을 수 있었을 것이다. 어디서 감히 자화자찬이라는 말이냐?"

손권은 다음날 사람을 보내 장소를 위로하고 직접 장소를 찾아가 조정에 들게 했다.

우번은 뛰어난 재능을 지녔으나 지나치게 오만방자하여 손권 앞에서도 여러 번 무례한 짓을 저질렀다. 우번의 무례함을 도저히 참을 수 없었던 손권은 그를 교주로 귀양 보냈다. 얼마 뒤 손권은 요동 정벌을 떠났다가 태풍 때문에 엄청난 손실을 입었다. 손권은 요동 정벌을 후회하며 이렇게 말했다.

"예부터 군왕의 말이라면 뭐든지 순종했던 조간자보다 주사(周舍)의 직원이 중요하다고 했다. 우번은 충성스럽고 정직하여 늘 할말을 하고야 말았으니 우리 오나라의 주사로다. 우번이 곁에 있었다면 분명히 나를 설득해 요동 정벌을 취소하게 만들었을 것이다."

손권은 교주로 사람을 보내 우번의 안부를 알아오게 했다. 우번이 살았으면 당장 왕궁으로 데려오고 죽었으면 장례를 성대하게 치러주라는 명령을 내렸다.

◆ 생각

노인을 공경한다면 청년과 장년이 저절로 따르게 된다. 어려움에 처한 사람을 멸시하거나 모욕하지 않는다면 능력 있는 사람들이 모여든다. 남몰래 좋은 일을 하고 원한을 되갚지 않으면 재능 있는 사람과 재능 없는 사람이 함께 모여들게 된다.

8. 인간관계에서 현명한 판단

요임금이 순임금에게 물었다. "사람의 정은 어떠한가?" 순임금이 대답했다. "사람의 정은 매우 아름답지 않다."

　　堯問於舜曰: "人情何如?"
　　요문어순왈 인정하여
　　舜對曰: "人情甚不美."
　　순대왈 인정심불미
　　_『성악』

◉ **도리**

인정에는 부정적인 면이 있다. 사람을 판단할 때 한 가지만 기준으로 삼으면 안 된다. 이렇게 하지 않으면 인간관계에서 현명하게 대처하지 못해 상대방에게 이용당하기 쉽다.

❖ **경전 이야기** ❖

전국시대 위나라 왕이 초나라 회왕에게 미녀를 보냈다. 이목구비가 또렷한 미녀의 외모는 서시의 미모에 뒤지지 않았다. 초나라 회왕은 미녀를 매우 마음에 들어 했고 그녀에게 "진주"라는 이름을 지어주었다. 회왕은 진주를 애지중지 아끼며 잠시도 떨어져 있지 않았다.

한편, 회왕에게는 정수라는 애첩이 있었다. 진주가 오기 전까지 회왕은 하루 종일 정수와 함께 지냈다. 진주가 나타나면서 회왕은 점점 정수에게 무관심해졌다. 정수는 회왕의 총애가 멀어진 것에 화가 났고 진주가 미워 견딜 수 없었다. 그러나 정수는 겉으로는 아무 일 없다는 듯 소란을 피우지 않았다. 그녀는 울고불고 난리를 피워봤자 자신에게 좋을 것이 없으며 자칫 명을 재촉할지도 모른다는 것을 잘 알고 있었던 것이다. 정수는 진주에게 친동생처럼 아주 친절하고 다정하게 대해주었다. 정수는 이렇게 함으로써 회왕에게 자신이 진주를 질투하지 않는다는 것을 보여주었다. 어느 날 정수는 진주에게 이렇게 말했다.

"왕께서는 자네를 매우 총애하시네. 그런데 왕께서는 자네 코가 눈에 좀 거슬리는 듯하네. 나한테 벌써 몇 번이나 그런 말씀을 하셨네. 그러니 앞으로 왕 앞에서는 꼭 코를 가리게나."

진주는 영문도 모른 채 정수가 파놓은 함정으로 빠져들었다. 이때부터 진주는 회왕 앞에서 항상 손으로 코를 가렸다. 회왕은 진주가 이상한 행동을 하자 정수에게 그 까닭을 물어보았다. 정수는 회왕의 질문을 받자 머뭇거리는 척하다가 뭔가 말하려고 하더니 입을 다물었다. 그러자 회왕이 다시 재촉하며 말했다.

"걱정 마시오. 무슨 말이든 어서 해보시오."

"진주가… 진주가 제게 말하길 왕께서 역겨운 냄새가 난다고 하였습니다. 그것 때문에 코를 가리는 것입니다."

회왕은 정수의 말을 듣고 불같이 화를 내며 당장 진주의 코를 베어버리라고 명령했다. 정수는 회왕의 사랑을 되찾았다. 진주는 미녀 중의 미녀였지만 자신을 지킬 지혜가 없어 비극적인 인생을 맞이하고 말았다.

◆ 생각

순자가 "사람의 성정(性情)이란 좋지 않은 것이다."라고 말한 것은 인간성의 부정적인 면을 들어 사람을 일깨우기 위함이다. 하지만 우리는 누구를 대하든 반드시 미덕을 갖추어야 하며 진심으로 대하고 상대방을 이해해야 한다.

9. 사람의 "겉"과 "속"

형상이 비록 악하더라도 마음과 도술이 선하면 해로움이 없어 군자가 되고 형상은 비록 선하게 생겼더라도 마음과 도술이 사나우면 해는 없더라도 소인이 되는 것이다.

> 則形狀雖惡, 而心術善, 無害爲君子也.
> 즉형상수악 이심술선 무해위군자야
> 形狀雖善, 而心術惡, 無害爲小人也.
> 형상수선 이심술악 무해위소인야
> _『비상』

◉ 도리

사람은 "겉 다르고 속 다르다."라는 말이 있다. 외모는 단순히 겉으로 드러나 표면적인 것이다. 외모만 보고 사람을 판단하고 사물의 외형만 보고 그 전부를 판단한다면 잘못된 판단일 수 있다.

❖ 경전 이야기 ❖

순자는 사람을 외모로 판단해서는 안 된다는 것을 역사 위인들을 예로 들어 말했다.

"위나라 영공의 신하 공손여는 키가 7척이었는데 얼굴은 길이가 두 자이고 너비는 3촌밖에 되지 않았다. 눈, 코, 입이 좁고 기다란 얼굴에 옹기종기 모여 있어 매우 못생긴 얼굴이었으나 그의 명성은 천하를 뒤흔들었다. 초나라 대부 섭공 자고는 왜소하고 허약하여 걸을 때 옷의 무게조차 감당하기 힘들어 보였다. 백공승이 반란을 일으켰을 때 영윤 자서와 사마 가기는 교전 중 전사했지만 섭공 자고가 이끄는 군대는 백공승을 죽이고 반란을 평정했다. 섭공 자고의 인의, 공적, 명성은 후세에 이어져 지금까지 빛나고 있다."

◆ **생각**

외모로 사람을 판단할 것이 아니라 중요한 것은 그 사람의 사상과 인품, 이상과 포부이다. 사람의 길흉화복은 외모에 의해 결정되는 것이 아니라 스스로 만드는 것임을 분명히 알아야 한다.

10. 군자와 소인

공자가 말했다. "군자는 항상 즐겁고 하루도 근심, 걱정에 빠지지 않는다. 소인은 항상 근심, 걱정하고 단 하루도 즐겁지 않다."

孔子曰: "君子, 有終身之樂, 無一日之憂.
공자왈 군자 유종신지락 무일일지우
小人子 有終身之憂, 無一日之樂"
소인자 유종신지우 무일일지락
_『자도』

◉ 도리

사람은 누구나 다 정직하고 충성스럽고 공명정대하며 마음에 꺼리는 것이 없는 군자가 되고 싶어 했다. 그런데 사람이 지나치게 사리사욕에 눈을 밝히는 데서 아첨하고 간사하고 극단적이고 교활해지면서 소인이 된다.

❖ 경전 이야기 ❖

순자의 제자 한비가 스승에게 물었다.
"스승님, 군자는 어떤 사람입니까?"
"군자는 예의에 밝고 몸소 실천하는 사람이다. 군자는 넓고 깊은 지식을 쌓고 매일 자신을 돌아보고 반성한다.

군자는 믿음을 중시하지만 다른 사람의 믿음을 얻지 못하는 것을 부끄러워하지 않는다.

군자는 돈과 명예에 현혹되지 않는다.

군자는 다른 사람을 비방하지 않으며 다른 사람의 비방을 두려워하지도 않는다.

군자는 뇌물을 거절한다. 작게는 어린 송아지부터 크게는 한 나라를 주더라도 받지 않는다.

군자는 고상한 도덕을 지녀 많은 친구를 사귈 수 있다. 군자는 친구 사이의 인의를 실천한다.

군자는 '예'와 '의'를 위해 자신을 희생할 수 있다.

군자는 다른 사람의 미덕을 칭찬하지만 아부는 하지 않는다.

군자는 다른 사람의 과실을 지적하지만 일부러 트집을 잡지 않는다.

군자의 언행은 하나의 원처럼 모든 사람이 우러러 볼 만하다."

이번에는 순자의 제자인 이사가 스승에게 물었다.

"스승님, 그렇다면 소인은 어떤 사람입니까?"

"소인은 이익을 좋아하고 잘 질투하고 가무나 여색을 좋아하고 예의를 익히지 않고 심신을 수양하지 않고 타고난 본성을 따르는 사람이다.

소인은 진실을 말하지 않고 믿음을 가볍게 여겨 늘 남을 속인다.

소인은 오직 이익만 탐하며 부정한 방법으로 부를 쌓는다.

소인은 남을 질투하여 죄를 뒤집어씌우고 모함과 다툼을 일삼는다.

소인은 권력을 손에 넣으면 안하무인이 되어 자신을 뽐내고 위세를 부린다.

소인은 독단적인 행동을 일삼고 다른 사람의 충고를 받아들이지 않는다.

소인은 어질고 현명한 사람을 배척하고 자신과 뜻이 다른 사람을 모함한다.

소인은 자신만의 부귀영화를 누리려고 하고 다른 사람과 나누는 기쁨을 모른다.

소인은 공공연히 범법 행위를 자행하며 사회의 악이 된다.

소인은 나라가 혼란스러울 때 부모나 군왕을 죽이고 나라를 팔아먹는다."

순자는 군자를 찬양하고 소인을 멸시했다. 순자는 이렇게 제자들에게 절대로 소인이 되지 말고 군자가 되어야 한다는 것을 강조하였다.

◆ 생각

군자의 인품은 존경받고 소인의 인품은 부끄러움을 모른다. 군자는 모든 일이 순조롭게 진행되지만 소인에게는 항상 근심과 화가 끊이지 않는다.

군자가 되는 것을 선택해야 할까? 소인이 되는 것을 선택해야 할까?

지혜로운 사람이라면 주저 없이 올바른 답을 찾아낼 수 있을 것이다.

군자는 수양과 자신의 뜻을 펼치는 것을 낙으로 삼는다.

11. 타인의 비방에 무너지지 않아야

군자는 비방을 두려워하지 않는다.

君子, 不恐於誹.
군자 불공어비

_『비십이자』

◉ **도리**

군자는 남의 비방에 무너지지 않는다. 아무 이유 없이 남을 비방한다면 그것은 분명히 소인배의 짓거리다. 소인배는 타인의 성공을 질투하여 온갖 수단과 방법을 동원하여 중상모략을 한다. 지혜로운 사람은 남의 비방에 대처하는 방법을 알아 비방을 두려워하지 않는다.

❖ **경전 이야기** ❖

무측천이 황제로 등극하고 적인걸을 재상으로 임명한 후, 어느날 무측천이 적인걸에게 물었다.

"그대가 전에 여남에서 관직 생활을 할 때 훌륭한 공적을 쌓아 백성들의 사랑과 존경을 한몸에 받았다고 들었소. 그런데 지금은 그대에 대한 비난과 모함이 끊이지 않고 있소. 어떤 내용인지 자세히 알고 싶지 않소?"

적인걸은 그 자리에서 자신의 죄를 고했다.

"폐하께서 제가 잘못하여 비난과 모함이 난무한다고 여기신다면 저는 당장 제 잘못을 바로잡겠습니다. 폐하께서 제 잘못이 아니라고 생각하신다면 신에게는 큰 기쁨이옵니다. 누가 저를 비난하고 어떤 모함을 하든 그것은 제게 중요하지 않습니다."

무측천은 적인걸의 말을 듣고 매우 기뻐하며 그를 훌륭한 인생 선배로 추종했다. 그가 남에게는 관대하고 자신에게는 엄격한 고상한 인품과 기개를 지녔기 때문이다.

◆ 생각

자신이 비방을 당했을 때 절제하고 소극적인 감정을 없앤다. 자신의 무고함을 변명하지 말고 지혜롭게 인내심을 가지고 항상 뒤돌아본다.

12. 행동의 기본 원칙

공자는 "능한 것을 능하다 하고 능하다고 못한 것을 능하지 못하다고 하는데 이것이 행동의 지극함이다."라고 말했다.

孔子曰: 能之曰能之, 不能曰不能, 行之至也.
공자왈 능지왈능지 불능왈불능 행지지야
_『자도』

◉ 도리

능력에 따라 행동하는 것을 기본 원칙으로 삼아야 한다. 사람의 능력에는 한계가 있다. 이 점을 간과하고 허세를 부리며 굳이 어려운 임무를 맡으면 공연히 힘만 낭비할 뿐 좋은 결과를 얻을 수 없다.

❖ 경전 이야기 ❖

위나라 영공이 노나라 명사 안합의 학식이 높음을 잘 알고 그를 왕자 고귀의 스승으로 초빙하려고 했다.

안합은 고귀의 성품이 잔인하고 함부로 사람을 죽여 위나라 사람들이 그를 두려워한다는 말을 들었다. 안합은 과연 이런 사람을 가르칠 수 있을지 자신이 없었다. 그래서 위나라의 현자 거백옥을 찾아가 조언을 구하기로 했다. 안합은 고귀에 대해 들은 것을 거백옥에게 이야기하며 물었다.

"지금 왕께서 저를 왕자의 스승으로 삼으려고 합니다. 제가 여기에 응하더라도 잘 해낼 수 없을 것입니다. 왕자를 올바른 길로 인도하지 못하고 제멋대로 행동하게 놔둔다면 그는 계속 사람들을 해칠 것이고 위나라를 위기에 빠뜨릴 것입니다. 그러나 제가 왕자를 엄하게 단속해 마음대로 행동하지 못하게 한다면 저를 죽일지도 모릅니다. 제가 어찌해야겠습니까?"

거백옥은 이렇게 대답했다.

"그대의 능력으로 왕자 고귀를 가르치는 일은 쉽지 않을 것이오. 왕자의 스승이 되고자 한다면 신중히 행동해 경솔하게 왕자의 감정을 건드리지 않도록 조심해야 하오. 그렇지 않으면 죽음을 면치 못할 것이오. 자신의 말을 너무 아낀 나머지 벌레가 말을 무는 것을 보고 칼을 휘둘렀다가 놀란 말의 발길질에 죽음을 초래하는 것과 같소. 어느 날 내가 마차를 타고 길을 가는데 앞쪽에 있던 사마귀 한 마리가 마차 바퀴가 다가오는 것을 보고 앞다리를 들어 올려 마차 바퀴를 막으려고 했소. 그 사마귀는 마차 바퀴에 깔려죽고 말았지요. 그대도 자신의 능력을 생각하지 않고 고귀의 스승이 된다면 지금 말한 사마귀와 같은 신세가 될지 모르오."

안합은 거백옥의 말을 듣고 고귀의 스승이 되지 않고 위나라를 떠나기로 결심했다. 훗날 고귀는 큰 문제를 일으켜 죽음을 맞이했다.

◆ 생각

능력에 맞지 않는 행동이란 능력이 부족한데 어려운 임무를 맡거나 자신의 힘이 미치지 않는 일에 도전하거나 자신이 할 수 없는 부탁을 받았을 때 무턱대고 수락하거나 자신의 능력이 미치지 않는 높은 자리에 오르는 것을 말한다. 이것은 모두 자신의 능력 범위를 벗어난 행동으로 자신을 망치고 다른 사람과 사회에까지 손해를 끼칠 수 있다.

• • •

13. 남들이 자신을 믿게 만들어야

군자는 자신이 성실하지 않은 것을 부끄럽게 여기고 남에게 믿음을 보이지 못하는 것을 부끄럽게 여기지 않는다.

君子, 恥不信 不恥不見信
군자 치불신 불치불견신
_『비십이자』

◉ 도리

사람은 반드시 신의를 지켜야 한다. 신의는 말에 믿음이 있어야 한다는 것이다. 그러므로 자신이 한 말에 대해 신용을 지켜야 하며 실언을 하지 말아야 한다. 자신이 한 말에 책임과 의무를 다해야 상대방의 믿음을 얻을 수 있다.

❖ 경전 이야기 ❖

동안 시대 장소와 범식은 수도인 낙양에서 동문수학했다. 두 사람은 학업을 마치고 각자 제 갈 길을 떠나게 되었다. 장소가 갈림길에서 날아가는 기러기를 바라보며 "오늘 이별하면 언제 다시 볼 수 있을지 모르는데……"라며 눈물을 흘렸다. 범식은 장소의 손을 잡으며 이렇게 말했다.

"여보게, 친구. 너무 슬퍼하지 말게. 2년 뒤 가을에 내가 반드시 자네를 찾아갈 테니 그때 다시 만나면 되네."

2년이 지난 가을 날, 낙엽이 우수수 떨어지고 울타리에는 국화가 만발하고 먼 하늘에서는 기러기 울음소리가 들려오니 장소는 옛 친구에 대한 그리움이 사무쳐 자신도 모르게 "그가 곧 오리라."라고 중얼거렸다. 그리고 곧바로 집으로 돌아와 어머니에게 말했다.

"어머니, 방금 전 먼 하늘에서 기러기 울음소리가 들렸으니 곧 범식이 찾아올 겁니다. 그를 맞이할 준비를 해야 해요."

"아들아. 네가 순진했던 게다. 범식이 사는 산양군이 여기서 얼마나 먼지 모르느냐? 범식이 어떻게 여기까지 온다는 말이냐? 천 리가 넘는 길이라는 말이다."

"범식은 정직하고 진실하고 신용 있는 사람입니다. 반드시 올 겁니다."

"그래, 그래. 그는 올 게다. 나는 가서 음식준비를 해야겠다."

장소의 어머니는 그렇게 말할 수밖에 없었다. 그녀는 범식이 오리라 믿지 않았지만 아들이 실망할까 봐 그의 마음을 달래준 것이다.

그런데 약속한 시간이 되자 범식이 정말 장소를 만나러 왔다. 그는 산양군에서 장소가 사는 여남군까지 온갖 고초를 겪으며 머나먼 길을 걸어온 것이다. 장소의 어머니는 감동해 그들 옆에 서서 눈물을 닦으며 말했다.

"세상에 이렇게 믿을 만한 친구가 다 있구나!"

자신의 약속을 지킨 범식의 이야기는 지금까지 아름다운 일화로 전해져 오고 있다.

◆ 생각

상대방에게 신용을 잃는 것은 곧 그 사람의 비열한 인격과 단정치 못한 품행을 천하에 드러내는 것임을 일깨워 준다. 또한, 미래를 생각하지 않고 눈앞의 이익에만 현혹되어 원대한 안목이 결여된 어리석은 행동을 일삼게 되어 결국 아무것도 이룰 수 없게 된다.

14. 교우의 도

군자는 사는 곳으로 반드시 고향을 선택하고 유학하는 사람으로는 훌륭한 선비를 가까이한다.

君子居必擇鄕, 遊必就士.
군자거필택향 유필취사

_『권학』

● 도리

"쑥은 수풀 속에 자라면 일부러 받쳐주지 않아도 곧게 자란다. 흰 모래도 더러운 진흙 속에 섞이면 진흙과 똑같아진다."라고 순자는 말하였다.

사람은 어떤 친구를 가까이하느냐에 따라 자신의 인품이 달라질 수 있으므로 친구를 사귈 때는 반드시 신중해야 한다.

❖ 경전 이야기 ❖

증국번이 호남에서 용병을 훈련시켜 조직한 상군을 이끌고 태평천국운동을 일으키자 청나라 조정에서는 이 문제를 놓고 의견이 분분했다. 청나라 조정은 결국 증국번을 기용하되 너무 많은 권력을 주지 않는 것으로 결정을 내렸다. 한편, 증국번 역시 이 문제에 신경이 쓰이지 않을 수 없었다. 그가 청나라 조정의 의심에서 벗어나려면 조정 중신들의 지지가 절실했다. 그러던 어느 날 증국번은 호림익이 가져온 숙순의 밀서를 받았다. 거기에는 조정에서 가장 유능한 인재로 인정받던 숙순이 서태후에게 증국번을 양강 총독으로 추천했다는 내용이 있었다. 증국번은 뜻밖의 희소식에 크게 기뻐하였다. 당시 청나라는 함풍제가 서거하고 어린 태자가 즉위한 지 얼마 되지 않은 때였다. 함풍제를 받들었던 실권은 숙순이 장악하고 있었다. 그의 말 한마디로 모든 것이 정해지고 있었다.

증국번은 숙순에게 감사를 표하는 답장을 쓰기 위해 붓을 들었다. 그러나 몇 글자 적다가 금방 붓을 멈추었다. 증국번은 숙순의 사람됨을 잘 알고 있었다. 숙순은 고집이 세고 자신의 생각만 옳다고 생각하는 데다 안하무인으로 행동하는 사람이었다. 증국번은 다시 서태후에 대해 생각해 보았다. 당시 서태후는 아직 전면에 나서지는 않은 상태였으나 범상찮은 인물이었다. 증국번은 오랜 인생 경험을 바탕으로 서태후가 야망과 권력욕이 매우 크며 권모술수에 능하다는 것을 간파했다. 숙순의 권력 독점이 얼마나 오래 지속될 수 있을까? 서태후와 숙순이 과연 의기투합할 수 있을까?

증국번은 심사숙고한 끝에 편지를 쓰지 않기로 했다. 과연 얼마 후 숙순은 서태후에 의해 멸문지화를 당했고 숙순에게 편지를 보내 아부했던 대신들도 화를 입었지만 증국번은 다행히 화를 면할 수 있었다.

◆ 생각

친구를 사귈 때는 반드시 그 친구의 생각, 취미, 기호, 품행 등을 주의깊게 살펴 유익한 친구가 될 수 있는지 잘 판단해야 한다. 친구를 사귈 때는 간소하면서 고상하고 온화하면서 사리가 분명해야 한다.

• • •

15. 소인의 독수를 피한다

어진 사람을 공경하지 않으면 새나 짐승과 같다. 사람이 어질지 않다고 공경하지 않으면 호랑이를 경멸하는 것과 같다.

人賢而不敬, 則是禽獸也,

인현이불경 즉시금수야

人不肖而不敬, 則是狎虎也.

인불초이불경 즉시압호야

_『신도』

◉ 도리

어진 사람은 넓은 마음으로 항상 올바른 일에 힘쓰며 치밀하게 일을 준비한다. 어질지 못한 소인은 항상 남몰래 일을 꾸미고 나쁜 일에 힘쓰며 아무도 몰래 모략을 만들어 내어 상대방이 대비하지 못하게 한다. 그러므로 소인을 대할 때 그들을 무시하고 깔볼 수는 있지만 절대로 소인의 감정을 건드려서는 안 된다.

이임보는 당나라 현종에게 그림자처럼 붙어 지낸 간신으로 매우 옹졸해 다른 사람이 현종의 총애를 받는 것을 절대로 용납하지 않았다. 현종은 외모가 준수하고 기골이 장대하고 기개와 도량이 뛰어난 인물을 매우 좋아했다.

어느 날 현종이 이임보와 함께 후원을 산책하다가 멀리서도 한눈에 띄는 훌륭한 용모와 기개를 갖춘 장군이 지나가는 것을 보았다. 그 순간 현종은 자신도 모르게 "저 장군은 정말 잘 생겼구나!"라며 감탄을 금치 못했다. 옆에 있던 이임보에게 그 장군이 누구인지 물었지만 이임보는 모르겠다며 일부러 얼버무렸다. 이임보는 현종이 그 장군을 총애하게 되는 것이 불안했던 것이다. 그 일이 있은 후 이임보는 몰래 손을 써 현종의 마음에 든 그 장군을 변방으로 전근시켜 두 번 다시 현종의 눈에 띄지 않게 만들었다.

◆ **생각**

아무리 사납고 무서운 동물이라도 그것을 제압할 수 있는 또 다른 동물이 있다. 인간 세상도 다르지 않다. 악인은 악인이, 소인은 소인이 제압해야 한다. 우리는 소인배의 독수를 최대한 멀리 피하는 것이 좋다.

16. 곤궁하면 우환을 피할 수 없다

먼저 할 일을 생각해 일하고 먼저 근심할 것을 생각해 근심한다.

先事慮事 先患慮患

선사여사 선환여환

_『대략』

◉ 도리

순자는 "일이 발생하기 전에 미리 생각해두는 것을 신속하다고 말한다. 신속하면 일을 순조롭게 성공시킬 수 있다."라고 말했다.

순자는 "우환이 생기기 전에 우환에 대비하는 것을 예견이라고 한다. 예견이 있으면 우환이 일어나지 않는다."라고 말했다.

❖ 경전 이야기 ❖

주나라 무왕은 상나라를 멸망시켰지만 상나라 주왕의 아들 무경을 죽이지 않고 은군으로 봉해 옛 상나라 도읍을 다스릴 수 있게 해주었다. 그러나 무경에 대한 경계를 늦추지 않고 동생인 관숙, 채숙, 곽숙에게 각각 옛 상나라 도읍의 동쪽, 서쪽, 북쪽 지역의 땅을 주어 무경과 상나라 유민을 감시토록 했다.

무왕의 동생 주공단과 태공, 소공은 무왕을 도와 상나라를 멸망시키는 데 큰 공을 세운 개국 공신이었다. 무왕은 세 동생을 곁에 두고 국정을 펼쳤는데 그중에서도 주공만 가장 총애했다.

2년 후, 무왕이 갑자기 큰 병에 걸리자 신하들은 모두 근심, 걱정에 휩싸였다. 무왕에 대한 충성심이 남달랐던 주공단은 특별히 주나라 종묘에 제사를 지냈다. 이때 그는 형님을 대신해 자신의 목숨을 내놓겠다는 기도를 올리며 무왕의 쾌유를 빌었다. 제사가 끝난 후, 주공단은 부하에게 명령해 제문을 봉해 석실에 감추게 하고 철저히 입단속을 시켰다.

주공단이 제사를 올린 후 얼마 지나지 않아 신기하게도 무왕의 병세가 잠시 호전되었지만 얼마 안 가 무왕은 세상을 떠났다 그 후 어린 태자 희송이 왕위에 오르고 주공단은 무왕의 유언대로 섭정을 시작했다.

주공단이 섭정을 시작하자 관숙을 비롯한 무왕의 동생들은 주공단을 시기했다. 그들은 주공단이 성왕의 왕위를 찬탈하려고 한다는 유언비어를 퍼뜨렸다. 이 소문은 금세 성왕의 귀에까지 흘러들어 갔고 성왕은 주공단을 의심하기 시작했다. 주공단이 이 사실을 알고 태공자 소공에게 "내가 관숙 등을 치지 않으면 무슨 낯으로 선왕을 뵙겠소?"라고 말했다.

주공단은 관숙 등을 토벌할 계획을 당장 추진할 수 없어 의심을 거두기 위해 주나라 도읍인 호경을 떠나 낙읍으로 갔다.

무경은 주나라가 상나라를 멸망시킨 데 대한 원한이 맺혀 있었다. 무경은 주나라 왕족들 간에 세력 다툼이 발생하자 당장 관숙에게 사람을 보내 그들과 주공단 사이를 이간질했다. 이와 동시에 무경은 군대를 일으킬 준비를 시작했다. 주공단은 낙읍에서 지내는 2년 동안 무경의 음모를 밝혀낸 후, 이 내용을 은유적으로 표현한 시를 지어 성왕에게 보냈다.

부엉아! 부엉아!
너는 이미 내 새끼를 빼앗아 갔으니
더는 내 집을 망가뜨리지 말아다오.
내가 얼마나 고생했는지 아느냐?
새끼들을 키우느라 이미 지쳐버렸다.
아직 하늘에서 비가 내리지 않으니
나는 서둘러 나무껍질을 벗겨야겠다.
그리고 서둘러 창문을 고쳐야겠다.
아래에는 사람이 있으니
언제 우리를 괴롭힐지 모른다.

이 시는 어미새의 구슬픈 울부짖음을 빌려 주공단이 국사를 걱정하는 마음을 표현하고 있다. 이 시에 등장한 부엉이는 바로 무경을 가리킨다.

어린 성왕은 이 시에 담긴 뜻을 몰랐다. 얼마 후 석실에서 주공단이 남긴 제문을 우연히 발견하고 드디어 그의 진심을 알고 성왕은 사람을 보내 주공단을 호경으로 불러들였다. 그리고 주공단이 무경을 토벌하라는 명령을 내렸다.

결국 무경, 관숙, 곽숙은 죽음을 당하고 채숙은 유배지에서 죽었다. 이후 주나라는 나라의 기초를 바로잡아 태평성세를 이루었다.

"비가 내리기 전에 창문을 수리하고 둥지를 견고히 한다."라는 옛말은 유비무환의 정신을 비유한 것이다. 『중용』에서는 "무슨 일이든 사전에 미리 준비해두어야 성공할 수 있다. 그러지 않으면 실패할 것이다."라고 했다.

. . .

17. 등사는 다리가 없지만 하늘을 난다

눈은 동시에 두 가지를 보지 않아야 밝고 귀는 동시에 두 가지를 듣지 않아야 밝다.

目不能兩視而明, 耳不能兩聽而聰.
목불능량시이명 이불능량청이총

_『권학』

● 도리

순자는 "전심전력으로 뜻을 구하려는 생각이 없으면 이치를 깨달을 수 없다."라고 말했다.

순자는 "무슨 일이든 전심전력으로 매진하지 않으면 빛나는 공적을 쌓을 수 없다."라고 말했다.

순자는 "뛰어난 지혜와 재능이 없다고 고민할 필요는 없다."라고 말했다.

❖ 경전 이야기 ❖

서진 무제 사마염 시대 수도 낙양에서는 좌사라는 청년이 쓴 걸작 『삼도부(三都賦)』를 너도나도 베껴 쓰는 경쟁이 일어나 종잇값이 폭등하고 종이를 파는 상인들은 부자가 되었다. 그래서 "낙양지귀(洛陽紙貴)"라는 말이 나왔다.

좌사는 어릴 때 어머니를 여의었고 아버지 좌희는 말단 관직에 있었다. 좌희는 아들이 자라 가문을 빛낼 훌륭한 인재가 되기를 바라며 좌사를 교육시키는 데 심혈을 기울였다. 그러나 어린 좌사는 별로 총명하지 않았다. 어린 좌사는 서법, 음악, 병서를 배웠지만 어느 하나 두각을 나타내는 것이 없었다. 좌희는 크게 실망하며 아들이 아무 재능이 없다고 생각했다. 좌희는 집에 찾아온 친구에게 이렇게 말했다.

"후대가 전대만 못하네. 내 아들은 내가 젊었을 때보다 못하니 앞으로도 큰일을 하지 못할 것이네."

우연히 이 말을 들은 좌사는 큰 충격을 받고 반드시 세상이 놀랄 큰일을 해내겠다고 마음먹었다. 그날 이후 좌사는 모든 잡념을 버리고 학문에 매진했다. 그는 "울지 않으면 그뿐이지만 한 번 울면 사람을 놀라게 하리라."

라는 말을 되뇌었다.

좌사는 1년 동안 공을 들여 『제도부(齊都賦)』를 완성했다. 이것을 친구들에게 보여주었는데 훌륭하다고 모두 칭찬을 아끼지 않았다. 좌사는 첫 성공에 고무되어 자신감이 커졌고 훌륭한 작품을 쓰겠다고 다짐했다. 좌사는 반고의 『양도부』, 장형의 『서경부』의 영향을 받아 『삼도부』를 쓰기로 마음먹었다.

기원전 272년 서진의 무제는 좌사 의영의 동생 좌채가 천하에 보기 드문 인재라는 소문을 듣고 그녀를 궁으로 불러 수의(修儀)에 봉했다. 여동생이 입궁하자 좌사는 수도 낙양으로 이사했다. 좌사는 『삼도부』라는 목표를 세웠지만 견문이 부족함을 느끼고 무제에게 황궁의 서책을 관리하는 비서랑에 임용해줄 것을 청했다. 무제는 좌사의 간청을 받아들였다. 이렇게 해 좌사는 삼도와 관련된 책과 자료를 마음껏 볼 수 있게 되었다.

그날 이후 좌사는 『삼도부』를 훌륭하게 써낼 방법만 생각했다. 책상에 앉아 있을 때도, 밥을 먹거나 차를 마실 때도, 길을 걷거나 산책을 할 때도 심지어 꿈속에서도 그 생각뿐이었다. 좌사는 식탁, 침상, 화장실, 정원 계단 등 집안 곳곳에 묵과 종이를 놓아두었다. 좋은 구절이 생각나자마자 기록하기 위해서였다. 밥을 먹다가 생각이 떠오르면 젓가락을 내려놓고 붓을 들었다. 이렇게 해 장장 1만 자가 넘는 『삼도부』가 10년 만에 빛을 보게 된 것이다.

『삼도부』는 『촉도부』, 『오도부』, 『위도부』 세 편으로 구성되어 있다. 이 세 편은 각각 독립적이면서 긴밀하게 연결되어 한 편의 완전한 『삼도부』를 만들어냈다. 『삼도부』에서는 동호의 왕손, 서촉의 공자, 위국의 서생이라는 가상 인물 세 명이 등장한다. 이 세 명의 솔직한 대화를 통해 삼도의 개황, 역사, 특산품, 경치, 사람들과 정치, 군사, 경제, 문화를 자세히 묘사했다. 『삼도부』는 웅장한 사조와 아름다운 문구, 장엄하고 화려한 산수를 묘사한 당대 걸작이었다.

『삼도부』가 발표되었을 때는 사람들의 주목을 끌지 못했다. 그래서 좌사는 위대한 학자로 칭송받던 황보밀을 찾아가 『삼도부』의 품평을 청했다. 황보밀은 『삼도부』를 읽고 나서 박수를 치면서 칭찬을 아끼지 않았고 흔쾌히 서문을 써주었다. 좌사는 다시 저작랑 장재와 중서랑 유구에게 『삼도부』 해설서를 부탁했다. 이런 과정을 거쳐 『삼도부』는 드디어 당대 문단을 뒤흔들었다.

이렇게 되자 귀족 가문에서 앞다투어 『삼도부』를 베껴 소장하려고 하기 시작했고 이렇게 해 "낙양지귀"라는 말이 탄생한 것이다.

좌사는 10년 동안의 노력과 의지로 드디어 재능을 인정받게 된 것이다.

◆ 생각

역사상 위대한 인물들은 대부분 지혜가 뛰어나거나 다재다능한 인재가 아니라 지극히 평범한 사람들이었다. 그들은 바보 같을 만큼 고집스럽게 한우물을 팠기 때문에 성공한 것이다.

등사는 다리가 없지만 용처럼 하늘을 날 수 있고 박쥐는 온갖 재주를 가졌지만 곤궁함에서 벗어나지 못한다.

법가학파의 창시자

韓非子

한비자

사람들은 그를 한비자(韓非子)라고 부른다. 한나라 사람.

전국시대 말기 사상가. 법가 사상을 집대성한 사람이다.

순자의 제자로 저서로는 『한비자』가 있다.

한비자의 일언폐지(一言蔽之)

∘ 훌륭한 거짓도 어설픈 진실에 미치지 못한다.

　巧詐不如拙誠.(교사불여졸성)

　_『설림상』

∘ 호랑이가 개를 굴복시킬 수 있는 것은 강한 발톱과 날카로운 이빨이 있기 때문이다.

　夫虎之所以能服狗者, 爪牙也.(부호지소이능복구자 조아야)

　_『이병』

∘ 이웃 나라의 성인은 적국의 우환이 된다.

　孤聞鄰國有聖人, 敵國之憂也.(고문린국유성인 적국지우야)

　_『십과』

∘ 일은 은밀히 해야 성공하며 말은 누설되면 실패한다.

　事以密成, 語以泄敗.(사이밀성 어이설패)

　_『설난』

∘ 먼 곳에 있는 물은 가까운 곳에서 난 불을 끄지 못한다.

　遠水不救近火也.(원수불구근화야)

　_『설림상』

∘작은 이익에 얽매이면 큰 이익을 놓친다.

顧小利則大利之殘也.(고소리즉대리지잔야)

  _『십과』

∘싸움터에서는 속임수를 꺼리지 않는다.

戰陣之間, 不厭詐僞.(전진지간 부염사위)

  _『난편』

∘군주의 역린을 건드리지 않도록 설득하는 것이 최상의 설득이다.

人主之逆鱗, 則幾矣.(인주지역린 즉기의)

  _『설난』

1. 사람은 덕으로 우뚝 서야

덕(德)은 내적인 것이며 득(得)은 외적인 것이다.

德者, 內也. 得者, 外也.

덕자 내야 득자 외야

_『해로』

◉ 도리

덕은 인생과 사업의 기초이며 개인의 재능을 통솔하는 지휘관이다. 도덕을 잃으면 사업도 안정된 기반을 잃어버린다. 도덕성으로 자신을 구속하지 않으면 개인의 탁월한 재능도 제대로 펴지 못한다.

❖ 경전 이야기 ❖

서역에서 온 상인이 장에 나와 보석을 팔고 있었다. 특히 그중 산(冊, 산호)은 앵두같이 아름다웠다. 산의 지름이 한 치밖에 안 되는데 그 값은 수십만 냥이나 되었다.

용문자가 그곳을 지나다가 제자들을 데리고 구경꾼들을 헤치고 들어가 보석을 자세히 보았다. 그리고 상인에게 물었다.

"그 보석을 먹을 수 있소?"

"못 먹습니다."

"그러면 병은 고칠 수 있소?"

"못 고치지요."

"그렇다면 귀신을 몰아내고 재앙을 막아줍니까?"

"그것도 못하지요."

"그렇다면 부모에게 효도할 수 있습니까?"

"그것도 못합니다."

"정말 이상하군요. 이 보석은 아무 쓸모도 없는데 값은 수십만 냥에 달하니 그것은 무슨 까닭입니까?"

"이 보석을 캐려면 사람의 발이 닿지 않는 깊은 골짜기와 험한 절벽을 모두 뒤져야 합니다. 많은 사람의 힘과 재물이 필요하고 수많은 고비를 넘기면서 큰 고생을 해야 겨우 얻을 수 있습니다. 그러니 매우 진귀한 보배지요."

용문자가 듣더니 웃기만 하고 아무 말 없이 떠났다.

용문자의 제자 정연이 스승이 방금 한 말을 잘 이해하지 못하겠다며 가르침을 구했다. 그러자 용문자가 말했다.

"옛사람들은 황금을 소중히 여겼다. 하지만 사람이 그것을 삼키면 생명이 위험하며 그 가루가 눈에 들어가면 눈이 멀게 된다. 나는 오래전부터 이런 보물을 가지려고 애쓰지 않았다. 그러나 이 몸에도 귀중한 보물이 있다. 그 가치는 수십만 냥보다 훨씬 클 뿐만 아니라 물에 잠기지도 않고 불로 태울 수도 없다. 바람이 불어도 햇볕이 강하게 내리쬐어도 상처 하나 입지 않는다. 이것으로 천하를 안정시킬 수 있으며 이것이 없으면 매우 불편하다. 그런데 사람들은 이 보물을 아침저녁으로 가질 생각을 하지 않고 보석 따위를 유일한 보물로 알고 있으니 가까이 있는 보물을 마다하고 멀리서 찾는 격이 아니겠는가? 보아하니 이 사람의 마음은 이미 오래전에 죽고 말았구나!"

용문자가 말하는 진귀한 보물은 바로 그가 지닌 덕이었다.

◆ **생각**

인생의 단계마다 도덕이 사람에게 요구하는 것이 다르며 사람에 따라 경험하는 내용도 다르다. 그러나 "덕으로 우뚝 서야 함"은 변함이 없어 사람들이 인생이라는 집을 짓는 데 필요한 지침이 된다.

2. 학문에 정진해야 재능을 갖춘다

선왕이 죽고 민왕이 즉위하자 민왕은 피리 독주를 즐겨들었다. 그러자 처사 하나가 도망쳐버렸다.

宣王死, 湣王立, 好一一聽之, 處士逃.
선왕사 민왕립 호일일청지 처사도

_『내저설 상』

◉ 도리

재능 없는 사람이 전문가 틈에 끼어 머릿수만 채우면 아무리 교묘한 위장술로 포장해도 결국 가짜임이 탄로난다고 한비자는 주장한다.

❖ 경전 이야기 ❖

전국시대 제선왕은 우(竽)라는 피리 연주를 즐겨 들었다. 제선왕은 합주를 즐겨 들어 무려 300명이 넘는 악대가 조직되었고 이 악사들은 궁궐에서 최고 대우를 받았다.

그때 놀기만 좋아하는 남곽이라는 건달이 제선왕이 악사를 뽑는다는 소식을 듣고 다짜고짜 선왕을 찾아왔다. 그러곤 자신이 우(竽)를 훌륭하게 분다고 속여 악대에 들어왔다. 그런데 남곽은 피리를 입에 대본 적도 없는 문외한이었다. 악단이 선왕 앞에서 피리를 합주할 때마다 남곽은 악대에 섞여 다른 악사가 피리 부는 모습을 그대로 흉내냈다. 이렇게 교묘히 둘러대는 남곽의 속임수에 선왕은 감쪽같이 속아 넘어갔다. 남곽은 그렇게 몇 년을 지내면서도 단 한 번도 들키지 않고 무사히 넘어갔다.

선왕이 죽자 아들 민왕이 등극했다. 민왕은 아버지와 달리 독주를 좋아했다. 남곽은 그 소식을 듣자 온종일 전전긍긍했다. 가짜로 피리 분 사실이 들통나면 밥줄보다 임금을 속인 죄로 목숨을 부지할 수 없을 것이 분명했다. 남곽은 민왕이 자신을 불러 독주를 시키기 전에 줄행랑을 치고 말았다.

◆ 생각

성공하고 싶다면 반드시 진정한 학문과 재주를 익혀야 한다. 진정한 학문과 재주는 태어날 때부터 가지고 나오는 것이 아니다. 이를 익히는 유일한 방법은 끈기 있게 배우고 열심히 익히는 것뿐이다.

3. 한비자의 네 가지 금기

사납고 굳세어 불화하고 간언하는 말에 고집을 세우며 이기기를 좋아해
국가를 돌보지 않고 가볍게 자신을 믿으면 망한다.

很剛而不和, 愎諫而好勝,
흔강이불화 팍간이호승
不顧社稷, 而輕爲自信者可亡也.
불고사직 이경위자신자가망야
_『망징』

◉ **도리**

"너무 강직해 남과 어울리지 않고 완고해 남의 의견을 듣지 않고 이겨야
속이 시원하며 국가의 이익을 돌보지 않고 쉽게 자신감만 드러내면 망할 것
이다."라고 한비자는 처세에서 피해야 할 네 가지 금기를 말했다.

❖ **경전 이야기** ❖

춘추 시기 연나라 문공이 마차를 타고 길을 가다가 갑자기 말이 죽었다.
어떤 사람이 그에게 말했다.

"비이씨의 말이 좋다고 하니 거기서 몇 필을 사시지요?"

그런데 뜻밖에도 비이씨는 한마디로 거절했다.

"내 말들은 야생말이어서 부리기 어려워 임금의 어가를 끌기에는 적당하지 않습니다."

그 말을 전해들은 연문공은 머리끝까지 화가 나 말을 빼앗아 오도록 했다. 그러자 비이씨는 말을 끌고 달아나버렸다. 이번에는 소대라는 사람이 자신의 말을 팔겠다고 나섰다.

연문공은 화가 난 데다가 소대의 말을 형편없다고 생각하고 살 생각을 하지 않았다. 이때 무려대부가 다가오더니 말했다.

"주군의 말은 마차를 끄는 데 쓸 것이 아닙니까? 눈앞에 팔겠다는 말이 있는데 어찌 굳이 싫다는 말을 사려고 하십니까?"

연문공이 당당히 말했다.

"저 사람의 말은 형편없는 자신만 좋다고 여기고 있다. 나는 자화자찬하는 사람이 가장 싫다."

무려대부는 고개를 끄덕이며 수긍하더니 이어 말했다.

"나는 자화자찬하는 사람은 질색입니다. 그렇다면 그 이야기는 그만두지요. 중항백이 제나라에 청혼을 넣었는데 고 씨 집안과 포 씨 집안에서 모두 딸을 보내겠다고 했답니다. 중항백은 어찌해야 좋을지 몰라 숙향에게 조언을 부탁했습니다. 숙향은 '자네가 며느리를 얻는 목적은 집안의 대를 잇고 제사를 지내기 위해서인데 아무나 들일 수는 없지. 겉만 보아서는 안 되네. 여자는 어질고 총명해야 한다네.'라고 말했답니다."

연문공이 "흐음!"이라며 맞장구를 쳤다. 무려대부가 계속 말했다.

"왕께서는 마차를 끄는 말이 필요한 것이니 마차만 잘 끌면 되는 것 아닙니까? 요제가 천하를 허유에게 물려주려고 했지만 허유는 거절했습니다. 요제도 더는 강요하지 않았는데 이후 순을 얻었습니다. 영척은 원래 소를 먹이는 목동이었습니다. 제환공에게 자신을 추천했는데 환공이 그를 기용했다가 훗날 관중을 얻었습니다. 요제가 허유를 놓아주지 않았다면 어찌 순제를 얻을 수 있으며 제환공이 영척을 기용하지 않았다면 관중을 어떻게 얻었겠습니까? 왕께서는 소대의 말을 쓰지 않을 이유가 없습니다. 왜 고집을 부려 일을 망치려고 하십니까?"

무려대부의 말을 들은 연문공은 더는 고집을 피우지 않았다.

◆ **생각**

치열한 경쟁에서 강직한 성격, 완고한 주장, 승부욕, 자신감 등은 없어서는 안 되지만 그것도 융통성 없이 지나치면 좌절과 실패를 피할 수 없다.

4. 세상을 바라보는 기준

큰 산은 흙과 돌의 좋고 나쁨을 가리지 않고 받아들이기 때문에 그토록 높이 솟은 것이고 바다는 작은 시냇물도 얼마든지 받아들이기 때문에 저토록 넉넉한 것이다.

> **太山不立好惡, 故能成其高.**
> 태산불립호오 고능성기고
> **江海不擇小助, 故能成其富.**
> 강해불택소조 고능성기부
> _『대체』

◉ 도리
'우물 안 개구리'처럼 한정된 공간에서 살면 보고 느끼는 것이 제한되어 자신이 보는 세계가 전부라고 생각한다. 그런 생각으로는 다른 사람과 유연한 관계를 맺을 수 없다.

❖ 경전 이야기 ❖

전국 시대 유명한 사상가인 양주에게 양포라는 아우가 있었다. 양포가 친구를 만나러 집을 나섰다가 도중에 비를 만났다. 옷이 흠뻑 젖었을 뿐만 아니라 흰옷에 흙탕물이 튀어 엉망이 되었다. 초라한 모습으로 친구 집에 도착한 양포는 그렇게 초라한 모습으로는 방에 들어갈 수 없다며 친구에게 옷을 좀 빌려달라고 부탁했다.

친구는 하인에게 옷 한 벌을 가져오게 했다. 하인은 검은 옷을 가져왔다. 양포는 할 수 없이 검은 옷을 입었다.

저녁 무렵 친구와 헤어진 양포는 집으로 돌아왔는데 대문 앞에서 망을 보던 자신의 집 개가 양포를 알아보지 못하고 짖어댔다. 화가 난 양포는 발로 개를 차려고 했다. 때마침 그 광경을 본 형 양주가 웃으며 말했다.

"내가 보기에는 네가 화낼 일이 아닌 것 같구나."

양포가 말했다.

"화낼 일이 아니라니요? 아니, 자신을 키워주는 주인도 몰라보는 개가 있단 말입니까?"

그러자 양주가 대답했다.

"그 개의 입장에서 생각해보라. 너라면 주인이 나갈 때는 흰옷을 입었는데 들어올 때는 검은 옷이라면 이상하게 생각하지 않겠느냐?"

◆ **생각**

사람들은 흔히 자신의 기준으로 상대방을 바라보고 자신의 관점에서 상대방을 판단한다. 자신이 정한 기준을 정답처럼 생각한다. 인간관계에서 갈등의 원인은 대부분 자신의 기준에서 상대방을 바라보기 때문이다. 상대방의 기준도 존중해야 하지만 자신의 기준에 얽매이지 말아야 한다.

5. 의사소통의 기본 능력

상대방을 설득할 때는 듣는 사람이 자랑스럽게 여기는 바를 빛나게 해주고 부끄러워하는 점을 없애주는 것이 중요하다.

凡說之務, 在知飾所說之所矜, 而滅其所恥.
범설지무 재지식소설지소긍 이멸기소치

_『세난』

◉ 도리

의사소통 능력이 중요한 시대이다. 자신의 생각과 의견이 상대방에게 전달이 잘 안 되면 오해가 생기고 불편해진다. 의사소통 능력의 기본은 상대방을 설득하는 것이다. 다양한 기법으로 상대방을 설득해 원하는 결과를 얻어내야 한다.

❖ 경전 이야기 ❖

옛날 미자하라는 미소년이 위나라 영공의 총애를 받았다. 위나라 법률에 따르면 군주의 수레를 몰래 탄 자는 발뒤꿈치를 잘리는 형벌을 받게되어 있었다. 그런데 어느 날 미자하의 어머니가 병이 나자 이웃 사람이 그를 찾아와 은밀히 알려주었다. 놀란 미자하는 군명이라고 속이고 군주의 수레를 타고 궁전 밖으로 나갔다.

뒤에 그 사실을 알게 된 군주는 오히려 미자하를 칭찬하며 말했다.

"효자로구나. 어머니를 걱정한 나머지 발뒤꿈치가 잘리는 형벌도 잊었구나!"

그 후 미자하는 군주와 함께 과수원을 거닐다가 복숭아를 먹었는데 맛이 매우 달아 먹다 남은 복숭아를 왕에게 바쳤다.

왕이 기뻐하며 말했다.

"미자하는 나를 진정 사랑하는구나. 그 맛있는 것을 다 먹지도 않고 과인에게 주다니!"

세월이 흘러 미자하의 미색이 쇠하자 왕의 총애도 식어갔다. 하루는 미자하가 사소한 실수를 저지르자 왕이 꾸짖으며 말했다.

"이놈은 본래 성품이 좋지 못한 놈이다. 전에 과인의 수레를 몰래 훔쳐 탔고 먹던 복숭아를 내게 먹으라고 한 적도 있다."

미자하의 행동은 변함이 없었지만 전에는 칭찬을 받고 나중에는 벌을 받은 것은 사랑이 미움으로 바뀌었기 때문이다.

그러므로 왕에게 사랑을 받을 때는 의견을 내는 것마다 왕의 마음에 들고 더 친밀해지지만 왕에게 미움을 받을 때는 아무리 지혜를 짜내도 왕에게는 옳은 말로 들리지 않아 벌을 받고 더 멀어진다. 따라서 간언을 하거나 논의를 하려는 신하는 군주가 좋아하고 싫어하는 것을 살핀 후에 설득해야 한다.

◆ **생각**

같은 행동이라도 상대방으로부터 사랑을 받을 때와 미움을 받을 때가 각각 다르게 받아들여질 수 있다. 똑같은 상황이지만 상대방의 심리 상태의 변화에 따라 그 결과가 달라진다.

한비자는 "유세하는 사람은 군주의 역린(逆鱗, 용의 턱밑에 거꾸로 솟아난 비늘을 건드리면 반드시 죽음을 당한다.)을 건드리지 않아야 성공을 기대할 수 있다."라고 말했다.

* * *

6. 방종은 영혼의 독약

옷과 음식이 풍족하면 방종하려는 심리가 생기기 쉽다. 그래서 행동이 사악해지면 사리에 어긋난다.

衣食美, 則驕心生; 驕心生,
의식미 즉교심생 교심생
則行邪僻而動棄理.
즉행사벽이동기리
_『해로』

◉ 도리

흐히 사람들은 잘 살게 되면 방종하고 스스로 부패해 진취성을 잃어버린다. 그래서 사람을 비열하게 만들고 심지어 퇴폐적이고 사악한 구렁텅이로 떨어지게 한다.

❖ 경전 이야기 ❖

기원전 545년 제나라 대신 안자가 제경공을 보좌하며 전권을 휘두르던 경봉 일당을 제거하는 큰 공을 세웠다.

제경공은 안자에게 비옥한 패전 60개 읍을 상으로 주려고 했지만 그는 한사코 받지 않았다. 대신 자미는 이를 이상하게 생각하고 물었다.

"부귀를 싫어하는 사람은 없거늘 어찌 땅을 안 받는 겁니까?"

"경봉은 전권을 휘두르면서 많은 논밭을 탈취해 자신의 욕망을 채웠네. 바로 그 욕망 때문에 쫓겨난 것 아니겠는가? 지금은 나라 밖으로 달아나 단 한 평의 땅도 없네. 내 땅은 많지 않아 만족할 정도라고 볼 수는 없으니 패전의 많은 땅을 받으면 욕망은 채울 수 있겠지만 일단 욕망을 채웠다고 느끼면 망할 날도 머지않은 거라네. 내가 패전을 받지 않는 것은 부귀가 싫어서가 아니라 부귀를 잃는 것이 두렵기 때문이네. 부귀는 베틀에서 짜내는 베와 같아 폭이 일정해야 하지. 그렇게 치수를 정해 놓은 이유는 한 없이 넓어지고 커지는 것을 막기 위해서네. 너무 사사로운 이익을 탐내다 보면 틀림없이 낭패를 당하고 만다네. 내가 사사로운 이익을 탐내다 보면 틀림없이 낭패를 보게 될 걸세. 내가 큰 욕심을 내지 않는 것은 옷감은 일정한 폭이 있어야 하는 것과 같은 이치네."라고 인자는 말했다.

◆ **생각**

  지식을 구할 때 방종하면 무지하고 천박한 사람으로 변한다. 일할 때 방종하면 게으르고 형편없는 사람으로 변한다. 생활하면서 방종하면 이기적이고 향락적인 사람으로 변한다. 품성과 수양을 닦을 때 방종하면 허위에 차고 경박한 사람으로 변한다. 이겼다고 방종하면 오만방자한 사람으로 변한다. 실패했을 때 방종하면 퇴폐적이고 부정적인 사람으로 변한다. 방종은 정신을 추하게 만들고 생각을 사악하게 만들며 성품을 악하게 만든다.

7. 법 앞에 만인은 평등

항상 강한 나라도 없고 항상 약한 나라도 없다. 법을 만드는 사람이 강하면 강한 나라가 되고 법을 만드는 사람이 약하면 약한 나라가 될 것이다.

國無常强無常弱. 奉法者强,
국무상강무상약 봉법자강
則國强, 奉法者弱, 則國弱.
즉국강 봉법자약 즉국약
_『유도』

◉ 도리

법 앞에 만인은 평등하다. 법은 국가든 왕이든 일반 국민이든 평등하게 적용되어야 한다.

❖ 경전 이야기 ❖

초나라 왕이 급히 태자를 불렀다. 초나라 법에는 수레를 타고 내전으로 통하는 문을 들어갈 수 없게 되어 있었다. 그런데 그날은 비가 내려 내전 뜰에 물이 흥건히 고여 있었다. 수레에서 내려 걸어가면 옷이 더러워질 것이 분명해 태자는 그대로 수레를 몰아 내전에 이르렀다. 문을 지키던 장수가 말했다.

"내전에서는 수레를 몰 수 없는데 지금 태자께서는 법을 어기셨습니다."

그러자 태자가 말했다.

"왕이 급히 부르셔서 물이 없는 곳으로 돌아갈 수가 없다."

그러고는 기어코 수레를 몰고 들어갔다. 그러자 문지기 장수는 무기를 뽑아 들고 말을 찌르고 수레를 부쉈다.

태자는 궁궐로 들어와 왕에게 울며 말했다.

"궁궐 안에 물이 많이 고여 있어 수레를 몰고 내전에 이르렀는데 문지기가 법을 어겼다며 무기를 뽑아 신의 말을 찌르고 수레를 부쉈습니다. 왕께서 반드시 그를 죽여주십시오."

그러자 왕이 말했다.

"그는 늙은 왕을 위해 법을 어기지 않았고 태자에게도 아첨하지 않았으니 그야말로 나의 참된 신하다. 법이 지켜지지 않으면 신하가 왕을 우습게 여기게 되고 왕이 권위를 잃으면 나라가 위태로워진다. 그렇게 되면 장차 내가 자손에게 무엇을 물려줄 수 있겠느냐?"

왕은 문지기 장수를 2계급 특진시키고 후문으로 태자를 보내 다시는 잘못을 저지르지 말라는 훈계를 했다.

◆ 생각

법 앞에서는 누구든 성별이나 종교 또는 사회적 신분에 의해 정치적, 경제적, 사회적, 문화적 생활의 모든 영역에서 차별을 받지 않는다.

군주는 신하가 지혜와 능력을 가졌더라도 법을 위반하면 처신할 수 없도록 해야 하며 뛰어난 행동을 했더라도 공적을 뛰어 넘어 포상해서는 안된다.

· · ·

8. 소문은 신중히 듣고 신중히 전한다

시장 거리에 호랑이가 없음이 명백한데 세 사람이 호랑이가 나타났다고 외치면 믿는 사람이 분명히 있다.

夫市之無虎明矣,
부시지무호명의
然而三人言而成虎.
연이삼인언이성호
_『내저설 상』

◉ 도리

흔히 어리석은 사람이 유언비어를 쉽게 믿는다. 그러나 지혜로운 사람은 사실을 근거로 깊이 분석하고 생각해 유언비어가 제풀에 사라지게 한다.

진시황이 대장 양단과 왕전에게 병력을 둘로 나누어 조나라를 침공하게 했다. 조나라 왕은 무안군 이목을 시켜 이를 막도록 했다. 이목은 조나라에서 내로라하는 장수였다. 그는 전쟁에 능해 오랫동안 조나라의 북쪽 변방을 지키면서 동호, 임호, 흉노의 침입을 여러 번 막아내 수십 년 동안 조나라의 평화를 지켜왔다. 이목은 진나라를 크게 격퇴시킨 공이 있어 조나라 왕으로부터 무안군에 책봉되었다. 그러나 이번에는 만만찮은 적수를 만났다. 진나라 장수 왕전은 우습게 볼 수 없는 적수로 쌍방은 몇 번 교전했지만 승부를 내지 못하고 1년 동안 대치 상태로 지냈다. 이때 이목에게 필요한 것은 군주의 신뢰였다. 진나라 왕은 이 점이 중요하다는 것을 잘 알고 반간계를 구사하기로 했다. 먼저 사람을 조나라의 도성에 보내 조왕의 심복인 곽개를 뇌물로 매수했다. 사자로 간 왕오는 재물로 유인해 곧 곽개와 가까운 사이가 되었다. 하루는 곽개와 이런저런 이야기 끝에 왕오가 짐짓 아무렇지도 않은 듯이 물었다.

"대인은 나라의 앞날을 걱정하는데 염파 장군을 다시 중용해 이목과 함께 진나라에 대항하라고 간언할 생각이 없습니까?"

그러자 곽개가 연신 고개를 가로저으며 말했다.

"조나라의 존망은 나라의 일이니 내가 어찌할 수 없다오. 더군다나 이목과 나는 원수지간인데 어찌 조나라 왕에게 그를 중용하라고 간언하겠소?"

그 말을 들은 왕오는 기쁜 기색을 감추지 못했다. 이목을 제거하려면 곽개와 결탁하면 될 테니 말이었다.

이틀 후 왕오는 다시 곽개를 찾아가 넌지시 말했다.

"최근 알아보니 이목이 왕전과 밀약을 맺고 먼저 조나라를 친 다음 이목을 왕으로 봉한다는 약조를 맺었다고 하오. 그러면 대인께도 큰 화가 미칠 것이 뻔하지 않소?"

곽개는 눈알을 굴리며 속으로 열심히 주판알을 튕겼다. 군주의 환심을 살 좋은 기회라고 생각한 곽개는 조왕을 찾아가 살을 붙여가며 이 사실을 알렸다. 조왕은 처음에는 믿지 않았다. 그러자 곽개는 조왕에게 이목의 군영에 사람을 보내 사정을 살피게 하라고 했다. 사자가 보니 과연 이목은 왕전과 서신 왕래를 하고 있었다. 어리석은 조왕은 사자의 보고를 듣자마자 의심증이 발동했다.

"이목은 오랫동안 북방의 변방을 지키면서 높은 지위에 오른 데다 권력도 강하다. 과거에는 수십만 명의 외적도 거뜬히 물리치더니 지금은 고작 왕전의 몇 만 군사조차 당해내지 못하고 있지 않은가? 그렇다면 이목이 앙심을 품고 나를 배반하려는 것이 분명하다. 곽개의 말이 맞는 것 같군. 하루빨리 이목을 제거해야겠다."

이렇게 해 조왕은 조총을 시켜 이목의 병권을 빼앗도록 했다. 이렇게 조왕이 유언비어를 믿고 중요한 시기에 지휘관을 교체하는 바람에 병력에 구멍이 생기고 군대의 사기가 저하되었다. 반면, 진나라 군대는 가는 곳마다 승리를 거두며 조나라의 수도인 감단까지 쳐들어오게 되었다.

◆ **생각**

증자의 어머니는 하루에 세 번이나 아들이 사람을 죽였다는 소리를 듣자 두려움에 떨며 달아났다. 유언비어가 사람을 얼마나 해롭게 하는지를 알 수 있다. 소문은 신중히 듣고 신중히 전해야 한다.

• • •

9. 지도자의 으뜸 과제

군자는 사실을 중시하며 외형을 경시한다.
사물의 본질을 중시하며 겉치장을 싫어한다.

君子取情而去貌, 好質而惡飾
군자취정이거모 호질이오식
_『해로』

● **도리**

인재를 알아보는 것은 큰 학문과 같다. 지도자의 재능은 몸소 모든 일을 하는 것이 아니라 부하의 지혜를 잘 운용하는 데서 발휘된다. 그러므로 지도자는 혜안을 가지고 인재를 알아보고 임용해야 한다.

❖ 경전 이야기 ❖

안자가 중모라는 지방을 지나다가 남루한 차림의 남자가 길에서 쉬고 있는 모습을 보았다. 그에게서 군자다운 풍모가 느껴져 안자가 물었다.

"선생은 누구십니까?"

"나는 월석부라고 하는데 남의 밑에서 허드렛일을 하고 있습니다. 지금 일을 마치고 막 돌아가려던 참입니다."

"무엇 때문에 남을 위해 노역하게 되었습니까?"

"굶주림과 추위를 견디기 힘들어서 빚을 지고 남의 부림을 받게 되었습니다."

"이 일을 얼마나 했습니까?"

"이미 3년이 되었습니다."

그러자 안자가 제안을 했다.

"제가 당신의 빚을 갚아 드리면 어떻겠습니까?"

그렇게 해 안자는 자신의 수레 왼쪽을 끌던 말 한 필을 풀어 월석부의 빚을 대신 갚아주고 그를 자신의 마차에 태워 제나라로 돌아왔다.

안자는 집에 도착하자마자 월석부에게 작별 인사를 하지도 않고 안으로 들어갔다. 월석부는 몹시 화가 나 안자와 절교를 선언했다. 안자는 월석부에게 사람을 보내 이렇게 말했다.

"나는 전에 선생과 친구로 사귄 적이 없소. 3년 동안 남의 노비로 있던 선생을 풀어준 사람은 바로 나요. 그런데 내가 무슨 잘못을 했다고 이렇게 절교를 선언하는 것입니까?"

그러자 월석부가 대답했다.

"선비는 자신을 알아주지 않는 자에게 부당한 대우를 받고 구차하게 지내더라도 자신을 알아주는 사람 앞에서는 몸을 곧게 하고 지낸다고 들었습니다. 이 때문에 군자는 누군가에게 은덕을 베풀었다고 해도 그를 무시하지 않고 또 자신이 누군가로부터 은혜를 받았다고 비굴하게 굽신거리지 않습니다. 내가 지난 3년 동안 남의 종살이를 한 것은 나를 알아주는 사람이 없었기 때문입니다.

그런데 선생께서 내 빚을 탕감해주는 것을 보고 진정으로 나를 알아준다고 여겼습니다. 수레에 동승했을 때 선생이 겸손한 태도를 취하지 않았을 때도 잠시 잊은 거라고 여겼습니다. 그러나 이번에 작별 인사도 하지 않고 집으로 들어간 것을 보니 이는 나를 하인으로 대하는 태도 아닌가요? 정녕 그렇게 생각하신다면 차라리 나를 다시 팔아버리십시오."

그 말을 전해들은 안자는 집에서 나와 월석부를 만났다.

"아까는 선생의 외모만 보고 판단했는데 이제는 선생의 깊이까지 알게 되었습니다. 자신의 언행을 반성하는 자는 다른 사람의 잘못을 들추지 않으며 실질적인 면을 중시하는 사람은 다른 사람의 언사를 일일이 따지지 않는다고 합니다. 이제 내 잘못을 정중히 사과하겠소. 부디 나를 버리지 말고 내 잘못을 고칠 기회를 주시기 바랍니다."

이어서 안자는 집안을 깨끗이 청소하고 연회를 열어 월석부를 융숭하게 대접했다. 월석부는 이를 받아들일 수 없다며 이렇게 말했다.

"공경할 만한 사람이라도 길을 가던 중에 예의를 차릴 수 없다고 들었습니다. 또한, 예의를 갖추는 것에 위아래를 구분하지 않을 수 없습니다. 선생님이 나를 대접하는 예절이 이렇게 지나치니 받아들일 수 없습니다."

이에 안자는 월석부를 아예 귀빈으로 삼아 대접했고 훗날 월석부는 매우 유명한 인물이 되었다.

◆ 생각

사람을 정확히 판단하려면 평소 그 사람의 언어, 행동, 태도 등을 자세히 알고 관찰하는 것은 물론, 일을 시켜봄으로써 그가 특수한 조건에서 보여주는 성과를 통해 진정한 능력을 평가할 수 있다.

10. 지도자의 위신과 권력

위신이 없는 지도자는 부하들에게 침해당한다.

威寡者, 則下侵上.
위과자 즉하침상

_ 『내저설 상』

◉ 도리

지도자는 권력만으로는 부족하다. 스스로 위신을 세워야 한다. 위신과 권력은 지도자의 양팔과 같아 하나라도 없으면 권력을 행사할 수 없으며 아랫사람의 복종을 이끌 수 없다.

❖ 경전 이야기 ❖

오나라 왕은 초나라를 치려고 했지만 초나라가 강대하고 병력이 강한 반면에, 오나라는 병사 수도 적고 무기도 보잘것없어 결정을 못 내리고 있었다. 이때 오자서가 군사 전문가를 소개하며 말했다.

"이 사람은 오나라 출신이고 손무라고 합니다. 병법에 능통하며 신출귀몰한 지략이 있습니다. 『병법』이라는 책도 썼습니다. 손무가 보좌한다면 천하무적이니 왕께서는 예를 갖추어 이 사람을 초빙하십시오."

그 후 오자서가 손무에게 청해 오왕을 알현했다. 오왕은 손무가 쓴 『병법』 13편을 보더니 감탄하며 말했다.

"선생은 정말 신인(神人)이구려. 그런데 우리나라는 국력이 약하고 병력도 보잘것없으니 좋은 방도가 있으면 말해보시오."

그러자 손무가 대답했다.

"저는 일반 사병을 훈련시킬 수 있을 뿐만 아니라 여자들까지 훈련시킬 수 있습니다."

오왕은 전혀 믿으려고 하지 않았다. 이를 본 손무가 말했다.

"왕께서 못 믿으시겠다면 후궁의 비빈과 궁녀들을 모아주십시오. 그들을 훈련시키는 것을 성공하지 못하면 벌을 달게 받겠습니다."

그렇게 해 오왕은 비빈과 궁녀 300명을 소집하고 가장 총애하는 두 비빈 좌희에게 대장을 맡기고 손무에게 훈련을 시켜보도록 했다. 손무가 말했다.

"군대의 명령은 엄해야 하며 상벌이 분명해야 합니다. 비록 이것은 시험이지만 놀이로 생각하면 안 됩니다."

이에 궁녀를 좌우 두 부대로 나누고 법 집행관까지 뽑고 몇 명에게는 부장을 시키니 제법 군대 모양을 갖춘 것 같았다. 그리고 나서 손무는 군법을 선포했다.

"첫째, 대오를 흐트리지 말 것. 둘째, 큰소리로 소란을 부리지 말 것. 셋째, 고의로 군령을 위반하지 말 것."

이튿날 두 부대장은 궁녀를 이끌고 훈련장에 집합했다. 손무는 친히 전열을 배치하고 명령을 내렸다.

"첫 번째 북소리가 울리면 모두 차렷 자세를 하며, 두 번째 북소리에 좌부대는 우향우를 하고 우부대는 좌향좌를 하라. 세 번째 북소리에 두 부대는 검을 빼들고 격투 준비를 하라. 징소리가 울리면 무기를 수수해 원래 위치로 돌아가라."

키득거리며 아무도 진지하게 듣지 않았다.

첫 번째 북을 울리자 궁녀들은 각자 하고 싶은 대로 제멋대로였다. 어떤 궁녀는 서 있고 어떤 궁녀는 앉아 있는 등 도무지 대열이 형성되지 않았다. 이에 손무가 말했다.

"군령을 제대로 전달하지 못한 것은 지휘관인 내 책임이다."

이어서 군령을 다시 한 번 일러주었다. 손무가 두 번째 북을 직접 치자 좌희와 우희를 비롯한 궁녀들이 일제히 웃었다. 손무는 크게 화를 내며 고함을 쳤다.

"법을 집행하는 병사는 어디 있느냐?"

법 집행관이 재빨리 앞으로 나와 꿇어앉았다. 손무가 물었다.

"군령을 두 번이나 선포했는데도 병사가 명령을 따르지 않으면 무슨 죄에 해당하느냐?"

"참수죄에 해당합니다!"

"병사들은 모두 참수할 수 없으니 오늘은 부대장 두 명을 대표로 참수해 본보기를 보이겠다."

오왕이 놀라 손무에게 봐달라고 애원했지만 손무는 듣지 않았다.

"군대에서 내리는 명령은 장난이 아닙니다. 참수하라!"

오왕은 어찌할 방법이 없었다. 좌희와 우희를 죽이자 궁녀들은 그제야 정신이 번쩍 들었다. 좌로 돌라면 좌향좌를, 우로 돌라면 우향우를 열심히 하며 질서정연하게 훈련을 진행했다. 궁녀들의 훈련 모습을 보고 오왕은 손무의 재능을 확실히 알게 되었고 그를 군사로 임명했다. 그 후 오나라는 승승장구해 내로라하는 강대국으로 성장했다.

◆ **생각**

언행이 일치하지 않고 말을 함부로 바꾸는 지도자는 위신을 지킬 수 없다. 일을 과감히 결정해 실시 단계에서는 신속히 추진해야 한다. 단순한 명령은 지도자의 위신을 세우는 데 도움이 안 되므로 명령 대신 문제를 제기해 아랫사람이 문제를 해결하려는 의욕을 고취해야 한다.

11. 시시각각의 변화 추이를 파악해야

일이 많고 번잡한 시대에 일이 적었던 시대의 수단을 쓰는 것은 지혜로운 자의 준비가 아니다.

處多事之時, 用寡事之器, 非智者之備也.
처다사지시 용과사지기 비지자지비야
_『팔설』

◉ 도리

오늘의 문제는 현재 관점에서 보아야 한다. 과거의 잣대로 오늘 일을 보고 판단하면 현명한 결정을 내리기 힘들다. 변화무쌍한 사회의 흐름을 읽지 못하고 과거의 시각에서 오늘을 살면 낭패를 당하기 십상이다.

❖ 경전 이야기 ❖

송나라 양공이 초나라 군대와 탁공 강가에서 전쟁을 벌였다. 송나라 군대는 전열을 갖추고 있었지만 초나라 군대는 아직 강을 건너지 못하고 있었다. 우사마 구강이 달려나와 양공에게 간언했다.
"초나라 군대는 많고 송나라 군대는 적습니다. 초나라 군대가 아직 강의 절반도 건너지 못했으니 적진을 정비하기 전에 서둘러 공격하면 반드시 무찌를 수 있을 것입니다."

그러자 양공이 말했다.

"그렇게 할 수 없다. 내가 들은 바에 의하면 적어도 군자라면 부상당한 자를 거듭 치지 않으며 백발 노인을 포로로 잡지 않으며 사람을 곤경에 빠뜨리지 않으며 상대방을 위험한 곳에 밀어붙이지 않고 진을 치지 못한 적을 공격해서는 안 된다고 했다. 초나라 군대가 아직 강을 건너지 않았는데 이들을 기습 공격하는 것은 대의에 어긋나는 짓이다. 그러므로 초나라 군대가 모두 강을 건너 전열을 갖춘 후에 북을 울려 공격할 것이다."

그러자 우사마가 말했다.

"왕께서는 송나라 백성을 아끼지 않고 자기 병사들의 안전을 생각하지 않으면서 도의만 실행하려고 하십니까?"

"대오로 돌아가지 않으면 군법으로 다스리겠다."

우사마는 어쩔 수 없이 뒤로 물러섰다. 초나라 군대가 강을 다 건너고 전열을 가다듬자 비로소 양공은 공격에 나섰다. 하지만 송나라 군대는 크게 패했고 양공은 다리 부상을 입고 사흘 만에 죽었다.

◆ **생각**

시대가 다르면 그에 따른 대응책도 달라야 한다. 옛날과 지금은 여러 가지 상황이 다르므로 변화 추이를 파악해 시기에 적절히 대비해야 한다. 시대에 적응하려면 지도자는 엄격한 규율로 나라를 다스려야 한다.

12. 가치관은 행동의 나침반

지혜로운 선비는 낮은 지위에서 순차적으로 오르지 않고도 군주에게 학식과 인격이 알려져 대우를 받으며 성인은 공적을 과시하지 않고도 군주의 측근이 된다.

智士不襲下而遇君,

지사불습하이우군

聖人不見功而接上.

성인불견공이접상

_『문전』

◉ 도리

예나 지금이나 권력에 기대어 이익을 추구하는 자는 자신의 이익만 위해 권력에 아첨하고 굽실거리며 약자는 짓밟고 업신여긴다. 우리는 자신의 욕심만 채우지 않도록 옳고 그름을 분별할 지혜를 가져야 한다.

❖ 경전 이야기 ❖

초나라 장왕의 동생인 춘신군에게는 여라는 애첩이 있었다. 춘신군은 정실부인에게서 낳은 갑이라는 아들이 있었다. 애첩 여는 춘신군이 정실부인을 버리게 하려고 스스로 몸에 상처를 내 그에게 보이며 눈물을 흘리며 말했다.

"당신을 섬길 수 있게 된 것은 소첩으로서는 매우 큰 행운입니다. 하지만 정실부인을 따르고자 하면 당신을 섬길 수 없고 당신의 뜻을 따르면 정실부인을 거스르게 됩니다. 소첩이 어리석은 까닭에 두 주인을 섬기기에는 힘이 부족한 듯합니다. 두 분을 모두 섬길 수 없는 상황이어서 부인에게 죽음을 당하느니 당신 앞에서 죽겠습니다.

당신 곁에 총애받는 여인이 다시 나타난다면 바라옵건대 이 일을 잘 살피시어 사람들에게 비웃음 당하는 일이 없도록 하십시오."

춘신군은 애첩 여가 꾸며낸 말만 듣고 정실부인을 버렸다. 여는 갑을 없애고 자신의 아들로 대를 이으려고 했다. 그래서 자신의 옷을 찢어 춘신군에서 내보이고 눈물을 흘리며 말했다.

"소첩이 당신의 총애를 받아온 지 오래되었고 갑이 모를 리 없을 텐데 오늘 첩을 강제로 희롱하려고 해 첩이 그와 다투다가 옷이 이 지경으로 찢어지고 말았습니다. 자식된 자로서 이보다 더 큰 불효가 어디 있겠습니까?"

춘신군은 애첩 여의 말만 믿고 노여워하다가 갑을 죽였다. 춘신군은 첩의 거짓 농간에 정실부인을 버리고 아들까지 죽이는 큰 과오를 저지르고 말았다.

◆ 생각

지금 내가 노력하고 준비하는 궁극적인 목적이 무엇인지, 열정을 쏟아부으며 추구하는 것이 무엇인지 그 답을 살펴보면 자신의 삶이 보일 것이다. 삶이 탐욕으로 가득 차 있다면 빨리 가치를 점검하고 수정해야 한다. 바람직한 가치를 품어야 올바른 삶을 살아갈 수 있다.

...

13. 분수를 모르는 것이 화근

재물을 탐하는 것을 좋아하고 이익을 가까이해 얻는 것을 좋아하면 망한다.

饕貪而無厭, 近利而好得者, 可亡也.
도탐이무염 근리이호득자 가망야
_『망징』

● **도리**

분수를 모르는 생각이 화의 근원이 된다. 분수를 모르고 명예와 이익만 좇으며 높은 지위와 재산만 추구하다 보면 자꾸 더 많은 것을 바라게 된다. 명예나 부귀영화를 지나치게 바라는 것이 욕심이다. 지나친 욕심 때문에 때때로 제 무덤을 파기도 한다.

❖ 경전 이야기 ❖

　동한 시대 양속이라는 사람이 남양 태수로 있을 때의 일이다. 남양 일대는 지형이 평평하고 기후가 온화하고 수자원이 풍부한 곳이다. 따라서 농산물이 풍부하고 상공업이 발달하였다. 생활이 안정되고 부유하다 보니 사회 풍조는 사치스러운 편이었다. 군, 현 등의 지방 관청에서도 손님을 청하고 선물을 주고받는 것이 다반사였다. 사람들과의 친분을 이용해 청탁하거나 겉치레에 열중하며 술자리 규모까지 경쟁하는 풍조가 성행했다.

　양속은 남양 태수로 부임된 후 이전의 그릇된 사회 분위기를 바로잡고자 했다. 관청의 관리들에게 솔선수범해야 했고 그들을 움직이려면 태수인 자신부터 모범이 되어야 했다. 그래서 양속은 자신부터 실천하겠다고 결심했다.

　어느 날 수하의 군승이 큰 잉어 한 마리를 들고 양속을 찾아 왔다. 그는 양속에게 그 잉어는 돈을 주고 산 것이 아니고 다른 사람에게서 받은 것도 아니라 자신이 백하라는 강에서 낚시로 잡은 것이라고 말했다. 그리고 양속에게 남양의 풍속을 소개하며 백하강의 잉어가 얼마나 싱싱하고 맛이 있는지 모른다며 칭찬을 늘어놓았다. 앞으로 함께할 동료의 입장에서 성의 표시로 잉어를 드린다며 남양의 잉어를 맛보면서 이곳의 정을 느껴보시라며 아부를 떨었다. 양속은 성의는 고맙지만 받을 수 없다고 몇 번이나 사양했다. 그러나 군승은 이를 받지 않으면 앞으로 자신과 일하기 싫다는 뜻으로 받아들이겠다며 기어이 잉어를 놓고 갔다.

　양속은 성의를 무시하는 것 같아 잉어를 받았지만 먹지 않고 집안 식구를 시켜 처마 끝에 끈으로 매달아 두었다. 며칠 후 군승이 또 양속을 찾아왔다. 이번에는 더 크고 싱싱한 잉어를 가져왔다. 양속은 "이보게! 자네가 지난번에 선물한 잉어도 먹지 않고 여기 두었다네."라며 처마 끝에 매달려 바짝 마른 잉어를 가리켰다. 그것을 본 군승은 미안해 얼굴이 빨개져 얼른 돌아갔다.

이 사건의 소문은 빠르게 퍼져나가 남양에서는 태수에게 선물을 보낼 생각을 못했다. 남양의 모든 백성이 양속 태수를 칭송했다.

◈ 생각

만족을 아는 사람은 비록 가난해도 마음만은 늘 풍족해 삶이 즐겁다. 만족을 모르는 사람은 부유한 생활을 하면서도 마음은 늘 가난하고 스스로 걱정거리를 만들며 불행하다. 분수를 지키는 것이 현명한 생활 방식이며 우리가 반드시 실천해야 하는 덕목이다.

14. 자신을 이기는 자가 강하다

뜻을 이루기 어렵다는 것은 다른 사람을 이기는 것이 어렵다는 것이 아니라 자신을 이기기 어렵다는 것이다.

志之難也, 不在勝人, 在自勝也.
지지난야 부재승인 재자승야
_『유로』

◉ 도리

한비자는 "자신을 이기는 자가 강하다."라고 말했다. 우리는 살아가면서 강한 의지를 가지고 언제 어디서나 마음속으로 실질적인 행동으로나 물질적인 "악마", 정신적인 "악마"와 싸워 이겨야 한다. 그래서 자신을 이기는 진정한 강자가 되어야 한다.

❖ 경전 이야기 ❖

자하가 우연히 증자를 만났다. 증자가 물었다.
"아니 몸이 어떻게 이리 좋아졌소?"
"싸움에서 이겼기 때문이라오."
자하의 대답에 증자는 이상하다는 듯이 물었다.

"싸움에서 이겼기 때문이라니 그건 도대체 무슨 뜻이오?"

자하의 대답은 이러했다.

"내가 집안에 틀어박혀 책을 읽을 때 고대 선왕의 도를 열심히 따랐습니다. 그런데 밖에 나와 부귀영화를 누리는 사람들을 보니 부러운 마음이 들지 뭡니까! 그동안 마음속에서 이 두 생각이 갈등을 빚으며 한 치의 물러남도 없어 몸까지 수척해졌지요. 요즘은 선왕의 도를 따르는 마음이 부귀영화를 부러워하는 마음을 이겨내 평안해졌다오. 그러니 몸도 좋아질 수밖에요."

◆ 생각

사람은 어쩌면 "천사와 악마"를 한몸에 가진 존재인지도 모른다. 천사가 있어 사람들은 악마를 경멸하며 악마라는 존재를 알아 천사를 동경하게 된다. 자신을 이긴다는 것은 자기 안의 천사가 악마와 싸워 이기는 것이다. 천사는 진취적으로 용기 있게 앞으로 나아가 진선미를 추구하며 거짓되고 추하고 악한 것들을 몰아낸다.

15. 지나침은 모자람만 못하다

상이 과하면 민심을 잃고 형벌이 지나치면 백성이 두려워하지 않는다.

用賞過者失民, 用刑過者民不畏.

용상과자실민 용형과자민불외

_『식사』

● 도리

지나침은 모자람만 못하다. 상벌이 지나치면 효과를 발휘하지 못한다. 상이 있지만 백성이 나라를 위하도록 독려하지 못하고 형벌이 있지만 백성이 나쁜 짓을 하는 것을 막는 데 쓰지 못한다면 나라가 아무리 강해져도 반드시 위험에 빠진다. 그러므로 상벌에도 적당한 선이 있는 법이다.

❖ 경전 이야기 ❖

조조가 낙양 북부위로 임명되었을 때의 일이다. 당시 낙양은 치안이 엉망이어서 사건이 끊이지 않았다. 황제의 안전을 위해 조정에서는 엄격한 경성지구 치안조례를 발표했다. 조조는 치안 업무를 철저히 하고 직무에 충실했다. 먼저 자신이 관할한 사도성문을 정비한 다음 오색 방망이를 성문 양 옆에 걸어 놓고 명령했다.

"성문 출입 금령을 어긴 자는 평민이든 귀족이든 가리지 말고 그 자리에서 이 몽둥이로 쳐죽여라!"

이 조치는 곧바로 효과가 있었다. 성안의 치안은 전보다 훨씬 좋아졌으며 금령을 어기는 사람이 없었다. 그렇게 몇 달이 지나더니 난처한 사건이 터지고야 말았다. 환관 건석의 숙부가 조카의 권세만 믿고 조조의 명을 어기고 밤늦게 성문을 출입한 것이다.

건석은 건장하고 무예에 뛰어난 자였다. 벼슬은 높지 않았지만 황제를 보필하며 조정 안팎과 상하 간 연락하는 일을 하다 보니 손에 권력을 쥐게 되었다. 게다가 명제의 총애를 받아 그야말로 전도가 양양한 몸이었다. 당시는 환관들이 세상을 좌지우지하던 시대였다.

건석의 숙부가 야간 통행금지령을 어기고 붙잡히자 조조가 물었다.

"너는 누구냐? 어찌하여 야간 통행금지령을 어겼느냐?"

"나는 성이 건이라는 사람이오. 궁중에 있는 건석이 내 조카요."

조조가 그 말을 듣더니 화를 내며 호령했다.

"야간에 출입하여 금령을 어기면 중벌을 받는다는 사실을 익히 알렸다?"

"급한 일이 있었다오. 금령은 변란을 막기 위해서인데 나 같은 사람이 그런 짓을 할 리 있겠소? 절대로 나를 처벌할 수 없을 것이오."

조조의 태도는 한결같았다.

"사사로운 이유로 법을 어길 수는 없는 법. 네가 누구든 금령을 어겼으니 마땅히 벌을 받아야 한다."

날이 밝자 건석의 숙부를 성문 밖으로 끌고 가 만백성이 보는 앞에서 죄를 선포했다. 부하를 시켜 오색 방망이로 인정사정없이 때려죽였다. 이 조치는 과연 일벌백계의 효과를 발휘했다. 그날부터 낙양성의 치안은 걱정할 필요가 없어졌다.

백성들은 조조가 권세를 두려워하지 않고 과감한 조치를 내렸다면서 환호했다. 그러나 건석은 이를 갈며 복수하려고 했다. 조조가 법대로 일을 처리한 데다 민심도 조조 편이어서 뜻대로 할 수 없었다. 할 수 없이 건석은 관련 부서를 종용해 조조를 현령으로 승진시켜 낙양을 떠나게 했다.

◆ 생각

지도자라면 규칙대로 일을 처리하고 사사로운 정에 휘둘리면 안 되며 권력을 겁내지 않아야 공정한 상벌을 시행하고 군중을 설득할 수 있다.

16. 잘못된 관습은 바꿔야

국사에 적합한 조치가 아닌데도 선왕의 말씀이라는 이유로 따르는 것은
신발을 사러 장에 갔다가 발 치수를 적어놓은 종이를 두고 와 집에 돌아
가는 것과 같다.

夫不適國事而謀先王,

부부적국사이모선왕

皆歸取度者也.

개귀취도자야

_『외저설 좌상』

◉ 도리

잘못된 관습을 바꾸지 않는 나라는 희망이 없다. 잘못된 것이 무엇인지
도 모르고 나아가는 길은 더 막막하다. 잘못된 관습을 알았더라도 개혁
을 두려워하는 나라도 막막한 것은 마찬가지이다.

❖ 경전 이야기 ❖

이윤이 은나라의 옛 관습을 바꾸지 않았더라면 탕왕이 새로 군사를 일
으켜 하나라를 멸망시키고 패왕이 될 수 없었을 것이다.

태공망이 주나라의 옛 관습을 바꾸는 데 찬성하지 않았더라면 무왕이 군사를 일으켜 개혁을 단행하고 은나라를 멸망시켜 천하의 왕이 될 수는 없었을 것이다.

사람과 때를 얻어 낡은 관습을 바꾼 덕분에 탕왕과 주왕은 큰 성공을 거두었다.

관중이 옛날부터 전해지는 제도를 바꾼 덕분에 환공은 천하의 패자가 되었으며 곽언이 진나라의 제도를 바꾸어 국가 발전의 토대를 마련한 덕분에 문공은 천하의 패자가 되었다.

옛것을 고치는 것을 불안하게 여기는 것은 민심이 동요할 것이 두렵기 때문이다. 나라가 어지러운데도 옛 법을 개혁하지 않는 것은 옛날의 실패를 언제까지나 좇는 셈이다. 민심이 동요하는 것이 두려워 많은 사람의 인망을 얻을 일만 주로 해나가는 것은 간악한 행위가 성행할 빌미를 주는 것과 같다.

◈ 생각

· 앞에 낭떠러지가 있는데도 발견하지 못하고 걸어간다고 생각해보라. 위험천만한 일이다.

· 과거를 점검하며 미래를 개척하려면 '온고이지신(溫故而知新)'의 정신을 배워야 한다. 즉, 옛것을 익혀 새로운 것을 아는 것이다.

· '수주대토(守株待兎)'라는 고사성어가 있다. 고지식하고 융통성 없이 옛것을 고수하면 미래가 없다.

17. 인생의 통찰력

"사물의 작은 싹을 보고 아는 것을 '밝다'라고 한다."

故曰: "見小曰'明'."

고왈 견소왈명

_『유로』

● 도리

자신이 하려는 일의 미래를 반드시 미리 분석하고 예측해 보아야 한다. 자신의 꿈과 관련해 멀리 내다보며 살피는 것을 게을리하면 안 된다. 눈앞에 닥친 문제의 해결에만 급급하면 결국 자포자기하게 되고 삶은 후회와 넋두리만 가득할 뿐이다.

❖ 경전 이야기 ❖

노나라의 어떤 사람이 비단 신을 잘 만들고 그의 아내는 비단 모자를 잘 만들었다. 그들이 월나라로 이사가려고 하자 어떤 이가 말했다.

"그대는 반드시 가난해질 것이다."

노나라 사람이 물었다.

"무엇 때문이오?"

그러자 그는 이렇게 말했다.

"신은 발에 신는 것인데 월나라 사람들은 맨발로 다니고 비단 모자는 머리에 쓰는 것인데 월나라 사람들은 머리카락을 짧게 자르고 생활하오. 당신의 기술이 아무리 뛰어나도 그것이 쓰이지 않는 나라로 간다면 가난해질 수밖에 없는데, 안 그럴 수 있겠소?"

이사갈 사람은 자신이 가려는 곳이 어떤 곳인지 살피지 않았다. 자신들이 원하는 직업과 관련해 아무 정보도 없었다. 월나라 사람들의 삶의 특징에 대해 아는 것도 전혀 없었다. 무작정 이사갈 생각만 하고 집을 떠나려고 한 것이다. 그들이 월나라로 가 정착했다면 어떻게 되었을까?

◆ 생각

자신의 삶을 한번 살펴본다. 이대로 살아가도 희망찬 미래가 기다리고 있는가? 생각하기도 싫은 끔찍한 결과가 기다리고 있는가? 그 답은 자신이 가장 잘 알 것이다. 그러므로 자신이 나아갈 길의 미래를 미리 분석하고 예측해 보아야 한다. 그것이 성공적인 삶을 만들어가는 첫걸음이다.

노자는 "문밖으로 나가지 않아도 천하를 알 수 있고 창문으로 내다보지 않아도 자연의 이치를 안다."라고 말했다.

18. 자신을 보는 눈은 어둡다

아는 것의 어려움은 남을 보는 데 있는 것이 아니라 자신을 보는 데 있다.

故知之難, 不在見人, 在自見.
고지지난 부재견인 재자견
_『유로』

◉ 도리

손무는 "상대방을 알고 나를 알면 백 번 싸워도 위태롭지 않다."라고 말했다. 상대방을 분석하는 것뿐만 아니라 자신에 대해 잘 알고 있어야 싸움에서 승리할 수 있다는 것이다.

❖ 경전 이야기 ❖

초나라 위왕이 월나라를 정벌하려고 하자 신하인 두자가 간언했다.
"왕께서는 무엇 때문에 월나라를 정벌하려고 하십니까?"
"지금 월나라는 정치가 어지럽고 병력이 약해졌기 때문이다."
그러자 두자가 말했다.
"신은 어리석지만 지혜는 눈과 같다고 생각합니다. 눈은 백 보 앞을 내

다볼 수 있지만 가까이 있는 제 눈썹은 보지 못합니다. 지금 폐하의 병사는 진(秦)나라와 진(晉)나라에 패배해 수백 리 영토를 잃었습니다. 또한, 장교라는 자가 도둑질을 일삼아도 관리는 그것을 잡지 못하고 있는 형편입니다. 이것은 정치가 문란하다는 증거입니다. 그러므로 폐하의 병력이 약하고 정치가 어지러운 것은 월나라보다 더하면 더했지 덜하지 않을 것입니다. 그럼에도 월나라를 정벌하겠다고 하시니 이는 눈이 눈썹을 보지 못하는 것과 다를 바 없습니다."

위왕은 월나라를 공격하려는 계획을 멈추었다.

◆ 생각

자신이 정말 원하는 삶을 살아가려면 먼저 자신이 누구인지 알아야 한다. 하고 싶은 것, 이루고 싶은 것이 무엇인지 알아야 한다. 어떤 인생을 살고 싶은지 알아야 한다.

중국 최초의 명재상

管仲

제7편 관중

관중

이름은 이오(夷吾). 춘추 시기 제나라 정치가이다. 관중은 제나

라 환공을 보좌하여 춘추 패주의 하나로 되게 했다. 저서로는

『관자』가 있다.

관중의 일언폐지(一言蔽之)

○ 창고가 가득 차야 비로소 예절을 알고 먹고 입을 것이 풍족해야 비로소 명예와 치욕을 안다.

倉廩實則知禮節, 衣食足則知榮辱.(창름실즉지예절 의식족즉지영욕)

_『목민』

○ 정치가 잘 되는 것은 위정자가 민심을 따르기 때문이고 정치가 잘 안 되는 것은 민심을 거스르기 때문이다.

政之所興, 在順民心; 政之所廢, 在逆民心.(정지소흥 재순민심 정지소폐 재역민심)

_『목민』

○ 반드시 할 수 있다고 말하는 사람은 기대할 것이 못되고 맡겨달라고 쉽게 청하는 사람은 믿을 것이 못된다.

必得之事, 不足賴也; 必諾之言, 不足信也.(필득지사 불족뢰야 필낙지언 불족신야)

_『형세』

○ 군주에게 법령보다 좋은 통치 수단은 없다. 법령이 중해야 군주를 존경하고 군주가 존경받아야 나라가 안정된다.

凡君國之重器, 莫重於令. 令重則尊君, 尊君則國安.

(범군국지중기 막중어령 영중즉존군 존군즉국안)

_『중령』

○ 기수(시기 장악과 객관적 조건의 활용)에 밝지 못하면 천하를 바로잡을 수 없다.

而不明於機數, 不能定天下.(이불명어기수 불능정천하)

_『칠법』

○ 땅의 곡식을 낳는 것도 일정한 때가 있고 백성의 힘에도 한계가 있기 마련인데 군주의 욕심에는 끝이 없다.

地之生財有時, 民之用力有倦, 而人君之欲無窮.

(지지생재유시 민지용력유권 이인군지욕무궁)

_『권수』

○ 사랑은 미움의 시초이고 은덕은 원한의 근원이다.

愛者憎之始也, 德者怨之本也.(애자증지시야 덕자원지본야)

_『추언』

○ 천하를 얻고자 하는 자는 먼저 사람을 얻어라.

夫爭天下者, 必先爭人.(부쟁천하자 필선쟁인)

_『패언』

1. 진심은 마음을 여는 열쇠

사람과 교류할 때 거짓이 많고 진심이 없고 모든 것을 사사로이 취하려는 것은 까마귀 떼의 사귐과 같다.

與人交, 多詐僞無情實,
여인교 다사위무정실
偸取一切, 謂之烏集之交.
투취일체 위지오집지교
_『형세해』

● 도리

까마귀는 떼지어 우르르 몰려다녀 얼핏 보면 단결력이 뛰어난 것 같아도 막상 먹잇감이 눈앞에 있으면 서로 많이 차지하려고 물어뜯으며 다툰다. 관중은 까마귀를 예로 들어 사익만 추구하며 이합집산하는 사람들의 교류를 풍자했다.

❖ 경전 이야기 ❖

북송 시대 시인 안수는 성실함으로 명성이 자자했다. 그는 겨우 14세 때에 황제에게 신동으로 천거되었다.

북송 황제 진종은 그에게 진사 1,000여 명과 함께 시험을 치르게 했다. 그런데 안수는 시험장에서 붓을 내려놓고 황제에게 시험 문제를 바꿔줄 것을 요청했다. 자신이 열흘 전 공부했던 내용이 시험 문제에 그대로 나왔다는 것이었다. 진종은 안수의 그런 솔직하고 성실한 품성을 크게 칭찬하며 그에게 진사와 대등한 관직을 하사했다.

안수가 관직에 있을 당시 천하는 태평한 시절이었다. 그래서 도성의 관리 대부분은 걸핏하면 교외로 유람을 다니거나 술집에서 각종 연회를 열며 흥청망청하기 일쑤였다. 하지만 집이 가난해 그들처럼 놀러 다니고 술 마실 돈이 없었던 안수는 그저 집에 틀어박혀 형제들과 함께 글공부에만 열중했다.

진종은 태자를 보좌하며 글공부를 가르치는 동궁관 직에 안수를 임명했다. 태자를 보좌하는 자리는 매우 중직이어서 대신들은 불만을 제기했다. 그러자 진종이 말했다.

"최근 조정 대신들이 유람을 다니거나 연회를 베풀며 흥청망청 시간을 보내는 동안 유독 안수만은 집안에서 두문불출하며 열심히 글공부에 매진했소. 과인은 이처럼 성실하고 근면한 사람이야말로 동궁관의 적임자라고 생각하오."

이때 안수가 사의를 표하며 말했다.

"폐하, 사실 소신도 유람을 다니며 술 마시는 것을 즐깁니다. 단지 집이 가난해 돈이 없어 집안에만 틀어박혀 지냈을 뿐입니다. 소신에게도 돈이 있었다면 저들과 함께 즐겼을 것입니다."

안수의 이런 솔직함 덕분에 여러 대신들의 신망을 얻게 되었고 진종으로부터도 크나큰 신임을 받게 되었다.

◆ 생각

진심은 삶의 기본 원칙일 뿐만 아니라 가장 지혜로운 교제술이다. 그래서 옛 성인들은 "두 마음으로는 한 사람도 얻을 수 없지만 한 마음으로는 백 사람도 얻을 수 있다."라고 말했다.

●●●

2. 군주의 금기

때가 오면 행하고 때가 지나면 버린다.

時至則爲, 過則去.
시지즉위 과즉거
_『국준』

◉ 도리

때가 오면 즉시 행동으로 옮겨야 한다. 때를 놓치면 영영 기회를 얻지 못할 수도 있다. 관중은 "한 번 떠난 기회는 두 번 다시 올 수 없으므로 모든 일은 제때 즉시 결단을 내려야 한다.”라고 주장했다.

❖ **경전 이야기** ❖

관중이 재상 자리를 수락한 지 사흘이 지나 제환공이 관중을 불러 담소를 나누었다.

"과인에게는 나쁜 습관 세 가지가 있는데 그럼에도 나라를 잘 다스릴 수 있을지 모르겠소!"

그러자 관중이 말했다.

"신은 지금까지 폐하에게 나쁜 습관이 있다는 말을 들은 적이 없습니다."

이에 제환공이 말했다.

"불행히도 과인이 사냥에 푹 빠졌지 뭐요. 밤낮으로 산속을 헤매며 사냥감을 잡기 전에는 궁궐로 돌아오는 법이 없소. 그래서 제후국에서 보낸 사신들은 나를 보지 못한 채 빈손으로 돌아가기 일쑤이고 조정 대신들은 제때 조서를 받지 못해 발을 동동 구르는 지경이라오."

그러자 관중이 말했다.

"좋은 일은 아니지만 그렇다고 심각한 문제도 아닙니다."

제환공이 또다시 말했다.

"그뿐만이 아니오. 과인은 술을 좋아해 밤낮으로 술독에 빠져 지내는 날이 허다하다오."

이에 관중이 말했다.

"그것 역시 좋은 일은 아니지만 그렇다고 심각한 문제라고 할 것까지는 없습니다."

"하지만 그보다 더 심각한 나쁜 습관이 있소. 불행히도 나는 여색을 밝혀 사촌누이들까지 붙잡아 놓고 시집을 보내지 않고 있소."

"그것 역시 좋은 일은 아니지만 국정에 영향을 미칠 만큼 심각한 문제는 아닙니다."

"이런 나쁜 습관이 세 가지나 있는데 모두 괜찮다면 도대체 이 세상에 나쁜 것이 무엇이 있단 말이오?"

"무릇 군주는 우유부단함과 게으름을 멀리해야 합니다. 우유부단하면 백성을 지킬 수 없고 게으르면 일을 이룰 수 없기 때문입니다."

관중은 군주가 우유부단하고 게으른 것이야말로 가장 나쁜 습관이자 병폐라고 여겼다. 그래서 제환공이 사냥을 즐기고 술과 여색에 빠진 것조차 대수롭지 않게 여겼던 것이다.

◆ 생각

무슨 일이든 자신이 옳다고 여기면 망설이지 말고 즉시 행동에 옮겨야 한다. 자신감을 가지고 매사에 과감히 임한다면 비로소 우유부단함을 떨쳐내고 제때 결단을 내리는 좋은 습관을 가질 수 있다.

3. 시세에 따라 현지화

시세에 따라 발전하고 변화하며 서로 다른 풍속대로 행동한다.

隨時而變, 因俗而動.

수시이변 인속이동

_『정세』

◉ 도리

"로마에 가면 로마법을 따르라."라고 했다. 이 속담은 처세의 기본 원칙 가운데 하나이다. 사람들과 교제할 때는 상대방을 진정으로 존경해야 하고 그러려면 그의 독특한 개성과 습관을 존중해야 한다.

❖ 경전 이야기 ❖

옛날 두 형제는 각자 장사 밑천이 될 만한 물건을 장만해 집을 떠나 장사에 나섰다. 마침내 두 형제가 도착한 곳은 사람들이 옷을 벗고 다녀 '벌거숭이 왕국'이라고 불리는 나라였다.

동생이 형에게 말했다.

"이곳은 우리나라와 풍속이 너무 달라 장사하기가 힘들 것 같아. 하지만 '로마에 가면 로마법을 따르라.'라는 말도 있잖아? 우리가 말과 행동을 조심스럽게 하면서 저들의 풍속대로 따른다면 별 문제가 없을 거야.”

그러자 형이 말했다.

“어느 나라를 가든 반드시 예의범절은 지켜야 하는 법이야. 설마 우리까지 저들처럼 발가벗은 채 장사해야 한다는 말이냐? 그건 풍기 문란이나 마찬가지야.”

“선현들도 신체적으로 다소 변화가 생기더라도 항상 올바로 행동했잖아. ‘신체는 훼손되더라도 그 행위는 훼손하지 않는다.’라고 했어. 이건 습관적으로도 허용되는 거야.”

그러고 나서 동생이 먼저 벌거숭이 왕국으로 들어갔다. 10여 일이 지나 동생이 사람을 보내 소식을 전해왔다. 반드시 이곳의 풍속을 따라야만 장사할 수 있다는 것이었다.

그러자 형은 화가 치밀어 올랐다.

“사람이 할 짓이 아니야. 짐승처럼 굴어야 한다니 이것이 과연 군자가 할 짓이냐고? 나는 절대로 동생처럼 행동할 수 없어.”

벌거숭이 왕국에는 또 한 가지 풍습이 있었다. 매월 1일과 15일 저녁이 되면 모두 머리에 기름을 바르고 몸에는 백토로 각양각색의 그림을 그렸다. 그렇게 치장이 끝나면 돌을 두드리며 남녀가 손을 잡고 함께 노래부르며 춤을 추었다.

국왕을 비롯해 벌거숭이 왕국의 모든 백성은 동생에게 호감을 가졌고 금세 서로 친해졌다. 그렇게 벌거숭이 왕국의 국왕은 동생이 가져온 물건을 통째로 사들였고 물건 값의 10배에 달하는 값을 치렀다.

반면, 형은 벌거숭이 왕국으로 들어온 뒤에도 하는 말마다 도덕군자를 내세우며 이곳 사람들의 잘못된 풍습을 트집 잡았다. 결국 그의 행동은 국왕과 백성들의 분노를 사고야 말았다.

벌거숭이 왕국의 백성들은 형을 붙잡아 흠씬 두들겨 패고 그의 물건을 몽땅 빼앗아버렸다. 다행히 동생이 중재에 나서 형은 간신히 목숨만 부지할 수 있었다.

◆ 생각

사람을 사귀거나 시장을 개척할 때도 '로마에 가면 로마법을 따르라.'라는 준칙을 지켜야 한다. 그래야만 인맥을 넓힐 수 있고 사업에서 이득을 얻을 수 있다. 특히 사람들과 교제할 때는 상대방을 진정으로 존중해야 한다. 그러려면 그의 독특한 개성과 습관을 존중해야 한다. 목표로 삼는 시장에서 "현지화"를 중시한다면 시장 개척에 성공할 뿐만 아니라 경쟁력도 향상시킬 수 있다.

4. 처세의 금기 사항

불가능한 일은 하지 않고 얻을 수 없는 것은 추구하지 않으며 오래 유지할 수 없는 곳은 차지하지 않고 다시 할 수 없는 일은 하지 않는다.

不爲不可成, 不求不可得, 不處不可久, 不行不可復.
불위불가성 불구불가득 불처불가구 불행불가복
_『목민』

◉ 도리

사람이 살다보면 처세에서 금기인 일이 있기 마련인데 이런 금기 사항을 지키지 않으면 대부분 인심을 잃고 일도 망치게 된다. 반면, 금기 사항을 충실히 지킨다면 사람들로부터 덕망을 높일 수 있고 순조롭게 일을 진행할 수 있다.

◆ 생각

무능한 자가 재능 있는 척하거나 실력 없는 자가 높은 지위를 차지해 제아무리 포장하더라도 거짓은 거짓일 수밖에 없다. 거짓으로 포장하고 꾸민 자신이 사실 속으로는 불안할 것이다. 그러므로 오래 지키지 못할 자리는 애당초 차지하지 않는 것이 남들의 인정을 얻는 현명한 방법이다.

5. 사람은 누구나 그만의 가치가 있다

관중이 첩에게 "네가 알 바 아니다."라고 말하자 첩이 "나리께서는 제 나이가 어리다고 무시하지 마시고 지위가 비천한 사람이라고 업신여기지 마십시오."라고 대답했다.

"管仲曰 : "非婢子之所知也.
관중왈 비비자지소지야
"婢子曰 : "公其毋少少, 毋賤賤.
비자왈 공기무소소 무천천
_『소문』

◉ 도리

사람은 누구나 그만의 독특한 가치가 있다. 권세와 지위를 등에 없고 교만을 떨며 상대방을 무시하거나 우습게 보는 사람은 타인의 진심어린 존경을 받을 수 없을 뿐만 아니라 인간관계도 좋아질 수 없다.

❖ 경전 이야기 ❖

부유한 상인 오유가 수확한 벼를 찧기 위해 하인에게 인부를 불러 모으게 했다. 마을 사람 한 명이 그 소식을 듣고 가난한 선비 공손목에게 전했다. 그러자 공손목은 크게 기뻐하며 중얼거렸다.

"참으로 잘 됐구나. 이번에야말로 과거 시험을 치를 목돈을 준비할 수 있겠어."

당시 남의 집 벼를 찧는 것은 신분이 가장 비천한 사람들이나 하는 일이었지만 공손목은 그런 것까지 따질 여유가 없었다. 그는 남루한 막일꾼 차림을 하고 오유의 집을 찾아가 일감을 구했다.

며칠 뒤에 오유가 벼를 찧는 방앗간을 둘러보러 나왔다. 바쁘게 일하는 인부들 사이를 돌아다니며 이리저리 살펴보던 오유가 공손목 앞에서 발걸음을 멈추었다. 땀을 뻘뻘 흘리며 쌀을 찧는 데만 정신이 팔린 공손목은 오유가 옆에서 쳐다보는 것도 전혀 눈치채지 못했다.

한참 유심히 지켜보던 오유는 공손목이 일하는 품이 서툰 데다 거칠고 힘든 일을 하는 막일꾼답지 않은 모습에 고개를 갸웃거리며 말을 건넸다.

"이보게. 자네는 왜 여기서 이런 일을 하는 건가?"

"과거 시험을 준비할 돈이 필요해서입니다."

"아니, 그럼 과거 시험을 준비하는 선비란 말인가? 어쩐지 어딘가 모르게 유식하고 기품이 풍기는 것이 전혀 막일꾼 같아 보이지 않았네. 자자, 일은 그만하고 잠시 쉬면서 나와 이야기를 좀 나누세!"

서로 이야기가 잘 통한 두 사람은 금세 친해졌고 훗날 막역한 친구 사이가 되었다.

◆ **생각**

사람들은 남들에게서 자신의 존재와 성과를 인정받고 긍정적으로 평가

받고 싶어 한다. 남들에게 무시당하거나 쉽게 잊혀지는 존재가 되기를 바라는 사람은 아무도 없다.

남을 함부로 무시하지 않는 성품은 참으로 소중한 덕목이다. 친구를 사귈 때는 빈부귀천을 떠나 상대방의 학식과 품행을 중시해야 한다.

• • •

6. 남의 말을 경청한다

"군주께서 신에게 묻지 않으셔도 신이 말씀드릴 것입니다. 하지만 군주께서는 제 말을 따르지 않으실 것입니다."

"微君之命臣也, 故臣且謁之.
미군지명신야 고신차알지

雖然, 君犹不能行也."
수연 군유불능행야

_『소칭』

◉ 도리

사람의 지혜나 역량에는 한계가 있다. 그러므로 항상 겸손한 마음을 갖

추고 다른 사람의 의견에 귀를 기울여야 한다. 지도자라면 반드시 명심해
야 한다.

❖ 경전 이야기 ❖

관중이 병석에 드러눕자 제환공이 병문안을 와서 말했다.

"그대의 병이 이토록 위중하니 만약 일어나지 못하고 이대로 죽는다면
마지막으로 내게 당부할 말이 없소?"

"군주께서 신에게 묻지 않으셔도 신이 말씀드릴 것입니다. 하지만 군주
께서는 제 말을 따르지 않으실 것입니다."

"과인은 그대가 동쪽으로 가라고 하면 동쪽으로 가고 서쪽으로 가라고
하면 서쪽으로 갔소. 그런데 어찌 과인이 그대의 말을 따르지 않겠소?"

관중이 자리에서 일어나 앉아 의관을 바르게 하고 말했다.

"청하건대 군주께서는 역아, 수조, 당무, 위나라 공자 개방을 멀리하십
시오. 역아는 요리를 만들어 군주를 섬겼습니다. 군주께서 어린아이 삶은
것만 먹어보지 못했다는 말에 그는 자신의 아들을 삶아 군주에게 바쳤습
니다. 부모가 자식을 사랑하는 것이 인지상정이거늘 친아들조차 사랑하
지 않는 그가 어찌 진심으로 군주를 섬기겠습니까? 수조는 군주께서 여
색을 좋아하고 질투심이 많다는 것을 알고 환관이 되어 군주를 대신해 궁
녀를 다스렸습니다. 자신의 몸을 아끼는 것이 인지상정이거늘 자신의 몸
조차 소중히 여기지 않는 수조가 어찌 군주를 소중히 여기겠습니까? 공

자 개방은 군주를 모시며 15년이 넘도록 고향의 부모를 찾아가지 않았습니다. 그의 고향인 위나라는 이곳 제나라에서 며칠밖에 걸리지 않는 거리인데도 말입니다. 부모를 섬기는 것은 인지상정이거늘 자신의 부모조차 섬기지 않는 공자 개방이 어찌 진심으로 군주를 섬기겠습니까? 제가 듣건대 꾸며낸 위선은 오래가지 못하고 감춘 거짓도 오래가지 못한다고 했습니다. 살아서 좋은 일을 하지 않은 사람은 분명히 비참한 최후를 맞이하기 마련입니다."

그러자 제환공이 말했다.

"알았소."

관중이 죽고 장례가 끝난 후 제환공은 그 네 사람을 관직에서 파면했다. 그런데 당무를 쫓아내자마자 제환공은 괴질에 걸렸고 역아를 쫓아내고 나서는 입맛을 잃었다.

수조를 내쫓고 나니 궁중이 혼란스러워졌고 공자 개방을 내쫓고 나니 조정이 어지러워져 다스리기가 힘들었다. 이에 제환공은 탄식하며 말했다.

"아! 성인군자도 잘못을 저지를 때가 있구나!"

그러고는 내쫓았던 네 사람을 불러들여 중용했다. 그러나 1년 후 네 사람은 과연 관중의 예상대로 반란을 일으켰고 제환공을 방에 가둬버렸다. 이때 작은 구멍을 통해 제환공의 거처로 몰래 숨어 들어온 궁녀에게 제환공이 물었다.

"배가 고프고 갈증이 심한데 아무것도 주지 않는구나. 도대체 무슨 연유인 것이냐?"

"역아, 수조, 당무, 공자 개방 네 사람이 난을 일으켜 제나라를 네 곳으로 쪼개고 각자 차지하는 바람에 교통이 끊겨 열흘이 지나도 오가지를 못합니다. 또한, 공자 개방은 토지 700여 사와 호적 대장을 정리해 위나라로 보냈습니다. 그래서 지금은 먹을 음식을 구할 수 없는 처지입니다."

이에 제환공이 탄식하며 말했다.

"아, 그랬구나! 성인군자의 말이 이토록 의미심장할 줄 내 미처 몰랐어. 관중이 이미 죽어 알지 못하니 다행이다. 만약 이 상황을 알고 있다면 내 죽어 어찌 관중을 볼 면목이 있겠느냐?"

제환공은 말을 마치자마자 머리에 천을 뒤집어쓰고 자결하고 말았다.

제환공이 이렇게 비참한 최후를 맞이한 것은 관중의 고언을 귀담아듣지 않았기 때문이다.

매사에 독단적이고 고집이 세고 신하들의 지원과 협력을 이끌어내지 못하니 결국 난관에 부딪히고 외톨이가 되어 비참한 최후를 맞았다.

◆ **생각**

지도자는 단순히 부하 직원의 의견을 듣는 데서 끝나면 안 된다. 반드시 의견을 취합해 훨씬 합리적인 결론을 도출해야만 진정한 의미가 있다.

지도자가 아랫사람의 의견을 경청할 때 주의할 점은, 첫째 넓은 아량과 친화력을 발휘해 부하 직원과의 거리감을 좁혀야 한다. 둘째, 여러 의견을 맹목적으로 따르면 배가 산으로 올라가는 격이 되니 주의해야 한다.

7. 마음이 보고 듣는 일에 참여하지 말아야

소백의 사람 됨됨이는 잔머리를 굴리지 않고 성미는 급하지만 가슴에 큰 뜻을 품었다.

小白之爲人, 無小智, 惕而有大慮.
소백지위인 무소지 척이유대려

_『대광』

◉ 도리

사람을 평가할 때는 사사로운 감정에 휩싸이면 안 된다. 객관적인 사실로 사람의 장단점을 종합적으로 취합해야 그 사람의 됨됨이를 정확히 파악할 수 있다.

❖ 경전 이야기 ❖

당나라 고종 때 대신 노승경은 관리들의 업무 실적을 심사하고 평가하는 감찰관 직을 맡고 있었다.

노승경이 감찰 활동을 벌이는 관리 중에 각 지방에서 세금으로 거둬들이는 곡식을 운송하는 하급 관리가 있었다.

얼마 전 수송선으로 곡식을 운반하다가 폭풍에 휩쓸리는 바람에 배를 침몰시킨 사람이었다. 노승경은 당연하다는 듯 그에게 최하급인 "하" 등급을 매겼다. 그런데 웬일인지 그는 다른 사람들처럼 통사정하거나 울상을 짓기는커녕 아무렇지도 않다는 듯 태연히 관아를 나서는 것이었다. 노승경은 출세에 연연하지 않고 도량이 넓은 사내대장부다운 모습에 감동해 그를 불러 세웠다.

"자네 수송선이 침몰한 것은 불가항력적인 자연재해였네!"

노승경은 그에 대한 업무 평가를 "중" 등급으로 고쳤다. 그런데 그는 여전히 무표정하고 덤덤한 얼굴로 감사하다는 말 한마디도 하지 않았다.

사실 그는 내내 창고지기로 일하면서 잔뼈가 굵은 사람이었다. 열심히 일해 실적을 올리거나 출세 따위에는 전혀 관심이 없을 뿐만 아니라 대충 일하며 하루하루 살아가는 사람이었다. 노승경은 그의 덤덤한 모습이 대범하다고 착각하며 흡족해했다.

"자네야말로 명예와 치욕에도 놀라지 않은 걸출한 사내대장부일세!"

그에 대한 업무 평가를 "상" 등급으로 고쳐 매겼다. 객관적인 기준에서 공정하게 처리해야 할 업무 평가를 노승경은 자신의 기분에 따라 상향 조정한 것이다.

◆ 생각

"사랑에 눈이 멀어 단점을 보지 못하고 증오에 눈이 뒤집혀 장점을 똑바로 보지 못한다."라는 폐단이 생긴다. 욕심으로 가득 차면 보고 듣는 것을 방해해 충실히 보거나 들을 수 없게 된다.

8. 지도자의 필수적인 통솔력

현명한 군주는 인재를 기용할 때 그의 장점만 고려할 뿐 단점은 보지 않는다.

明主之官物也, 任其所長, 不任其所短.

명주지관물야 임기소장 불임기소단

_『형세해』

◉ 도리

세상에 완전무결한 사람은 없다. 누구나 장점과 단점이 있기 마련이다. 지도자라면 반드시 아랫사람의 장점을 발굴해 키워주는 것이 필수적인 통솔력이다.

❖ 경전 이야기 ❖

초나라 장수 자발은 특기가 있는 사람과 사귀는 것을 즐기며 자신의 문객으로 거둬들였다. 그중에는 '도둑귀신'으로 불리는, 행색이 변변치 못한 도둑도 있었는데 자발은 귀빈 대하듯 그에게 깍듯했다.

제나라가 초나라를 침범해오자 자발이 군사를 이끌고 전쟁터에 나갔는데 세 번의 전투에서 모두 패해 후퇴하고 말았다. 자발의 휘하에는 지략이 뛰어난 책사와 죽음도 불사하는 용사들이 수두룩했지만 제나라 군대

앞에서는 맥을 추지 못했다.

그때 도둑귀신이 나서서 자신을 전투에 나가게 해달라고 청했다. 그날 밤 도둑귀신은 어두운 밤을 틈타 제나라 군영으로 잠입해 장수의 막사에서 이불을 훔쳐왔다.

다음 날 자발은 사자를 파견해 제나라 장수에게 이불을 가져다주며 이렇게 말했다.

"우리 병사 한 명이 땔나무를 구하러 산에 올라갔다가 장수의 이불을 발견했다지 뭐요. 그래서 내가 서둘러 되돌려 주는 거요."

그날 밤 도둑귀신은 다시 제나라 군영의 장수 막사에 잠입해 베개를 몰래 훔쳐왔다. 자발은 다음 날 또 병사를 보내 베개를 되돌려 주었다.

셋째 날 밤에도 어김없이 제나라 군영의 장수 막사에 몰래 들어간 도둑귀신은 장수의 상투를 고정하는 비녀를 훔쳐왔다. 그리고 그것도 다음날 되돌려 보냈다.

이 소식이 제나라 군영에 파다하게 퍼지자 병사들은 신출귀몰한 초나라 군사를 두려워하며 동요했다. 제나라 군졸보다 제나라 장수들이 더 무서워했다. 그는 부하 장수들에게 말했다.

"이대로 있다가는 자발이라는 놈이 내 목을 베어갈지도 모르겠다. 그만 후퇴하자!"

제나라 군대는 그 바람에 스스로 후퇴하고 말았다.

◆ 생각

"무릇 일의 옳고 그름을 판단하고 예의를 구별하는 것은 사람의 장점이지만 원숭이에게는 단점이 된다. 반면, 높고 험한 곳으로 모는 것은 원숭이에게는 '식은 죽 먹기'여서 장점이지만 사람에게는 난제이므로 약점이 된다. 그런데도 사람에게 원숭이와 똑같은 장점을 요구한다면 그 명령은 쓸모없는 것이 되거나 실패로 돌아가기 마련이다."라고 관자는 말했다.

・・・

9. 장수의 비결

제때 일어나고 음식을 절제하고 차고 더움을 알맞게 하면 몸에 이로워 장수하는 데 도움이 된다.

起居時, 飲食節, 寒暑適,
기거시 음식절 한서적
則身利而壽命益.
즉신이이수명익
_『형세해』

◉ 도리
관중은 "제때 일어나고 음식을 절제하고 차고 더움을 알맞게 하면 몸에 이로워 장수하는 데 도움이 된다'라고 양생(養生)의 방법을 설명했다.

❖ 경전 이야기 ❖

1886년에 태어난 진야청은 101세에도 정신이 맑고 얼굴이 발그레하고 생기가 가득했다. 노인들에게 흔한 귀가 안 들리거나 노안으로 앞을 잘 못 보거나 치매 증세 따위는 전혀 찾아볼 수 없었다. 게다가 씩씩하게 발걸음을 옮기며 쾌활하게 웃는 그의 모습은 도저히 101세라고는 믿기지 않을 만큼 정정했다.

그는 평소 채소와 두부 등 기름기 없는 음식을 즐겼고 날마다 잊지 않고 신선한 과일을 먹었다. 그리고 하루 세끼를 제시간에 꼬박꼬박 챙겨먹고 간식거리는 전혀 입에 대지 않았다. 또한 술과 담배를 가까이하지 않았다.

진야청이 거처하는 방은 양지바른 남향에 자리잡아 밝고 쾌적했다. 그는 잠꾸러기였는데 절대로 졸음을 참는 법이 없어 언제든지 졸리면 실컷 잠을 잤다. 평소 밤 10시쯤 잠이 들고 아침 6시에 일어나 새벽 산책을 즐겼다.

진야청은 이런 건강한 생활 습관을 꾸준히 유지할 뿐만 아니라 정신적으로도 매우 건전한 철학이 있었다. 그는 매사에 여유 있게 행동했고 사람이든 사물이든 집착하는 법이 없었다.

"나는 좋아하더라도 적당히 좋아하고 싫어하더라도 적당히 싫어했다. 어차피 살아봤자 한평생인데 사람의 도리나 잘 지키며 살아야지 남에게 해를 끼쳐 좋은 일이 뭐 있겠나?"

진야청은 자신이 세운 삶의 원칙이자 장수 비결은 바로 삶을 즐기고 일을 좋아하고 무슨 일이든 선하고 낙천적으로 생각하는 것이라고 했다.

◆ 생각

건강 관리는 생활 습관부터 시작해야 한다. 식사 습관, 수면 습관, 운동은 건강 관리의 핵심 요소이다. 그리고 자신의 삶을 즐기고 일을 좋아해야 한다.

• • •

10. 정신적 경지

생각을 크게 하고 과감하려면 마음을 넓히고 너그러워져야 한다.

大心而敢, 寬氣而廣.
대심이감 관기이광
_『내업』

◉ 도리

평온하고 온화한 마음가짐은 정신 수양의 한 가지이며 인격이 성숙한 정도를 가늠하는 잣대이다.

❖ 경전 이야기 ❖

청조 말기 유명전은 조정의 명을 받들어 대만에 총독으로 파견되었다. 유명전은 대만의 지방 행정 조직을 체계화하고 교통, 우편, 통신망을 정비하고 최초로 철도를 부설하는 등 대만 근대화에 큰 공헌을 했다.

유명전을 대만 총독으로 파견한 것과 관련해 재미있는 일화가 있다.

이홍장은 증국번에게 대만으로 파견할 총독 후보로 유명전을 포함해 모두 세 명을 추천했다. 증국번은 그들의 자질과 인품을 확인하고자 그의 관저로 모두 불러들였다. 그러나 정작 그들을 불러들인 당사자 증국번은 오랫동안 모습을 드러내지 않았고 그들은 대청에서 한참이나 기다리게 했다. 그러고는 몰래 대청 문틈 사이로 세 사람의 일거수일투족을 유심히 지켜보았다. 기다리는 시간이 길어지자 후보자 가운데 두 사람은 답답함과 무료함에 짜증을 내더니 곧 불평을 늘어놓았다. 그러나 유명전은 시종일관 평온한 태도로 느긋이 앉아 대청에 걸린 족자의 글을 유심히 들여다보았다. 한참 후 증국번은 한 명씩 따로 불러들여 대청에 걸린 족자의 내용을 질문했다. 유명전만 정확히 대답했고 그는 대만 총독으로 임명되었다.

◆ 생각

정신적 경지의 일부는 인내심과 너그러운 관용이다. 겉모습을 바르게 하고 마음을 수양하면 세상 만물을 정확히 처리할 수 있다.

· · ·

11. 돈은 재앙의 근원

의롭지 못하면 이롭더라도 나는 행하지 않고 내 상규에 맞지 않으면 이롭더라도 시행하지 않으며 내 상도에 맞지 않으면 이롭더라도 취하지 않는다.

非吾儀 雖利不爲, 非吾常 雖利不行.
비오의 수리불위 비오당 수리불행
非吾道 雖利不取.
비오도 수리불취
_『백심』

◉ 도리

인류에게 돈은 진보의 원동력으로 발전의 근간이 되며 개인에게는 자아 발전과 자기완성에 중요한 필수 조건이다. 그렇다고 돈을 벌거나 쌓는 과정에서 불법 행위나 부도덕하고 부당한 수단으로 돈을 벌라는 것이 아니라 반드시 그에 맞는 도리를 지켜야 한다.

❖ 경전 이야기 ❖

옛날 방태조는 장사 수완을 발휘하고 평생 근검절약하면서 엄청난 재물을 모아 그야말로 세상에 부러울 것 없게 되었다. 그러던 그가 늘그막에 근심, 걱정으로 마음 편하게 지내는 날이 없었다. "돈은 재앙의 근원이다."라는 말도 있지 않은가? 방태조의 다섯 아들과 수십 명의 손자들이 슬그머니 재산 상속에 눈독을 들인 것이다. 그들은 형제간 서열이고 뭐고 할 것 없이 무조건 힘센 사람이 아버지의 재산을 몽땅 차지할 거라고 생각하고 너나 할 것 없이 무기를 사들여 하인들을 훈련시켰다. 그 소식을 전해들은 방태조는 하늘이 무너지는 듯 눈앞이 캄캄해졌다. 자식들 사이에 큰 싸움이 벌어지면 재산은 말할 것도 없고 여차하면 가문이 풍비박산날 것이 불보듯 뻔한 일이었다. 며칠 동안 고심한 방태조는 모든 문제의 근원은 돈이라는 결론을 내렸다. 돈 때문에 사람이 다칠 바에야 차라리 화근을 없애버리는 것이 낫다고 생각하고 하인 두 명을 시켜 아무도 몰래 집안의 재물을 조금씩 나누어 짊어지고 매일 산으로 가 땅속 깊이 묻게 했다.

'견물생심'이라는 말도 있듯이 이 세상에 재물을 보고도 욕심나지 않는 사람이 어디 있겠는가? 처음에는 방태조가 시키는 대로 그저 부지런히 산속에 돈을 가져다 묻던 하인들은 며칠이 지나자 슬슬 욕심이 생겼다. 땅속에 묻은 돈을 몰래 독차지할 방법을 고심하던 두 하인은 똑같이 상대방을 죽이기로 결심했다.

하인 갑이 하인 을에게 말했다.

"요즘 산속까지 돈자루를 실어 나르느라 너무 힘들었는데 오늘은 장에 가 술이나 좀 사와 즐기는 게 어떻겠나?"

을이 흔쾌히 고개를 끄덕이자 갑은 자청해 술을 사러 시장으로 내려갔다. 갑은 시장에서 술과 안주거리를 산 후 약방에서 독약을 사 음식에 뿌리고는 산으로 가져왔다. 갑은 미리 독을 넣은 술과 음식을 을에게 내밀며 말했다.

"아침나절 내내 혼자 일하느라 고생이 많았네. 자, 실컷 먹게나."

을은 전혀 의심하지 않고 게눈 감추듯 음식을 다 먹어치웠다. 식사를 마친 후 을이 갑에게 말했다.

"자네가 장에 다녀오는 동안 나 혼자 일했으니 이젠 자네가 땅 좀 파게나. 나는 좀 쉬어야겠네."

갑은 속으로 코웃음을 쳤다.

"흥, 어차피 독약이 든 음식을 먹었으니 잠시 후 발작을 일으켜 죽을 텐데. 그럼 일하는 척 좀 해주지 뭐."

갑은 태연히 삽을 들고 땅을 팠다. 그러나 누가 상상이나 했을까? 갑을 죽일 기회를 호시탐탐 노리던 을은 갑이 구덩이를 파는데 정신이 팔린 틈을 타 삽자루를 들고 순식간에 갑의 뒤통수를 내리쳤다. 불시에 삽에 맞은 갑은 즉사했다. 그리고 이를 보고 손뼉을 치며 기뻐하던 을도 온 몸에 독이 퍼지면서 몸부림치다가 갑이 파던 구덩이에 엎어진 채 죽고 말았다.

방태조는 산으로 돈을 나르던 하인들이 보이지 않자 그들이 돈을 가지고 도망친 것으로 생각했다. 어차피 버릴 돈이었기 때문에 하인들을 찾을 생각도 하지 않았다. 그렇게 하인 두 명의 시신은 누구 하나 거둬주는 사람 없이 산속에 널브러져 있다가 새와 짐승의 먹이가 되어버렸고 시신에 남아 있던 독 때문에 새와 짐승들까지 중독되어 죽고 말았다.

이것이 바로 "사람은 재물 때문에 죽고 새는 먹이 때문에 죽는다."라는 속담의 유래이다.

◆ 생각

진정한 부자는 적극적이고 진취적인 태도와 두려움 없는 강인한 정신력, 폭넓은 인간관계를 가지고 미래에 대한 희망을 품은 사람이다. 또한, 사람을 믿는 마음이 충만하고 너그러운 관용으로 남들과 협력해 이룬 재부를 나눠가질 줄 아는 사람이다.

12. 과유불급

지나침과 모자람 둘 다 정도가 아니다.

過與不及也, 皆非正也.
과여불급야 개비정야
_『법법』

◉ 도리

지나침과 모자람은 둘 다 정도가 없거나 정도를 지키지 못하기 때문이다. 이렇게 되면 사물이 양극단으로 치닫거나 잘못된 방향으로 흐른다.

자만에 빠져도 안 되며 포기하는 것도 안 되며 이상을 추구하되 반드시 현실도 고려할 수 있어야 한다. 모든 일은 항상 정도를 살펴 과하면 억누르고 모자라면 향상시키면서 정도를 지켜야 한다.

❖ 경전 이야기 ❖

조나라는 조태후가 집정하자마자 진나라가 침공해오자 급히 제나라에 지원병을 요청했다. 그러자 제나라는 조태후의 막내아들 장안군을 볼모로 보내면 지원군을 보내주겠다는 요구 조건을 내걸었다. 조태후가 단번에 요구 사항을 거절하자 대신들이 앞다투어 간언하며 그녀를 설득했다.

그러자 조태후는 단호한 어조로 대신들을 향해 선언했다.

"앞으로 또다시 장안군을 볼모로 보내야 한다고 말하는 자는 지위 고하를 막론하고 목을 내칠 것이오."

좌사공 촉룡이 조태후를 알현하고 말했다.

"소신의 아들 서기는 나이도 어린 데다 변변찮기 짝이 없습니다. 하지만 소신이 나이가 들고 보니 그 아이가 가장 아른거리고 사랑스럽습니다. 청하건대 제 자식을 왕궁 근위병으로 삼아주십시오. 소신 죽음을 무릅쓰고 간청드립니다."

조태후가 말했다.

"좋소. 그런데 나이가 몇이오?"

촉룡이 대답했다.

"15살입니다. 비록 나이는 어리지만 소신이 죽기 전에 태후께 맡기고 싶습니다."

태후가 물었다.

"아비도 그처럼 어린 아들을 애틋하게 여기고 사랑하는 거요?"

"어미보다 더 애틋하게 여긴답니다."

"아니오. 어찌 어미보다 더 하겠소이까?"

"신은 태후께서 장안군보다 연후(조태후의 딸)를 더 사랑하신다고 생각했습니다."

"그대 생각이 틀렸소. 나는 장안군을 훨씬 많이 사랑한다오."

"부모로서 자식을 사랑한다면 마땅히 자식의 미래까지 생각해야 할 것입니다. 태후께서는 연후를 시집보낼 때 내내 서글프게 울기만 하지 않으셨습니까? 물론 낯선 땅으로 딸을 시집보내는 착잡함이야 이루 말할 수 없었겠지요. 태후께서는 그 후로도 연후를 그리워하며 제사지낼 때마다 폐위당해 돌아오지 않게 해달라고 기도하지 않으셨습니까? 이는 연후가 낳은 왕자가 연나라의 왕위를 계승하길 바라셨기 때문이지요."

"그렇소."

"태후께서는 선대 왕들을 거슬러 올라가 조나라가 건국된 때부터 살펴보십시오. 당대 군주가 왕자에게 왕위를 물려주어 계속 이어져 내려온 적이 있습니까?"

"아니, 없었소."

"우리 조나라 말고 여러 제후들은 어땠습니까?"

"내가 듣기로 모두 없었던 것 같소."

"이는 가깝게는 군주 자신에게, 멀게는 그 후손에게 화가 미쳤기 때문입니다. 어찌 그 자손이 훌륭하지 못했기 때문이겠습니까? 이는 그들이 지위는 높지만 별다른 공훈을 세우지 못했고 봉록은 많이 받지만 특별한 업적도 없는 데다 고귀한 지위와 금은보화를 차지하기 때문입니다.

지금 태후께서는 장안군에게 높은 지위를 주고 넓은 토지와 수많은 금은보화를 나눠 주시면서도 나라를 위해 공헌할 기회는 주지 않고 있습니다. 태후께서 돌아가신 후 장안군이 무엇을 벌어 조나라에 의탁할 수 있겠습니까? 신이 생각하건대 태후께서는 장안군을 사려해 주시는 정도가 부족한 것 같습니다. 그래서 장안군보다 연후를 더 사랑하시는 것 같다고 말씀드린 것입니다."

그제야 태후가 고개를 끄덕이며 말했다.

"좋소. 그대가 장안군을 제나라로 보내시오."

그렇게 해 좌사공 촉룡은 마차 수백 대를 준비해 장안군을 제나라에 볼모로 보냈다. 그러자 제나라는 즉시 지원군을 파병했다.

◆ **생각**

정도는 사물의 발전과 진척을 헤아리는 것이다. 그 정도를 정확히 헤아리지 못하면 사물의 손해를 입게 된다. 그러므로 모든 일에는 정도가 있어야 하며 지나침은 절대로 금물이다.

13. 이상도 현실적이어야

신이 청하건대 천하에 널리 베푸시지 말고 우리나라에만 베푸십시오.

請勿施於天下, 獨施之於吾國

청물시어천하 독시지어오국

_『산지수』

● 도리

이상을 실현한답시고 현실적인 아무 준비도 없이 이상만 좇는 것은 비현실적인 목표를 추구하는 것이다. 현실 상황을 도외시한 채 마땅히 해야 할 기본적인 일조차 하지 않는다면 결국 몽상으로 끝나기 마련이다.

❖ 경전 이야기 ❖

백발백중의 명사수 양유기의 빼어난 활솜씨는 산짐승들까지 알고 있어 그가 나타나면 모두 줄행랑 놓기 바빴다.

하루는 원숭이 두 마리가 나무를 오르내리며 신나게 놀고 있었는데 이를 발견한 초나라 왕이 재빨리 활시위를 겨누었다. 그런데 원숭이들은 도망가기는커녕 오히려 초나라 왕을 약올리듯 펄쩍펄쩍 웃어댔다. 그때 양유기가 다가와 초나라 왕의 활을 건네받고 화살을 쏠 준비를 하자 원숭이

들은 금세 태도가 돌변해 꺼안고 벌벌 떨며 비명을 질렀다.

　이처럼 동물들까지 알아보는 양유기의 활솜씨를 평소 매우 부러워하던 갑이라는 사람이 있었다. 그는 용기를 내 양유기를 찾아가 여러 번 간청한 끝에 드디어 그의 제자가 되었다. 그런데 양유기는 활쏘기를 가르쳐 주기는커녕 이상한 훈련만 시켰다. 뜬금없이 가느다란 바늘 하나를 가져오더니 그걸 멀찌감치 놓고 온종일 눈이 빠지게 쳐다보는 연습만 시키는 것이었다. 영문도 모른 채 사나흘 계속 바늘만 뚫어져라 쳐다보던 갑은 궁금증을 못 이기고 양유기를 찾아가 물었다.

　"사부님, 저는 활쏘기를 배우러 왔는데 온종일 바늘만 쳐다보게 하시는 것은 무슨 연유입니까? 도대체 활쏘기는 언제 가르쳐 주실 겁니까?"

　"그게 바로 활쏘기 연습이니 잔소리하지 말고 계속 연습하라."

　갑은 할 수 없이 지루한 바늘 쳐다보기 연습을 계속할 수밖에 없었다. 하지만 며칠이 지나자 갑은 짜증이 나 활쏘기 연습은 안하고 한낱 바늘만 쳐다보는 연습으로 허송세월하는 자신이 한심하기 짝이 없었다.

　양유기는 그런 갑에게 이해하지 못할 또 다른 훈련 과목을 추가했다. 팔을 앞으로 나란히 뻗어 그 위에 돌덩이를 얹어놓고 온종일 서 있게 한 것이다. 갑은 머리끝까지 화가 났다. 도대체 활쏘기와 팔 위에 돌덩이를 얹는 것이 무슨 상관있는지 이해할 수 없었다. 결국 양유기는 인내심이라곤 눈곱만큼도 없으면서 무작정 명사수가 되고 싶은 꿈만 부푼 갑을 그냥 돌려보냈다. 물론 갑은 평생 동안 명사수의 꿈을 이루지 못했다.

◆ **생각**

누구나 세운 목표는 자신의 객관적인 현실에 맞고 자신의 능력에 맞는
목표를 세우는 것이 중요하다. 그렇지 않으면 아무 성과도 내지 못한 채
정력과 시간만 낭비하게 된다.

...

14. 국가의 근본은 백성

국가가 존재할 수 있는 것은 백성이라는 근본이 있기 때문이다. 또한, 군
주가 군주다울 수 있는 것은 상과 벌을 공정하게 집행하기 때문이다.

是故國之所以爲國者, 民體以爲國,
시고국지소이위국자 민체이위국

君之所以爲君者, 賞罰以爲君.
군지소이위군자 상벌이위군

_『군신』

● 도리

세상 만물 가운데 사람이 가장 소중하다.

관중은 "국가의 근본은 백성이고 군주가 국가를 다스리는 근본적인 문제는 사람과 일이다."라고 말했다.

❖ 경전 이야기 ❖

제나라 환공은 천하를 통일해 패업을 이루고자 했지만 막상 시작하려니 어디서부터 손대야 할지 난감했다. 그래서 관중에게 가르침을 청하자 관중이 말했다.

"군주께서 패업을 이루어 큰 업적을 남기고 싶다면 먼저 가장 근본적인 일부터 시작하십시오."

제나라 환공은 자리에서 일어나 두 손을 모으고 공손히 물었다.

"그 근본이 무엇이오?"

그러자 관중이 대답했다.

"제나라 백성이 바로 나라의 근본입니다. 백성들은 굶주림과 과중한 세금으로 핍박받는 것을 두려워합니다. 또한, 혹독한 형벌로 죽음을 당할까봐 겁에 질려 있습니다. 백성들이 이처럼 고통받고 핍박받는 것을 두려워하는데도 군주께서는 농번기와 농한기를 가리지 않고 백성들에게 일만 시킵니다. 군주께서 세금을 줄인다면 백성들은 굶주림을 걱정할 필요가 없게 되고 형벌을 줄이면 백성들은 죽음이 두렵지 않을 것이며 농한기를 이용해 노역을 부려도 백성들은 고되거나 힘들어하지 않을 것입니다."

제나라 환공이 고개를 끄덕이며 말했다.

"그대의 말을 듣고 보니 이해할 수 있겠소."

다음 날 환공은 세금을 줄이는 법령을 내려 기존의 1/100정만 내게 했고 고아와 어린아이들에게는 형벌을 면제했고 관문에서 받던 통과료도 면제했으며 시장에 부과하던 세금도 없앴다.

신의와 예의로써 사람을 대했다. 그렇게 몇 년이 흐르자 천하 곳곳에서 사람들이 밀물처럼 제나라로 모여들기 시작했다.

◆ 생각

시대를 막론하고 사람은 역사를 만들어가는 창조자이며 사회를 발전시키는 원동력이다.

관중의 민본사상은 오늘날 기업 관리에도 중요한 의미를 가진다. 경영관리 측면에서 반드시 지켜야 할 실천 사항이라면 덕의 경영, 인정을 중시하는 경영, 능력 위주의 경영 등을 들 수 있다.

15. 인재 기용의 기준

현명한 사람을 보고도 양보하지 않는 사람에게는 높은 지위를 주면 안 되며 형벌을 집행할 때 군주의 종친이라고 집행을 피하는 사람에게는 병권을 맡기면 안 된다.

見賢不能讓, 不可與尊位,
견현불능양 불가여존위
罰避親貴, 不可使主兵.
벌피친귀 불가사주병
_『입정』

◉ 도리

인재를 기용할 때는 반드시 훌륭한 인품과 뛰어난 재능, 지략을 기준으로 삼아야 한다. 인재 기용은 사업 성패가 달린 중요한 문제이다.

❖ 경전 이야기 ❖

제나라 양공은 황음무도하고 포악한 군주였다. 그에게는 공자 규와 공자 소백 두 동생이 있었다. 형을 피해 공자 규는 사부였던 관중과 소홀을 이끌고 노나라로 피신했고 소백은 사부인 포숙아와 함께 외가인 거나라로 피신했다.

그 후 제나라에서 반란이 일어나고 제양공이 피살되자 갑자기 왕의 자리가 비었다. 그 소식을 들은 공자 규는 왕위를 계승하기 위해 서둘러 귀국길에 올랐다. 이때 그의 사부 관중은 거나라로 피신한 공자 소백이 먼저 귀국해 왕위를 빼앗을까 봐 공자 규를 먼저 제나라로 출발시키고 자신은 병사를 이끌고 소백의 귀국길을 막았다. 관중은 법통에 따라 형인 공자 규가 마땅히 왕위를 이어받아야 한다고 소백에게 역설했지만 소용없었다. 그러자 관중은 돌아서는 척하며 공자 소백에게 활을 쏘았다. 활솜씨가 뛰어났던 관중의 화살은 정확히 소백에게 적중했고 소백이 쓰러진 것을 확인한 관중은 공자 규의 대열에 합류해 느긋하게 제나라로 입성했다.

이게 웬일인가? 공자 규의 일행이 제나라에 도착했을 때는 이미 죽은 줄로 알았던 공자 소백이 버젓이 왕위에 올라 있었다. 그가 바로 제환공이 되었다. 관중이 쏜 화살은 공교롭게도 소백의 허리띠에 맞았고 소백은 죽은 척해 상대방의 경계심을 풀고 관에 실린 채 급히 말을 몰아 서둘러 제나라에 입성했던 것이다.

공자 규와 관중 일행은 다시 노나라로 돌아와 기회를 엿보았고 그로 말미암아 제나라와 노나라 간에 전쟁이 일어나 노나라 군대는 대패하고 말았다. 노나라가 전쟁에 패한 것을 확인한 공자 규는 스스로 목숨을 끊었다. 관중은 노나라에 포로로 잡혔다. 이때 포숙아의 권고를 받은 사신 습붕은 관중의 강제 송환을 노나라에 요구했다. 과거에 제환공에게 화살을 쏜 죄를 직접 묻겠다는 이유여서 노나라로서는 어쩔 수 없었다.

제환공에게 죽음을 당할 것으로만 여겨졌던 관중은 제나라로 돌아오자

포숙아로부터 극진한 영접을 받았다. 또한, 제환공은 그의 죄를 처벌하기는커녕 재상 직에 임명했고 포숙아는 관중을 보좌하겠다고 자청했다. 관중의 뛰어난 지략과 재능을 잘 아는 포숙아가 제환공에게 그를 재상으로 기용할 것을 설득했기 때문이다.

사사로운 원한 관계에 연연하지 않은 제환공은 관중의 재능을 높이 사 그를 재상으로 기용했을 뿐만 아니라 깍듯이 예를 갖추어 스승으로 모셨다. 그렇게 관중은 제환공의 두터운 신임을 받으며 제나라는 강대국으로 기틀을 세웠다.

◈ 생각

『목민』에서는 인재 기용에 대해 "천하에 신하가 없는 것을 걱정하지 말고 신하를 적재적소에 기용할 줄 아는 군주가 없는 것을 걱정해야 한다. 천하에 재물이 모자라는 것을 걱정하지 말고 재물을 공평하게 분배할 줄 아는 인재가 없는 것을 걱정해야 한다."라고 말했다.

16. 오늘의 속임수

제환공이 관중에게 물었다.

"초나라는 산동의 강국이오. 초나라 백성은 전투에 능하니 과인이 군사를 일으켜 쳐들어가고 싶어도 군사력이 부족해 패할까 봐 걱정된다."

그러자 관중이 대답했다.

"경쟁적인 전투 방식을 경제에 응용하면 됩니다."

> 桓公問於管子曰: "楚者, 山東之强國也.
> 환공문어관자왈 초자 산동지강국야
> 基人民習戰門之道, 擧兵伐之恐力不能過."
> 기인민습전문지도 거병벌지공력불능과
> 管子對曰: "卽以戰門之道與之矣."
> 관자대왈 즉이전문지도여지의
> _『경중무』

● 도리

"『손자병법』에 명수잔도, 암도진창(明修棧道 暗渡陳倉)"이라는 말이 있다. 겉으로는 험준한 길을 수리하는 척하며 몰래 병력을 파견해 진창(지방 이름)을 건넌다는 뜻이다. 즉, 거짓 모습으로 상대방을 속인 후 몰래 다른 준비를 하는 것이다. 이처럼 눈속임으로 상대방이 자신들의 거짓 모습에 속아 판단 착오를 일으키게 하는 것이다.

제나라 환공이 이웃나라인 대나라를 징벌하기 위해 관중을 불러 의견을 물었다.

"대나라의 특산물이 무엇이오?"

관중이 대답했다.

"대나라는 여우 겨드랑이 흰털 가죽 생산으로 유명합니다. 군주께서 그 것을 비싼 값에 사들이십시오."

관중은 어리둥절해하는 제환공을 바라보며 말을 이었다.

"여우 겨드랑이 흰털은 더위와 추위 온도 변화에 따라 6개월마다 생깁니다. 군주께서 그것을 비싼 값에 사들이십시오. 그러면 대나라 사람들은 분명히 여우 겨드랑이 흰털 가죽을 구하기 힘들다는 사실을 잊은 채 큰돈을 벌 수 있겠다는 생각에만 빠져 기뻐 날뛰며 우르르 몰려가 여우 사냥을 할 것입니다. 즉, 우리가 돈을 지불하기도 전에 대나라 대부분 농민이 농삿일을 팽개치고 여우를 찾아 깊은 산속을 헤매다닐 거라는 말이지요. 그렇게 되면 대나라를 호시탐탐 노리던 이웃나라인 지나라가 분명히 대나라의 북부를 침공할 것입니다. 지나라가 대나라의 북부 지역을 침공하면 대나라는 자발적으로 우리 제나라에 귀속되려고 할 것입니다. 그러니 군주께서는 돈을 든 사람을 대나라로 보내 여우 겨드랑이 흰털 가죽을 사오게 하십시오."

제환공이 고개를 끄덕이며 말했다.

"알겠소."

제환공은 곧바로 중대부 왕사북에게 돈을 주며 대나라로 가 여우 겨드랑이 흰털 가죽을 사오게 했다. 대나라 왕은 이 소식을 듣자마자 승상을 불러 말했다.

"우리 대나라가 이웃나라인 지나라보다 국력이 약한 것은 바로 돈이 없기 때문이오. 그런데 제나라에서 거금을 들고 여우 겨드랑이 흰털 가죽을 사러 제 발로 왔으니 이는 우리에게 복이오. 어서 백성들에게 여우 가죽을 구해오라는 명령을 내려 제나라의 돈을 몽땅 긁어모으시오. 나는 그 돈으로 지나라 백성이 우리나라로 귀순하게 만들 생각이오."

과연 대나라 백성들은 너도나도 농삿일을 내팽개치고 산속을 헤매며 여우 사냥에 몰두했다. 그로부터 1년이 지나도록 이상하게도 여우 겨드랑이 흰털 가죽은 단 한 장도 구할 수 없었다. 이때 호시탐탐 대나라를 노리던 지나라는 대나라의 북부 지역을 침공할 준비를 했다. 이에 깜짝 놀란 대나라 왕도 서둘러 전쟁 준비를 했지만 결국 북부 지역을 지나라에게 점령당하고 말았다. 결국 대나라 왕은 군사를 이끌고 제나라에 귀순해버렸고 제나라는 그 덕분에 사신을 보낸 지 3년 만에 칼 한 번 휘두르지 않고 대나라의 항복을 받아냈다.

관중은 바로 『손자병법』의 '명수잔도 암도진창(明修棧道, 暗渡陳倉)' 전략을 사용해 대나라 스스로 함정 속으로 걸어 들어가게 만들었다. 제나라는 전투 한 번 치르지 않고 돈 한 푼 쓰지 않고 대나라를 복속시키는 일거양득을 달성했다.

◆ **생각**

예나 지금이나 눈속임은 부정적인 의미로 사용된다. 그러나 오늘날 같은 치열한 경쟁 사회에서 성공을 거머쥐려면 반드시 『손자병법』의 '명수잔도 암도진창' 전략을 구사해야 한다.

일곱 성현이 알려주는

행동하는 지혜

초판 1쇄 인쇄 2024년 12월 10일
초판 1쇄 발행 2024년 12월 15일

—

지은이 귀곡자 외
편   역 장석만
펴낸이 김호석
편집부 이면희
마케팅 오중환
경영관리 박미경
영업관리 김경혜

—

펴낸곳 도서출판 린
주소 경기도 고양시 일산동구 무궁화로 20-18 하임빌로데오빌딩 502호
전화 02-305-0210
팩스 031-905-0221
전자우편 dga1023@hanmail.net
홈페이지 www.bookdaega.com

—

ISBN 979-11-92575-21-6 (03820)